幸存者之歌

贝拉 —— 著

Song of Survivors

BeiLa

上海文艺出版社

谨以此书献给我亲爱的母亲与故乡上海

引子

1937年11月，秋色已浓，寒意袭来，抗日战争全面爆发。

临近月底，上海郊外寒风凛冽。

此刻在国际电台的院子里，慌慌张张的员工们正在低头拆装设备，然后，放进一个个纸箱里，往十几辆军用卡车上装。

这是一幢高高的塔型建筑楼，周围竖着各种各样的天线，门牌上赫然写着"上海国际电台"六个黑体大字，塔台上悬挂着国民政府的旗帜。

"各位，请再提下速度，日军的轰炸机很快要来了。"国民政府交通部电信局局长郁志坚亲自到现场督察。

这是一位非常儒雅的绅士，眉眼透出智慧之光，嘴角泛着一丝刚毅。

上海国际电台是郁志坚一手设计和建造起来的，承担着大上海口岸与全世界的商务联络，以及航行在各大海洋里的船舶通讯。

与郁志坚一起到现场监督拆装设备的还有美商上海电话公司的

鲍德总经理和麦尔斯总工程师。当初建台的时候，国际电台的设备通过美商上海电话公司提供，是鲍德和麦尔斯亲手抱着各种设备机件，如同助产师抱着初生啼哭的婴儿，轻轻地把它们一个个放到澡盆里。现在要拆除设备，相当于把澡盆里的婴儿再一个个抱出来，小心翼翼地包裹好。他们当然需要全程看护好，不能有一点闪失。

就在汽车刚刚装好准备启动时，天空出现了日军的飞机。飞机似乎早已设定好轰炸目标，直接飞到塔台的上空，毫不犹豫地扔下炸弹。炸弹将塔台的天线拦腰炸断，接着又以超低空飞行的架势，试图对准地面的车队扫射……

郁志坚眼看着自己多年的心血被日军飞机炸毁，跪地大哭。

麦尔斯对着日军的飞机用中国话大骂："狗娘养的！"鲍德急中生智，从自己的福特汽车里拿出一面美国星条旗放到院子里的广场上，朝日军的飞机张开双手，大声地喊着："我们是美国人！这是美国的财产！！"

日军的飞机在天空盘旋了一圈，似乎有意嘲弄鲍德，俯冲下来，朝美国星条旗扫射。鲍德看见那个日军飞行员肆无忌惮地狞笑着，就像一个醉汉当街撒尿一样，不知羞耻地扬长而去！

鲍德对郁志坚说："郁，你的车队出不了上海，就会被炸得粉碎！只有一个办法可以保留设备，那就是把它们——"鲍德指着十几辆卡车，"拉到公共租界，暂存于我们美商公司的仓库。等日本人完蛋那天，我如数交还！"

郁志坚担心这些大型大功率的发射和接受设备，不像小型的无线发报机，可以藏起来不被发现。他看着十几辆卡车，急吼吼地问："这怎么藏？藏哪？"

麦尔斯眨眨眼睛，狡黠地说道："签个转让合同吧，日本人查问的时候，就说是我们回购了你们的设备！"

一

1938年的春天。中国北方城市哈尔滨的火车站。

一列火车加挂着两节特殊的车厢，行进在通往上海的旅途中。车厢里，看上去都是来自波兰、俄罗斯和哈尔滨当地的犹太人。

这些犹太难民一踏上从哈尔滨到上海的火车，就如同上了诺亚方舟，与战争擦肩而过的极度紧张在瞬间放缓，每个人的脸上都露出疲惫不堪的笑容。

19岁的俄罗斯犹太青年大卫带着对新生活的憧憬，快乐地在车厢里与同伴打闹、窜来窜去，显得兴奋异常，他像森林中觅食的鸟，目光不断地在车厢里跳来跳去。

大卫一家四口。他的爸爸妈妈和妹妹都安静地坐在座位上。他们邻座的几位波兰犹太人用手抚摸胸口、闭目默祷，感谢上帝让他们从日本宪兵的检查中，脱离危险。

大卫的妹妹、15岁的歌莉娅，脸上的泪珠还没有擦掉。刚才在车站检验过关的时候，一条凶巴巴的狼狗伸着舌头，一直盯着歌莉娅苍白的脸颊和鼻头，歌莉娅将脸埋进爸爸的格呢大衣里，紧紧地抱着爸爸的腿。而在5月底的天气里，穿着厚格子呢大衣，让大卫的父亲列侬·麦德沃（Lennon Medavoy）先生感到尴尬。但是，没有办法，这是他不多的财产之一，况且，大衣里缝着祖传的刻有麦德沃姓氏的几枚金币，那是他们通往无法预知的流浪生活的盘缠。而日本宪兵对犹太人重点搜查的就是此类硬通货。幸好，歌莉娅的恐惧和惊叫声，让日本宪兵哈哈大笑，忽略了对列侬·麦德沃先生那件值钱大衣的搜查。

几乎所有的犹太男人，无论你从事什么职业，即使是拉比和教授，大家都至少掌握一门能生存下去的手艺。麦德沃父子也不例外。大卫的父亲喜欢汽车修理与安装，对各种各样的机械充满兴趣。而大卫也会修理各类电动车，但他更痴迷新兴的时髦玩意儿，比如收音机、留声机和电话机等。大卫高中毕业时考上了圣彼得堡的理工学院。但是，蜂拥而至的波兰犹太人，带来了坏消息和好消息。坏消息是：纳粹德国对犹太人的迫害日趋严重；由于苏德签署了《和平条约》，联合瓜分了波兰的领土，因此，苏联人也排斥和不信任犹太人。大卫本来报考的是无线电专业，这是一个时髦的科目，不少男生都填报这一志愿。但进行面试时，理工学院的教官严肃地对大卫说虽然他的成绩很好，但无线电专业报考者众多，所以只录取红色贵族子弟，让大卫进入普通的电话专业学习。大卫觉得滑稽可笑，连技术、工程类的学科都竖起了政治与种族的门槛，他始终觉得使人高贵的是思想而不是血统；但大卫还是接受了教官的安排。在他看来，攻读什么学科都一样可以抵达梦想的彼岸，这世上别人抢不走的东西是藏在心中的宏图与潜入脑袋里的智慧。其实在大卫14岁的时候，就会自己用震荡线圈和磁铁组装简易的电话，在夜里对隔壁的小朋友偷偷地讲恐怖故事了……

只可惜，拿到录取通知单的大卫没能等到跨进大学校门的那一天，就已汇入被放逐的浩荡的犹太族群里。正当大批犹太人不知去往何处时，传来了一则好消息：中国的上海接受欧洲的犹太人，且无需签证。在那里，如果运气好，美国大使馆还会给犹太人签发入境美国的通行证。

"大卫，上海是一座什么样的城市？"大卫母亲问他。

"妈妈，上海是东亚最西洋化的城市，不少英法商人都去那里做生意，挑战与机遇都很大，而且口岸开放，文化包容，是一座充满浪漫与冒险的魔性之都。我之前看过一本书，名字叫《魔都》，一位叫村松梢风的日本作家写的。书里记载了上海许多光怪陆离的现象。自由、光明与灰暗交杂。"

"大卫，我还能继续读书吗？"歌莉娅问哥哥大卫。

"当然可以，上海有犹太人学校，都是免费读书的。"

"那你也能读大学吗？"歌莉娅天真地问。

"这个，这个恐怕有点困难……"

"歌莉娅，我们全家只是在上海中转而已，不会久留。你哥哥到美国后一定要读大学的，他这么优秀。"列侬·麦德沃先生对女儿说。

"大卫，你书看得多，美国到底是个怎样的国家？"列侬·麦德沃问儿子。

大卫拿出一本书，名叫《希望之乡》，大卫告诉父亲："爸，等下你可以在旅途中看看这本书。美国不是天堂，它有腰缠万贯的亿万富翁，也有一贫如洗的流浪汉，治安堪忧，种族主义鲜明，但从一些已经去美国的犹太人撰写的书中可以看到，那片北美的新大陆很适合勤劳而智慧的犹太人，虽然也有战争，但犹太人不会遭屠杀，有些甚至已发财致富了。"

"希望美国签证能够顺利。"列侬·麦德沃低首默祈。

麦德沃一家怀揣着苏联的护照，跟随着社区拉比，通过远东的西伯利亚，过境伪满洲国的哈尔滨，正在隆隆的火车声中，朝着远东的上海飞驰。

从中国北方的哈尔滨到南方的上海，大约两千多公里。火车走走停停，要不断地换乘和穿过战争的缓冲区，大约要走十几天。十几天的路程，对好动又闲不住的大卫来说就是无聊和折磨。

忽然，大卫看见一个美丽的姑娘也在座位上静静地看《希望之乡》。那一刻，她的睫毛和小巧挺直的鼻子让大卫的心怦怦直跳……

女孩的身旁坐着她的父母和弟弟妹妹。他们一家衣着光鲜、举止高雅，像不幸闯入土鸡群中的孔雀，却在努力收敛着自己高傲的尾巴和目光。

大卫希望姑娘的目光能够注意到他，但是，她好像被那本书迷住，脸上漾起会心的笑容。

姑娘叫朵拉，今年18岁。朵拉是长女，她的母亲当年逃到哈尔滨时正怀着身孕，不久在哈尔滨犹太医院生下了她。朵拉父亲叫艾萨克·诺维兹基，由于诺维兹基家族在苏联成了资产阶级，是苏维埃的敌人。所以艾萨克结婚之后就带着妻子背井离乡，在哈尔滨定居下来并开办了啤酒厂。不得不佩服犹太人的生意经，连艾萨克本人都没想到，到1937年秋冬，他的啤酒厂已然是远东著名的酒厂。

当艾萨克还没好好坐下来喝一杯酒享受成功的喜悦时，灾难已向他逼近。

日本人看中了艾萨克的啤酒厂，提出合资经营。艾萨克从日本人的客套中，听出了不容置疑的胁迫的味道，这让他不寒而栗。于是，他毫不犹豫地将啤酒厂低价卖给了日本人。因为他有了近期与远期的生活目标：近期就是到上海去。听说那座城市会以其璀璨与包容向所有的远游客展开温暖的怀抱。或许他可以重新开一家更大规模的酒厂……

接下来的几天里，大卫对朵拉一直在悄悄窥探。

那天阳光正午，车厢外的风景如画，当大卫的视线再次落在那位坐在窗边安静看书的朵拉时，人就变得僵直了，大脑一片空白。窗外的阳光映衬着少女低垂的发帘和睫毛，光洁的皮肤上反射出一圈光晕，大卫被这光晕迷惑了，他隐隐地听到一种翅膀不断振动的遥远的嗡嗡声。那是清澈的湖水边蓦然惊起的蜻蜓飞落到鲜花上的声音，它召唤着少年去追逐蜻蜓，然后对着太阳，使劲地欣赏蜻蜓那梦幻般的缤纷之美。那种美使人眩晕陶醉，大卫心跳加快，不敢直直地看她，但禁不住心动，又不停地悄悄张望，他听到少女的父亲唤她朵拉，此刻朵拉也许正被书中的某种情景触动，嘴角往上翘，露出浅浅的笑容，在大卫眼里，这笑容比他见过的所有女子笑容都美。

朵拉依然还在看那本《希望之乡》，那也是大卫喜欢的书，这部犹太女作家玛丽·安汀的自传体小说在世界范围的犹太人读者中影响不小。大卫冥冥中觉得这个女孩已走进了他心灵，他展开了少年幻想的翅膀，说不定在某一刻他们已邂逅过；或许他们在尚未出生前就已注定了今生的相遇……

大卫从座位上起身，眼光痴迷的他，忽然看见朵拉父亲，一个长着鹰钩鼻子、头戴哈尼派黑色礼帽的犹太中年人，正向自己转过头来。他的下巴扬起，神情严肃。大卫的脊背掠过一阵寒意，本能地躲避着朵拉父亲那誓死保护女儿的冰冷目光，起身向车厢洗手间走去。

那一刻，少年的世界倒塌了。蜻蜓、鲜花和草原，刚刚还令人梦幻的一切，现在被朵拉父亲乌云般的翅膀遮蔽了。大卫站在车厢的连接处，想抽烟，想喝酒，想找个能够俯瞰黑暗和光明的山崖向上帝祈祷……

不知过了多久，大卫看见朵拉从座位上站起，朝着他的方向走来。朵拉的美丽让整个车厢旅客的目光如波浪一样追逐着她，当朵拉一步步朝大卫走近，他都快窒息了。

但朵拉看也没看他一眼，就径直推门走进洗手间了。这时大卫急中生智，以迅捷的速度返回自己的座位并从背包里拿出那本已经翻旧的书。他停留在从洗手间出来的过道上，佯装手捧一本《希望之乡》看得津津有味，不时还笑出声来，但他的耳朵在密切倾听洗手间的拉门声……

他什么都没看进去，但他对这本书的每一个情节几乎都能背出来，他在等待，每一秒都是冗长的时光，消耗着他的能量。

"吱呀"一声，朵拉走出来了，这让他表情立刻陷入僵硬，手颤抖起来，他故意往过道的中间退半步，这样阻挡着，朵拉就无法顺畅走回座位了。

"抱歉，能给我让一下过道吗？"朵拉轻柔地说。

他佯装没听见，沉浸于书间。

"先生，不好意思，麻烦您给我让下过路。"朵拉的声音稍微响了一些。

大卫这才转过身来，目光迎向朵拉的眼睛，那一瞬间，朵拉的目光被《希望之乡》吸引住了。

"您也在看这本书？"朵拉的眼里闪过光亮。

"为什么不呢？这个车厢里的人，几乎都是被这本犹太人的精神自传吸引的，它描述了那片新大陆的丰饶。"大卫装出一副镇定而成熟的姿态，摆出了很有学识的架势。

"哦，你好，我叫朵拉，很高兴认识你。"

"我叫大卫。"他给朵拉让了路，然后那双灼热的眸子便追随着她的背影。

就这样，大卫如愿以偿，与朵拉认识了，在接下来的时光里，他竭力展示自己的才华，在车厢里高谈阔论，从文学到艺术，从建筑到音乐。

有一个黄昏，他们一起去餐车，面对面地坐下，大卫问她："朵拉，你最喜欢谁的诗？"

"普希金。"

"太好了，与我一样，"大卫接着就抑扬顿挫地背诵了起来，"在蔚蓝色的天幕之下，静卧的雪反射着太阳，就像一张张壮丽的地毯；只有透明的森林泛着黑光，银霜间的枞树挤出翠绿，冰封的溪流闪闪发亮。"

没想到朵拉马上也以普希金的诗呼应了大卫。"愿你的未来纯净明朗，像你此刻的目光；在世间美好的命运中，愿你的命运美好欢畅。"

"我用软弱的低语呼唤我的爱人，但在我的意识中又聚起阴郁的幻想。我用我软弱的手在黑暗中把你寻觅。突然，在我滚烫的额头，我感觉到你的眼泪、你的亲吻和你的气息。"

朵拉被大卫饱含深情的朗诵吸引，她的心也开始狂跳起来。她把目光从大卫的脸上移向窗外的风景。她听到大卫在低语："你最可爱！我说时来不及思索，而思索之后，还是这样说……"

没想到，大卫的朗诵赢得了整个餐车的一片掌声。在大家的鼓励之下，大卫站起身为犹太难民朗诵了《希望之乡》里精彩的段落，周遭掌声不断。

朵拉在接下来的旅程中,时不时会坐到大卫身边,听他谈论时局,听他说生硬的上海话。并且,他们约定,如果到了上海,如果拿到了美国签证,那么,他们没准还会坐同一艘船到美国的。

"如果到了美国,我们还有可能在同一个城市生活。纽约还是旧金山?如果是纽约,那么会住在曼哈顿吗?"大卫进入了憧憬之中。

其实,朵拉也一样进入了对未来无限的想象,她内心喜欢大卫一直说下去,一直说那么,那么……

但他们都不敢说下去。

"那么,有可能我们住在一栋楼里,每天面对着中央公园,我看见你抱着一个小男孩,与你长得好像……"朵拉梦呓般幻想,此时,车窗外月色朦胧,车厢里灯光昏暗。

"要是有一天,你成为我儿子的母亲,那有多么神奇啊!"大卫在心中想,这个想法让他的脸红了,毕竟他还只是个19岁的少年。

在列车行将抵达上海火车站时,他们已经有种依依不舍、心心相印的感觉,他们第一次拉了手,朵拉的小手在大卫的拳头里微微出汗,不停地战栗。

告别那一刻,大卫引用《希望之乡》里的一句话发誓:"朵拉,我们后会有期。无论是在上海或是美国,记住,我们流浪的犹太人永远不会被击倒,因为智慧与信念,自由与爱是我们飞翔的翅膀。假若我们能够再次相逢,一定是上帝的旨意。"

一

在上海火车站，犹太人立刻被两个难民组织机构接待。一个是专门接待东欧各国（主要是波兰）以及乌克兰、俄罗斯犹太人的，叫"援助东欧犹太难民委员会"，简称 EJC；另一个叫"援助欧洲来沪犹太难民委员会"，简称 CFA。

两个难民接待委员会的标语下面，难民们一排队，立刻分出了不同：来自德国、英国与奥地利的犹太人衣着光鲜，大大小小的皮箱殷实而饱满；来自东欧的犹太人则衣衫褴褛，大都提着陈旧的箱子，背着铺盖之类的行囊。

上海不仅有犹太人入境的便利，还有先期定居上海的那批犹太人的财力。当时英国的巴格达商人中有沙逊家族、卡多利家族、哈同家族等著名富豪；俄国犹太人中也有一些挺富裕的，虽不能与英国那几个家族相比，但也颇有财力。犹太富豪们为来到上海的犹太难民提供了很多帮助。

德国、英国与奥地利富裕的犹太人陆续被小汽车接走，更有一些人坐上了让人羡慕的古董车，他们基本上都被安排到租界里的公寓或在大酒店的客房里过渡一下。

朵拉一家拿的是伪满洲国的护照（良民证），而且俄罗斯犹太人在上海与日本当局关系很好。朵拉父亲找了一个临时公寓，并住了进去。

"爸爸，我们会住多久？箱子需要打开吗？"

"孩子，我们不会住久的，简单的衣物可以拿出来，我们尽快去办签证，然后到美国。"

而在火车站出口等候的东欧犹太人却被卡车拉到外滩沙逊大厦临时难民营。大卫一家住进了临时收容难民的沙逊大厦。难民营的管理方希望所有犹太人能够及早外出找到工作，这样可以有钱自己租房；期待他们尽快拿到签证，腾出地方给蜂拥而至的一批批难民。

他们到达的第三天，朵拉一家和大卫一家在美国驻沪领事馆不期而遇，开始办理签证。

"朵拉，我说的吧，上帝又安排我们见面了，如果签证顺利拿到，我们可能又要开始一段长长的旅途，不过这次是坐船，坐船有趣多了，在大海上漂流，坐在甲板上数星星。"大卫在朵拉耳边说。

"我的心跳得厉害，签证拿不到怎么办？"这一刻的朵拉，已经不是火车上展开想象翅膀的朵拉了。因为她看到大部分从领事馆出来的人都是一张张沮丧的脸，只有少部分的犹太人出来时笑逐颜开，手握美国签证向排着长队的人群祝福与炫耀。

今天的大卫和朵拉，哦，是这两户人家，他们一个个都将自己打扮得非常整洁和漂亮。大卫穿着西服，朵拉身着碎花的布拉吉大阔裙。他们互相祝愿着、祈祷着。等排到他们时，朵拉一家先进去了，但没一会，就听见朵拉父亲大声嚷嚷地据理力争，被领事馆内海军陆战队的队员轰了出来！跟在艾萨克后面的是满脸沮丧的朵拉母亲与弟弟妹妹，最后走出来的是朵拉，一副梨花带雨的样子，眼睛里充满绝望和泪水……

大卫目睹这一切，他拳一握、心一沉。

原来，朵拉一家的问题出在伪满洲国的护照上。他们声称自己是俄罗斯人，有直系亲属在美国，并且有公证材料和律师文件。但是，俄罗斯已归入苏联。朵拉父亲拿出的是一家人的伪满洲国护照，可是，美国人不承认伪满洲国，与伪满洲国没有外交关系。伪满洲国的护照其实就是一张日本当局发的良民证。

"严格地说，你们现在是无国籍难民。"美国签证官说。

朵拉父亲认为自己不仅遭遇了不公平，而且还受到了侮辱！他无法忍受美国人的傲慢和自私，用俄语大声发泄道："无国籍难民？你这个蠢货，太无耻了！我们是俄罗斯犹太人，去哈尔滨是经营最大的啤酒厂。你看不起我吗？我是老板，我厂里赚到的钱都可以压扁你！"

签证官的头都没抬一下。

就这样，朵拉一家被美国领事馆的陆战队员赶了出来。

大卫看见朵拉失望和难过的样子，忍不住对朵拉说："朵拉，请你给我你在上海的住址……"

朵拉哭着问："有什么用呢？你要去美国了，而我却在上海……"

"如果我到了美国，拿到了国籍，就来上海接你……我们，我们结婚吧。"大卫鼓起勇气对朵拉说。

朵拉吓了一跳，停止了哭泣。恋爱都没谈，就提出结婚？这个大卫疯了。

就在这时，大卫一家被唤进了领事馆。

朵拉呆立在路口，被刚才大卫那句大胆的话击晕了。这时，她父亲艾萨克喊着女儿："朵拉，还等什么呀，我们走了。"

但是，朵拉没有走。她在等大卫。她要等他从领事馆出来，看他拿到签证没有。当朵拉把大卫刚才说的话告诉父母亲时，艾萨克老练地表态：如果大卫一家获得签证，那么就不是等他们到了美国，拿到国籍身份才结婚，应该是现在！谁知道呢？大卫即便是候鸟，一定也是回到从前的窝里。而美国那么大，小伙子又这么帅，什么事都可能发生！

"爸，你说什么呀，我们都还是孩子，这是人家好心的安慰罢了。"

"你18岁，不小了。你妈像你这个年纪，肚子里已经有你了。我在她16岁的时候就向她求婚了。"

"艾萨克，你说什么呀，我当时还不是被你骗的？你说让我一辈子过上贵族生活，可现在我跟着你到处流浪，连家都没有了。"

"亲爱的，我哪里骗过你？当时我周围那么多姑娘喜欢我，但只有你每天悄悄给我捎情书，我也就被你打动了。"

"艾萨克，你厚颜无耻，当着孩子们的面说这些话好意思吗？"

朵拉破涕为笑。

一会儿，大卫一家出来了。大卫的父母亲和妹妹歌莉娅的脸上洋溢着对新生活的神往，而大卫最后一个出来。

朵拉走上前，看了大卫一眼，欲言又止。

大卫撇了撇嘴说："我们一家投奔的是姑妈，我已过了18岁，没有通过。但是，爸爸妈妈和妹妹都拿到居留签证了……"他的语速非常平静，言语间并没有任何沮丧与失落。

朵拉不知道说什么。只是用目光安慰着大卫。大卫朝她微笑，仿佛这个结局是他所喜悦的。

朵拉的父亲已经不耐烦了，喊着朵拉快走吧。他一刻都不想待在这个地方。如果想做梦，那就去酒吧好好喝几杯，然后回家睡觉。

回到难民营，大卫的父母亲再次征求儿子的意见：
"你确定一个人在上海可以吗？"
"当然，没有问题。我已经19岁了。"
"到了美国，我们一拿到绿卡，就给你办理签证文件。"

转眼，大卫和父母亲告别的日子到了。大卫在上海十六铺码头送别父母亲和妹妹歌莉娅。

大卫父亲再次拥抱儿子，他悄悄地将几个钱币放到大卫的口袋里。

他有些歉疚地说："作为父亲，我留给儿子的除了爱与不舍，居然是一大把角币，对不起，儿子。"

大卫却笑嘻嘻地说："不，爸爸。你留给我的还有快乐和智慧，有这个本钱，我能对付所有的生活！等着瞧吧，过几年你们再见到我的时候，我没准开着大轿车来接你们了。"

"亲爱的大卫，妈妈每天都会想你。"
"我也是，妈妈，放心吧，我是个男子汉了，祝一路平安！"

开往美国的轮船鸣着笛声走了。大卫在码头上呆立了很久，他为父母与妹妹高兴，心想，怕什么？去美国是早晚的事，重要的是我不能饿死、病死。

回到难民营，他拿走了自己唯一的财产：一个装着破烂衣物和全家福照片的俄罗斯背囊。他饿了,但是难民营的免费面包是给救济难民的。他已经不属于这里了。

大卫走在黄浦江边,双手插进口袋里。他摸到了父亲偷偷放进口袋里的零钱。

"零钱怎么有些沉啊!"他把口袋里的东西全都掏出一看,手心里闪烁着的是金光闪闪的两枚金币,混杂在一堆零钱里。

他的眼里顿时盈满咸湿的泪水。他对自己说:这是麦德沃家族的传承,自己绝对不会去兑换掉、把它当作货币或金钱使用。

"那是幸存者活下去的精神信念!"

他没有买吃的,却走向一个擦皮鞋的地摊,用手心里捏紧的那把零钱买下了中国人的刷子、各色皮鞋油和两个板凳……

他的旁边就是沙逊大厦。沙逊大厦的大堂临时变成难民收容场所,但是客房仍然作为高级旅馆。不少初来乍到的外国游客走出酒店,看见大厦对面一位白人小伙子在擦皮鞋,都会走过去让他擦鞋,以便在闲聊时获得一些本地的形势、餐饮、风俗、景点等信息。而大卫逢人便微笑,热情问候,有问必答,哪怕他不知道的也会说得头头是道,他总是快乐地为客户服务,在与他们简短的交流里就能琢磨到对方的身份、背景与性格。他充满自信,丝毫不觉得擦皮鞋是低人一等的活。并且,他常常会揣摩着客户的情绪来给他们讲一个个有趣的笑话。他的幽默感与生俱来。

那天下午,从沙逊大厦走出来一位英国商人,他穿过马路走到大卫的摊位擦皮鞋。这已经是他第五次来了,他每一次来都显得郁郁寡欢,任凭大卫怎么热情招呼,他都面无表情、冷若冰霜。但大卫通过他的侍从知道了这位商人之妻抛弃了他并跟一位美国佬走了。

于是,大卫边擦皮鞋边给他说笑话:话说有一位犹太人带了个很大的箱子上了火车，火车开动后，查票员发现他只买了张"儿童票"，查票员说："你是成人，至少有四五十岁了吧，得买全票。"那位犹太人说："我身高刚好一米二，按你们规定当然应该买半票。"于是，两个人就吵了起来，互不相让，最后，查票员发怒了，就一脚把犹太人带的大箱子给踢出车厢，犹太人急得吼叫起来："我要告你，你把我老婆给踢出火车外了……"

商人听到这里就笑了，大卫第一次见到他的笑容。他离开时递上10美元，说了句："是该踢出去！"然后，扬长而去。

"先生，您的慷慨一定会得到上帝的馈赠。"大卫在他身后说道。

有一位往返俄罗斯与上海经商的犹太人托尼，经常来他的擦鞋摊，他非常喜欢大卫，给的小费越来越多，多到远远超出擦鞋的钱几倍几十倍。当他听到大卫的赞美时总说："谢谢，亲爱的小伙子。上帝给我的已经够多了，让好运降临上海吧。这座城市多灾多难却义无反顾地收留了我们。"

"是啊，先生。您真是一个好人，不是每个人都舍得将好运让给别人分享的。我的舅舅是一个玻璃匠，他每次向上帝祷告的时候，都说上帝啊您太仁慈了，您如果再不下一场冰雹，我的生意就会破产……"

"让上帝祝福所有善良与信他的人们。"他蹬着被擦亮的皮鞋走在尘埃遍布的外滩街头，没过两天他就又会来到大卫这里擦鞋。

那天黄昏，托尼与太太一起来擦皮鞋。从他们的交谈中，大卫知道托尼正想找一家外资银行的保险柜来放置自己的国债券、保险单与金币等，但显然又担心年费高。这时大卫想起自己曾经在哪儿看到过一篇很幽默的故事，于是就边擦鞋边叙述了起来：我给你们讲个真实的故事吧。

一天，有位犹太人走进一家纽约银行，来到借款部，大摇大摆地坐了下来。

"请问先生，我能帮你什么呢？"借款部司理满脸堆笑地问道，他打量这位先生的穿着：一身奢华的西装、佩戴着名贵的金表、穿着高档的鳄鱼皮鞋，还有领带上镶着宝石的领带夹。

"我想借钱。"

"好的，你要借多少？"

"不多，仅1美元。"

"只需1美元？"

"不错，我只借1美元可以吗？"

"没问题，但手续与借几十万美元是一样的，需要您有担保，我建议，你不妨多借一些。"

"我这些够做担保了吗？"犹太人边说，边从奢华的皮包里取出一叠股票、国债，放在司理的写字台上。

"总价值有50万美元，够了吧？"

"当然足够！不过，你真的只需1美元吗？"司理觉得不可思议。

"是的。"说着，犹太人接过了1美元。

"年息6%。一年后只需你还本付息共1.06美元，银行就会把这些担保的股票、国债还给你。"

"好的，谢谢。"

犹太人说完，就起身准备走出银行。这时，在一旁关注刚才一幕的银行行长怎样都想不明白，一个具有50万美元财产的人，为何会来银行只借 1 美元？1 美元，哪儿没有啊？还得抵押上这么多贵重财物？他担心那个人是否精神出了差错，于是匆忙追赶上去。

"这位先生，你好。"

"有什么事吗？"

"我有些纳闷，实在搞不明白，为何你拥有 50 万美元的财产却要来我们银行借 1 美元？倘若你要借 30 万、40 万美元的话，我也会十分愿意的。"

"请别为我忧虑，我也非精神出了差错。我来贵行前，曾经问了几家银行，他们保险箱的年费都十分贵。所以，我打的算盘是在贵行存放这些股票、债券……几乎免费，又非常安全，一年只需花 6 美分，这价格上哪儿去租银行保险箱啊！"他说完就向行长挥手致意，微笑着扬长而去……

托尼听完大卫的故事，拍腿称赞："真是个好方法。"

擦完鞋他给了大卫一大把零钱当小费，"小伙子，有智慧，前途无量。"

次日早上，大卫就拿昨日的小费去买了修理鞋子的一些工具以及各种常用色泽的牛皮、羊皮碎料，因为仅仅擦鞋的收入太微薄，他要增加修鞋这项服务。

每当夜色降临，大卫收拾好皮鞋摊，就会不知不觉进到了沙逊大厦的后厨。那里灯火通明，志愿者们在通宵烤制面包。大卫试图帮忙烧火，他其实不会干别的。在后厨帮忙可以在后半夜睡觉，当然，也可以吃免费的面包。后厨的领班问大卫会不会烤面包，尤其是和面、发面。因为那是一个力气活。如果会的话，从明天晚上开始，就可以来打工。

大卫毫不犹豫地说："会，当然会！我是从小看着妈妈做面包长大的。"

但真让大卫和面、发面，他还是不在行的，不过，这些手艺在好学的大卫面前丝毫不成问题。

第二天，大卫按照地址，找到了朵拉一家临时入住的公寓。他把擦皮鞋的木盒藏到附近的树丛里，然后，敲响了朵拉家的门。

很巧，正是朵拉开的门，她显得很惊讶。但是，朵拉希望有什么话在外面说。大卫却说希望拜访朵拉的妈妈，请教一些问题。朵拉犹豫了一下，但她无法拒绝大卫诚恳的目光，只好请大卫进来。

朵拉家的氛围有些怪异。朵拉的爸爸艾萨克，一个勤俭持家的吝啬鬼正在给一家人分配食物。他最多，因为他是家庭的主要收入来源；其次是朵拉的妈妈，因为她要操持家务；然后是三个孩子。

艾萨克将大小不一的面包和黄油分配到每个人的盘子里，看见大卫进屋，老吝啬鬼在胸前划了个十字，他说：是你呀，亲爱的大卫，我还以为是房主来催房租呢。不过，很遗憾，今天我们没有多余的面包给你。如果爱情能够填饱肚子，你可以和朵拉单独去谈谈……

大卫说谢谢艾萨克先生。其实，爱情和时间都很宝贵。我是来找朵拉妈妈，亲爱的大婶，向她请教怎样做面包的。

朵拉妈妈热情地教大卫怎么样和面，怎么样发酵，怎么样烤制。

"大卫，酵母与盐都不能放多，放多了会酸，会苦。"她说。

"大婶，这句话我很熟悉，我父亲经常对我说：人生有三样东西不能使用过多，除了酵母与盐之外，还有犹豫。凡事一犹豫，就远离成功的希望了。"

"是啊，这话有道理。我们犹太人有句谚语叫做宁愿做过了后悔，也不要错过了后悔。你们年轻人，就要放手去创造生活。"

"谢谢你，亲爱的大婶。"

大卫临走的时候，朵拉送了他几十步路，他鼓励朵拉，只要心中有梦，在哪儿都是希望之乡。"上海是一座闪光的城市，我们的生活一定会好起来的。"

朵拉点点头。

道别时，大卫将三块粗糙的糖，放到朵拉的手心。那是他用擦皮鞋的钱，买给朵拉的礼物。

朵拉回家，将三块糖分给弟弟和妹妹。

弟弟妹妹终于明白了大人为什么会谈恋爱，因为爱情是甜的。

第二天晚上，在沙逊大厦的后厨里，大卫穿上面包师的工作服，开始和面、发面。尽管他的动作僵硬、生疏，但是，由于年轻有力气，能将几十公斤的面团抱起来，放到案板上，所以，领班很欣赏大卫。大卫被收留了，当难民营的义工。待遇就是他可以吃免费的面包，可以在后厨的仓库里睡觉。

二

1938年隆冬的上海公共租界，格外的寒冷，一场铺天盖地的大雪，将外滩万国建筑的楼顶以及江边的路，变成白皑皑一片。大卫两只手冻得已经红肿，手指上都是一道道皲裂的口子。但他不顾疼痛，依然在街头的寒风中擦着皮鞋。

大卫好想念在俄罗斯的童年时光，也是这样的白雪皑皑，他躺在温暖的床上，听奶奶讲阿法纳西耶夫的童话故事。最难忘的是她讲的《青蛙公主》。

古时候，有个国王，他有三个儿子。当他们长大成人了，国王把他们召集到一起，对他们说："我心爱的儿子们，趁着我尚未年老，我想给你们娶亲，我要亲眼看到我的孙子们出生长大。"

三个儿子齐声说："好的，爸爸。不过您想让我们娶谁呢？"

"孩子们，这样吧，你们各取一支箭，到空旷的田野去把箭射出，箭落之处，就是你们的命运所在。"

三个儿子向父亲深深鞠了一躬，各取一支箭，来到空旷的田野，拉紧弓，射出了箭。

大儿子的箭落到一个贵族的院子里。贵族的女儿拾起了这支箭。二儿子的箭落到一个商人的家门口，商人的女儿捡起了这支箭。而小儿子伊万王子的箭却腾空而起，不知飞到哪儿去了。于是他就朝着箭的方向走呀，走呀，来到了一个沼泽旁。看见那儿蹲着一只青蛙，正托着他的那支箭。伊万王子对它说："青蛙，青蛙，请把箭还给我吧！"

青蛙却说："亲爱的，请娶我做妻子吧！"

"你胡说什么呀！我怎么能娶一只青蛙做妻子呢？"

"带我走吧，亲爱的，这是你命中注定的……"

大卫陷入了沉思，他太想念俄罗斯了，想念童年欢乐无忧的日子，想念已经在天国的奶奶。他的眼泪一次次流出来，却很快结了冰珠。

"为什么人类不能像童话那样美好呢？到处是战争，战乱，屠杀与流浪……"大卫期待着父母能尽快把自己接到美国。心中存有希望，眼下什么苦他就都能忍。

每当入夜，大卫收起擦鞋的工具，然后拖着疲惫的身子，提着擦鞋箱，朝着沙逊大厦走去。

大卫在沙逊大厦后厨烤面包的水平突飞猛进，他不断创新，把面包做成儿时童话故事里的青蛙公主形状，由此远近出了名，孩子们都喜欢沙逊大厦的青蛙公主面包，每天都卖得脱销，他成了烤面包的主厨。午夜临睡前，他烘完最后一批面包，就将这些热腾腾的"青蛙公主"装入一个大布袋里，然后走二十分钟的路，把布袋挂在朵拉家的门扶手上……

朵拉清早起床后的第一件事，就是打开门，查看有没有面包。每一次她捧着那一大袋面包进来，心中都充满了喜悦。当她看到弟弟妹妹津津有味地吃着柔软香喷的面包时，她有一种极大的满足感，这是多么奢侈的早餐，沙逊大厦的"青蛙公主"面包啊！都是有钱人的孩子们吃的，现在全家能随便吃，吃得饱饱的，这一切使得朵拉母亲对大卫平添了好感："大卫悟性真好，向我学做面包时还啥都不会，现在居然能做到这个水准，把童话故事融入面粉与水中了，改天我一定要拜他为师。"

一天，大卫的皮鞋摊前忽然停住一辆自行车。骑自行车的中国小伙，穿一身电话公司外线修理工装，他自行车的后车座比别的自行车低，装备着一个工具箱。但小伙子的皮鞋张嘴了，显然，小伙子的业务极其繁忙，每天都在骑车奔跑。

小伙子用英语问大卫："你能修鞋吗？"

"当然能。"大卫说。

"哎，真可惜，若不是战争，你这么帅，应该当电影演员，或者正在大学里念书。"

"没错，正是战争中止了我的大学梦。我已被理工大学的电话专业录取了，当时心中的抱负可大了，可惜啊，这场可怕的战争。"

"你叫什么名字？一个人在上海吗？"

"我叫大卫。嗯，我一个人在上海。全家都去美国了，正在等父母给我办签证呢。"

修鞋的时候，大卫很好奇中国小伙子的自行车。

"看上去，你是个外勤工吧？"

中国小伙很自豪地介绍自己是美商上海电话公司的外线修理工。

"哦，怪不得，否则你的皮鞋不会张嘴，而且靠车蹬的一面已经磨得发白了。"

"是啊，磨损得厉害。干我们外勤这行的，又辛苦又忙碌，但总算公司对员工待遇不错。"

"有多不错？"

"每个月16块法币。"他趾高气扬地说。确实，这收入在当时的上海不算差了。

"那么，你们美商公司招聘人吗？我英语很好，也熟悉电话技术。我从小就喜欢拨弄电话机，对这一通讯设备充满了好奇心，经常一个人把电话机拆开研究，后来包括接驳内线外线，我都掌握了，我那会儿所有的零花钱，都花在买相关专业书上了……"大卫一说到电话，情绪就高涨起来。

但小伙子神色黯然地说："战前的美商公司业务量很大，到处招人。现在的业务在走下坡路，因为日本人占领了除租界之外的上海所有地方，把大半个中国的长途电话也包了。所以，公司里的员工人心惶惶，担心自己何时被裁员。"

大卫感谢小伙子给他的信息，他不收他的修鞋费。中国小伙问为什么？大卫说，尽管这个消息让他失望，但好运气总是从失望中诞生的。

小伙子骑车走了，过了一会儿又骑回来了，他以严肃的神情追问大卫："你，你真的认为好运气都是从失望中诞生的吗？"看起来，中国小伙正深陷于失望的泥沼里。

"是的，我坚信。"

小伙一扫沮丧之情，忽然开朗起来，介绍说自己名叫李彼得，在上海一个基督教家庭出生，父亲是个在洋行里工作的小职员。

"大卫，如果你真的想应聘美商电话公司的话，或许有一个机会你不妨试一试。"

"天哪，太好了！我当然愿意尝试所有的机会，更何况是美商电话公司，那可是我梦寐以求的职业。"

"行，你现在就跟我走！"

大卫二话不说，把工具塞进鞋箱里就跟着彼得走。

李彼得带大卫到了苏州河边的大桥旁，他指着河的南边说："你看！这里是英国和美国的公共租界。整个北边是日本的占领区虹口和闸北。公共租界与日本占领区的关口就在苏州河桥的两边。美商公司的电话机，在战前已经延伸到公共租界的外面，在虹口和闸北区域大概有几千个用户。战争中，虹口和闸北的电线杆和分线箱以及用户话机，都不同程度地遭到了破坏。其中有些机构用户和房屋被日军和日侨占领了，电话坏了就要美商公司去修理。可是，每次去的中国修理工，都被日本人打骂甚至打残。现在一提到去日占区出勤，中国人宁肯被辞退也不愿意去。而公司里的外国工程师、技术员也都不愿意去。如果你有胆量到日占区去出外勤，没准美商公司会录用你，薪酬估计还会超过我。"

"我愿意试一试，我很想试一试，我一定要试一试。"大卫很兴奋。

彼得立马脱下制服，让大卫换上，因大卫个子高，彼得就给他身前身后拉直衣服，然后把客户的地址交给他。

出发前，彼得再次问大卫："你此刻后悔还来得及，真的愿意吗？"

大卫再次肯定愿意尝试，他希望在绝望和失望中找到希望。

李彼得在公共租界的检查站提着大卫的擦皮鞋工具箱等候，而大卫穿着李彼得的美商公司的电信服装，穿越日军检查站。

大卫一家刚到上海的那天，EJC 就替每个犹太人办理了租界地区当局颁发的身份证。这个证件他一直携带在身。

他越过苏州桥，进入苏州河北边日军检查站时，日军哨兵让大卫摘掉帽子，露出黄色的头发和高鼻梁蓝眼睛。哨兵指着大卫的模样哈哈大笑，似乎在说：瞧啊！你这个高傲的白种人，如孔雀般俊美，像舞台上跳着天鹅湖的芭蕾王子，居然，居然也干起了支那人的脏活。

大卫仰着头，神情显得坚毅而刚强，他没有任何耻辱的感觉，当日本人大笑的时候，他嘴角一抿也觉得好笑。你一个以杀人为职业的军人，却嘲笑以沟通人类文明、为民众谋福祉的电话工，呵呵，你不是更可笑吗？

进入虹口和闸北之后，大卫却怎么也笑不出来了。战争的废墟随处可见，在日军占领的区域里几乎见不到中国人。但在占领区外的棚户区里，蚂蚁一般的难民，蜗居在低矮的泥草房和用木板、油布、油毡搭建的棚屋里。那里，根本就看不见电线、自来水和干净的街道……

大卫按照地址草图，找到了虹口区的一处战前的楼房。楼房被日军占领后，交给一个瘸腿的日军残疾少佐管理，以收取房租作为抚恤金和生活来源。这是日军当年安置伤残兵员的一项政策。

瘸腿少佐是一个十分粗鲁的北海道农民，他的老家就在摩周湖的村落，他的童年非常不幸，母亲优美子在他 5 岁那年跟着一个东京来的男人走了……他记得那天摩周湖上的雾很重，他跟在母亲后面一路哭着追赶，但大雾使他看不清前面的路，一不小心掉进了湖里，险些丧了命，是一位渔夫大叔救了他，从此他小小的心灵变得无比冷酷，也不再流泪，对女人更是充满了敌意……

少佐只会日语，而大卫只会俄语和英语。这在往常，当中国人的电讯人员前来修理电话的时候，如果听不懂少佐的话，少佐的拐杖就劈头盖脸地抡过来，连打带骂。但是，今天他看见一个白皮肤、蓝眼睛的小伙子上门，少佐忽然心胸开朗，似乎是看见了一道美味的佳肴、一杯醇厚的美酒。少佐嘴里说着哟西哟西，把手搭在大卫的肩膀上，指着楼上的房间说："特律风（Telephone），特律风……"

大卫上楼拿起电话，测试了一下，很快解决了屋内布线问题。

少佐一直跟在他身后，他被美少年迷住了，变态地盯着19岁大卫的白皙脖颈和耳根，垂涎三尺。当大卫让少佐在施工单上签字的时候，少佐的猪手却伸向大卫的手臂，双目露出贪婪的神色。大卫后退两步，脸露惊慌，赶忙转身狼狈逃窜下楼，少佐一瘸一拐跟不上，就在走廊里大呼小叫，用拐棍狠狠地敲击着地板。这一敲，各个房间里忽然风一样飘出来许多日本妇女。这些日本妇女都是日军官或者阵亡士兵的家属，被暂时安置在这座楼里。她们见惯了丑陋的日本矮个子瘸腿男，眼前忽然出现这么一个唇红齿白的白人少年，如同看到了童话故事里的王子，一个个表情夸张、兴奋雀跃地围了上去。一个叫香奈子的风流寡妇，率先带头去摸大卫白瓷般健壮的胳膊，"好强壮啊，年轻人，能不能到我房间去啊，我给你表演日本艺伎的舞蹈……"

这时，女人们陆续涌上来，狂野地撕扯着大卫的衣服和腰带……

大卫吓坏了，他一手遮挡这些女人的侵略，另一只手高举着工具箱，狼狈地逃离了，他完全懵了。

"我是误闯了日本人的妓院吗?那个瘸腿是老板吗?"

大卫飞一般地逃回租界内。彼得在那里等候他。

"你怎么了?"看到大卫惊慌的神情,彼得以为他也遭到日本人殴打了。但细细打量大卫,发现大卫没有伤,更令彼得惊诧的是大卫的脸上、脖子上留有几道凌乱不堪的口红印,便疑惑地问:"没遭到挨打吧?电话修好了吗?"

大卫苦笑一声:"嗯,修好了,只是没有完成最后的签字程序。"

大卫递给彼得施工单,上面没有客户的签字确认。

"真的修好了?有信号了?"

"是的。我确定电话线路修好了,并且与公司修理部通了电话。"

"脸上怎么回事?"

大卫一五一十地把刚才发生的一幕说了一遍。

彼得二话不说,拿起施工单,就往大卫脸颊、脖子上的口红贴上去,施工单上印上了红印。

大卫显得很愕然。

彼得嘻嘻地笑着说:"大卫,她们已经在这里签字了!那么,你经历过刚才的艳遇,还想应聘到虹口和闸北当修理工吗?你能忍受这些臭口红印吗?"

"我已经想好了对付她们的办法。下一次,我会把自己弄得臭臭的,黑黑的,吃上大蒜、洋葱……"

他们相视而笑,这一笑就收不住了,大卫笑得前俯后仰,但笑着笑着竟然哭了起来,在那个街口,大卫哭得泣不成声,想起这些日子所遭受的委屈,想起不复再来的童年美好时光,想起前途未卜、希望之乡的愈发遥远,想起心爱的朵拉一家还在苦难中度日……

站在身边的彼得没有劝阻，让他哭个痛快吧，他自己也早已泪流满面了……

大卫的经历和勇敢，得到了美商公司麦尔斯总工程师的赞赏，他录用了大卫，并发给他一份中英文手册《技艺优良之修养》。

当晚，作为新员工，大卫在美商公司雷士德工业学校上员工培训课。麦尔斯给外线工程科的员工上的是技术课，公司总经理鲍德给大家上的是修养课。

"本公司的经营业务系公用事业，为社会服务，自应求其名誉得社会人士之称许，其职员受社会人士之欢迎……"

鲍德亲自示范，每个美商员工必须衣着整洁，发型必须藏在帽子里，裤子要盖住鞋面至少三分之二处，皮鞋不能有灰尘。进屋或者进楼之前，将皮鞋的脚底泥土擦拭干净。进屋或者上楼梯，必须让客户先走；进电梯的时候，必须最后一个进入，如果遇到人多，宁可等下一趟，也绝不能与客户挤电梯；遇到女士、儿童，处处谦让；遇到有人，不许喧哗；进到屋内，不许张望；遇到客户吵嘴或者不快，宁肯在室外等候，不能打探客户隐私，不许过问女职员私情……

大卫比别人学得更快、更好。因为这本来就是犹太人该有的礼仪与礼貌。

鲍德让大卫给中国员工做示范，并考问很多尴尬的问题该怎么解决。最后，鲍德问大卫："听说你的脸上被客户用口红签了很多字，那么，下一次你打算怎么办？"

"我打算去之前吃生大蒜与洋葱……"众人大笑。

鲍德摆摆手说不行。

"那我把自己弄得邋遢不堪，在脸上涂抹炭灰。"众人又一次大笑。

鲍德严肃地对大卫说，尽管他本人对日军深恶痛绝，对战争中的人性堕落感到绝望。但是尽管如此，公司的服务原则不能改变。你必须按照公司的规定，整洁干净地进入虹口和闸北，表现出美商公司的绅士风度与礼节。否则，你将失去这份工作。至于你可能遇到的风险、危险和意外，尽可能规避。公司会在合同细节里写得很清楚：有些属于不可抗拒的战争因素，公司概不负责；即便工伤，赔偿也是有限的。

大卫的工资是18块钱，比老员工彼得多出2元。这是因为大卫负责租界以外的地区，同时，经过考核，大卫的技术水平、教育水平和英语水平明显比中国员工高出一截。

大卫能拿18元，已十分地满意，他很快搬到彼得的房子里，两个人分担着一个房间的房租。大卫认为的好运气，终于来到了自己的身边，彼得却忧郁了："大卫，你说在绝望中能等到希望，那么，我现在正陷入绝望与烦恼中，请告诉我，我该怎么办？"

原来，彼得正在追求公司里的一个女接线员。玫瑰花也送了，热的夜宵也送了，花生牛皮糖和月饼也送了。但是，女接线员翠翠就是不接受彼得的约会邀约，连下班后一起逛逛马路都不情愿。这让彼得犯愁了。

"翠翠很漂亮吗？"大卫问。

"那还用说？"

一天下班后，大卫和彼得借故到机房看翠翠。等大卫到了机房接线处才发现，哇，全上海最漂亮最时尚的大家闺秀，几乎全云集到了这里。接线员们穿着时髦的旗袍和西式套裙，烫着波浪头，挂着耳坠，涂着口红，优雅地吸着香烟，用英语和标准的国语，回答或询问客户的要求，转接着来自世界各地的电话线路。

"美商电话公司为什么都招漂亮接线员？接线员只要礼貌客气就好，客户是看不见她们脸蛋的。"大卫不解。

"美商公司吸引力大，来应聘的漂亮小姐多，她们不是英语专业毕业就是留学归来的富豪之女，那些金发碧眼的小姐都是欧洲来的。美丽的接线员们成了美商的一道风景，"彼得继续说，"我认识里面的几位本地女孩，不少是上海圣约翰大学出来的。她们每个月的工资是我们外勤工程科修理工的三倍多。"

"你喜欢的翠翠也是圣约翰大学毕业的吗？"

"她不是。她是例外，没读过多少书，贫苦人家出生，但人聪明、语言很有天赋。"

彼得告诉大卫，许多电话客户甚至为了听她们的声音，一遍一遍地叫电话转接。每打一个电话，租界之内每分钟五分钱，到闸北虹口是一角五分，越过租界到上海吴淞就得三角。打长途那就更贵了，等待转接期间就算费用，动辄就是十几元的法币。彼得自己一个月的工资，还不够打一次到美国的长途。

正是下班的点，大卫和彼得在公司的大门口，看见欧洲名贵的小轿车、古董车排成了队，将花红柳绿的"特律风"小姐们一个个接走。其中，最醒目的是一辆黑色大奔驰，刚停在大楼前，两位保镖就从车门里走出来，接走的是一位身穿貂皮大衣、气质不凡的小姐。

"这是姚慧君吧？"大卫问彼得："为什么她有保镖接送？"

"你不知道吗？姚慧君是大富豪姚润笙的独生女，是美商上海电话公司的一道独特景致，头牌美女，她就是圣约翰大学出来的，后来去了纽约留学。姚氏家族在日占区有相当大的势力，还经营着旧金山到上海的贸易航线，为日本人转运战时物资。像这种身份的人是不需要上班的，但是，姚小姐是新潮女性，不愿意在家里当富

32

贵鸟，所以每天就把美商公司当作选美舞台，秀秀美式英语，走着婀娜台步，展示着巴黎时装与意大利高跟鞋的摩登，说不定也在寻找着她的下一个猎物呢！"彼得说起姚慧君显得很兴奋。

"那日占区有事，可以找她家族去沟通吗？"大卫更关心的是自己的业务发展。

"那还用说？我们总经理隔三岔五就去找姚润笙，但有些事姚润笙也爱莫能助，日本人鬼着呢！"

彼得向大卫介绍了姚家的背景。

姚慧君只是姚润笙的私生女。姚润笙的三个老婆分别都给他生了儿子。原配的儿子姚慧滨掌管姚家的全部家产；二房儿子姚慧江是日伪政府的财政部长和央行行长，掌管着日伪政府的财政大权和姚家产业的资本来源；三房儿子姚慧海，从小喜欢舞枪弄棒，不思长进，年纪轻轻就混了个日伪政府的挂名旅长。姚慧君的母亲是一位绝色的苏州评弹演员，自从与姚润笙好上，就一直在外被包养，名不正言不顺，不能重返舞台，只能朝思夜盼地等着男人……她生下姚慧君之后，就鼓励女儿自小独立，以后不要当富豪的金丝鸟。

姚润笙虽说生了三个儿子，但女儿就慧君一个。她美丽聪慧，见过大世面。姚润笙对女儿是又爱又愧疚，于是，凡事就由着她的性子。而慧君的三个哥哥，都明争暗斗，觊觎着老爷子的财产，没有谁在乎妹妹的风月八卦，倒是每个人都宠着、惯着她。慧君是爸爸的贴心小棉袄，她若在老爸耳边吹一缕风、惊一声雷，哥哥们都吃罪不起。因此，都千方百计地讨好她，这也让她的性格越发骄横跋扈，肆意妄为……

大卫耸耸肩，做出一个难以理解的表情。

彼得好不容易等到翠翠出来，他假装正好下班路过，鼓起勇气迎上去想约翠翠，但一辆小轿车停在了翠翠的面前。

"Sorry，Peter。"翠翠一声娇滴滴的招呼，就把彼得扔在了路边。

小轿车一溜烟地扬长而去，坐在后座的翠翠看都没看窗外的彼得一眼，她拿出化妆镜，对着自己的嘴唇涂抹着艳丽的口红，气得彼得在心里发闷，大骂翠翠良心被洋狗吃了。

大卫看着这一幕，直摇头。"彼得，我觉得翠翠心里根本就没有你，你为什么要追求一个不爱你的人？"

"你没发现她很美吗？简直与广告上的女人一模一样。"彼得指着墙上香烟广告里的美女说。

"原来你把翠翠当成画里的女人了？她再美与你有关吗？"

"不行，我知道翠翠现在去哪里。我一定要找到翠翠，要她给我一句话。否则我是不死心的。"彼得固执地说。

在凡事较真的彼得看来，他需要翠翠给他一句话。因为，他平时送翠翠礼物的时候，翠翠一直对他微笑来着。在他心里，那微笑代表着鼓励和允许。

只见彼得迅捷地骑上自行车，拼命地追赶早已远去的小轿车。大卫措手不及，阻拦不了，只好跟着彼得，怕彼得冲动，干出蠢事。彼得才19岁，这年龄的小伙子荷尔蒙分泌旺盛，所以一定要用理性去抑制冲动。大卫对此深有体会。

四

让时间回到1937年的秋天。美商上海电话公司招进了一位颇有背景的美女接线员。

她身材窈窕，鹅蛋脸上柳眉如画，眼神梦幻，秀挺的瑶鼻，凝脂般的肌肤，莞尔一笑，一排珍珠般的牙齿散发着光泽。

她每天都穿素雅的旗袍，高开衩、暗花或纯色，旗袍将她瘦削修长的身段衬出婀娜多姿。她衣着讲究，不是纽约带回的就在上海本地私人定制，她脚下蹬着的一双双细高跟皮鞋都是意大利货。

她叫姚慧君。

十里洋场的上海，不缺漂亮宝贝，但她们大多媚俗、肤浅，像姚慧君这样浸染过西方文明又出生于富豪之家的，并不多见。她那优雅到骨子里的风情与冷艳，引来美商高管们关注。

"我说，说什么来的……"总工程师麦尔斯在走廊里碰上总经理鲍德，刚想汇报工作，忽瞥见姚慧君从身边走过，便有些语无伦次、心不在焉了。

"麦尔斯，咱美商公司春风吹拂，可别沉醉其中啊，哈哈。"鲍德拍了一下麦尔斯的肩膀就离开了……

美人的身后总会有人窃窃私语，传来各式各样的传闻。
"姚慧君是大富豪的私生女……"
"她去美国留学还不是因为被上海圣约翰大学开除了，据说与学校医学院院长有染……"
美人的风流韵事被添油加醋、传得绘声绘色，那些细节甚至欢爱时的呻吟，她们仿佛都亲耳听到了。
"是一位教授发现的，他当时去找院长，走到办公室前隐约传来阵阵喘息，他担心院长是否心脏病发作了，就拼命敲门，随后里面安静了下来。教授觉得好奇，站在走廊上没走，不一会儿，门轻轻地开了，出来的是姚慧君……"
这些绯闻从本地女接线员这里传出，但并未在男人聚集的美商公司溅起什么大的浪花。
姚慧君自己当然听到了风声，但好像与她无关，至多也就吹拂起她几缕发丝而已，她依然每天端坐在话房，不停地转接来自海外的电话，等午餐或喝茶时那些上海姐妹们偶尔会含沙射影提及，但她笑笑，不做任何辩解。每天她依然像微风一样在人群里飘然而过，目不斜视。她常常在下班后相约公司里的白人帅哥美女去"香肠男高音"喝一杯……

"香肠男高音"，挺幽默有趣的名字。它是一家集咖啡馆、西餐厅与酒吧为一体的餐饮店，它的店主沃尔夫，是来自奥地利格拉茨歌剧院的男高音。
他的母亲出生于慕尼黑，她做的肥牛香肠让所有尝过味道的人连声叫绝，所以沃尔夫自小就目睹母亲怎样制作美味的慕尼黑香肠，这成了他唱歌以外的一项拿手绝活，一项超棒的生存手艺。

1933年希特勒上台后，德国便逐渐成为了一个法西斯国家，继而开始大规模迫害、排挤犹太人。1935年，德国通过了《纽伦堡法案》，将排犹政策写入了法典。此后，随着德国对外扩张步伐进一步加快，欧洲犹太人的境况也越来越糟糕。

1936年的秋天，沃尔夫在海浪里颠簸了差不多一个月的时间，从维也纳坐船辗转日本神户，来到了上海，在外滩十六铺码头登陆。船上的经历不算糟糕，整条船都系上了彩带。爱音乐的犹太人在一起喜欢聚会，吃西餐。由于船主是日本人，船上还有日本乐队为大家演奏西洋曲与日本民谣。沃尔夫来得早，运气也不错。临行前怀揣着6枚金币，金币是被包裹在厚厚的布里，然后密密地缝制，成了大衣纽扣。

1845年上海成立租界后，逐渐形成英美等国租界合并而成的公共租界和法租界，它独立于中国政府，尤其是不受任何外国领事管辖的公共租界，属于由外国侨民自治的独特地方实体。

由于租界地位特殊，清代及民国初，外国人旅居上海无需任何手续，1932年，民国政府开始对由吴淞口和上海登陆的外国人增设查验护照签证程序，但由于传统习惯，上海实际上对任何人都实行落地签，是全世界最开放的城市。

1937年上海陷落，国民政府无法行使行政管辖权，而日本还未组建傀儡政权管理上海，进入上海的签证管辖权被虚置，租界无意中扮演了难民收容所的角色。所以，从1937年8月13日淞沪会战爆发到1939年9月之前，上海租界为犹太人敞开了大门：无需签证、无需宣誓或担保，无需警方的无犯罪证明。

自1933年开始，欧洲犹太人便陆续从吴淞口以及十六铺码头抵达。1939年，涌入上海的犹太人由1938年的1374名激增至12089名。他们如潮水般涌到上海，他们大部分人抱着节俭的习惯或难以承担法租界和公共租界的物价，就在相对便宜的虹口一带扎根下来，在舟山路、汇山路（Wayside Road，也称威赛路，1943年改名为霍山路）上开起了面包房，咖啡屋，理发店，杂货铺，药店，并将沿街残破的房屋改造成欧洲风格。因此，那里成片的巴洛克风格建筑群，一长排三层楼红砖犹太建筑区域被称作"小维也纳"，成了犹太难民生活和休闲的主要场所。

日本人并没有真的像他们说的那样，把德国人的话放在心上。他们并不想对犹太人赶尽杀绝，原因很简单，犹太人经商能力超群，智慧大大的有，他们需要利用这些聪明的脑袋瓜给皇军大大的效劳。于是，在这块地方为犹太人划出了隔离区域，收容在上海逃生的犹太难民。这里完全不像德国集中营那样失去自由。尽管住房条件差，犹太人还是能快活地生活，他们办起了报纸、电台，举行音乐会，把十里洋场的异乡人生活过得有滋有味、充满了希望。

沃尔夫花费了三枚金币盘下这家饭店，经过重新装点布置，在店门口挂上了大大小小、成串的慕尼黑香肠；入夜，"香肠男高音Sausage Tenor"的霓虹灯夺目闪亮，从店内不时会传来激昂的男高音歌声，偶尔也伴着悠扬的女声，颇具欧式风情，演绎着咖啡美酒香肠加古典音乐式的犹太人生活。

当初，有几家店铺可供沃尔夫选择，但他偏偏喜欢这里，他有商业眼光，因为隔壁就是百老汇戏院与舞厅，人流量特别多。

由于这一带是小维也纳，奥地利的犹太难民特别多，这让在祖国歌坛初出茅庐的男高音沃尔夫俨然成了大明星。周末光顾店里的客人很多，常常座无虚席。犹太人都喜欢音乐，他们喜欢聚在一起欣赏歌声与琴声，然后喝酒谈论时事政局，关注在世界各地犹太人的命运。

像沃尔夫这样的逃亡者并不少见。那些拉着小提琴的音乐家，那些音色极富磁性的男高音，那些气宇不凡的乐队指挥，从欧洲的各大音乐厅里被残酷的命运之手推了出来，他们把庄重的、属于舞台演出的白绸衬衣、西裤与燕尾服脱下来，小心翼翼地藏入箱底。随后，无奈地提着行李箱漂洋过海，大部分都从日本几个港口中转，最后流入远东上海的某处咖啡馆或某个舞厅，换上侍应生的工作服，依然笑得灿烂。他们脚踏这片异乡之土，对上海弄堂里刷马桶、倒痰盂的行为，从难以接受到视而不见、司空见惯。大街小巷被碾过的一辆辆黄包车弄得尘雾飞扬，他们刚开始还用手捂住鼻子，渐渐也就熟视无睹，从演出的舞台到漂泊的大地，以不同的形式依然在用灵魂拥抱着他们心中的音乐……

朵拉在临时租借的公寓里，帮助妈妈做好了晚餐。但是，到了吃饭的时候，爸爸艾萨克没有回来。这让妈妈很是担心，因为艾萨克最近一段时间非常消沉，常常是喝得烂醉，好几次被人送回后，倒在了公寓的门口。

平时朵拉一家吃饭的时候，都是艾萨克负责给全家分配食物。艾萨克给每个孩子的盘里放上食物时，儿女们除了要感谢上帝，还要感谢爸爸艾萨克。艾萨克要每个孩子都记住，是谁养育了他们，未来如何报答父母。同时，每次分配食物的时候，艾萨克都要面对孩子们渴望食物的眼神。"我说啊，吃饭不能吃十分饱，吃五分饱对身体最好，常带几分饥能够提高学习和工作的效率。当然，在一些免费的情况下，我们还是要把'青蛙公主'面包全部请进肚子里，让公主们在你们身体里跳舞唱歌……"

"朵拉，都这么晚了，你爸还没回家，你去找他吧。"妈妈盼咐道。

"妈妈，好的，我知道爸爸在哪里。"朵拉说着就出门了。

朵拉知道那个地方叫"香肠男高音"酒吧。艾萨克自从被美国领事馆拒签之后，就想到谋生的问题。他曾是一个精明的啤酒商，会经营也会制造。因此，开始的时候，艾萨克踌躇满志，找到"香肠男高音"店主。因为这家酒吧在"小维也纳"与"百老汇"齐名，是犹太人和富豪们夜生活的去处之一，他的经营特色是慕尼黑肥牛香肠和店主沃尔夫的男高音。

艾萨克找到好几位包括沃尔夫在内的酒吧店主，提出要从哈尔滨进口啤酒，或者干脆自己进口小型的啤酒设备来生产啤酒。但是，没有想到他四处碰壁。啤酒在上海租界里的市场早已饱和。租界里的外国人少，大量的人口是从江浙一带迁移过来的企业主。战争爆发前，租界里的咖啡馆和酒吧，接待最多的是海员和法国、英国以及美国的海军大兵。战争爆发后，来不及出国或者逃往中国内陆的小业主们，就一窝蜂地涌进法租界和英美公共租界。仅1937年"七七事变"后，涌进租界的就有40多万人，他们抬高了租界的房价和物价，也带来了空前的繁荣和商业机会。但是，在潮湿阴冷的上海黄浦江畔，北方土豪喝烈酒，江浙商人喝黄酒，日本人喝清酒，高鼻子蓝眼睛的白人喝葡萄酒和威士忌。即便"香肠男高音"这样生意兴隆的酒吧愿意卖啤酒，仍不足以撑起一个啤酒产业。

这使得艾萨克无比绝望！尽管他在家里十分地节俭，给全家分配食物，要求大家吃半饱。但是，他对自己在酒吧里的消费丝毫不吝啬，完全无法抗拒来自酒精的诱惑。每次当他喝到几分醉意的时候，就会反复地问沃尔夫，"我亲爱的男高音，不是都说，上帝给你关上了一扇门，就一定给你开启另一扇窗吗？为什么我没有看见？它在哪儿？"

沃尔夫永远是一副好脾气，他笑着开嗓，以歌剧的音腔即兴唱了起来：

我亲爱的兄弟，
你没看见那扇窗吗？
它正在与你躲猫猫。

当我的歌剧院舞台之门
遭命运之手关闭；
上帝为我打开了
"香肠男高音"之窗。

艾萨克，请忘掉你的啤酒厂，
就像忘记你15岁时认识的少女……

艾萨克被男高音唱得哭笑不得。
"我15岁时认识的不是少女，是个风流寡妇，我早忘了。"他自嘲着，紧接着说："但啤酒，我怎么可能忘了呢？从我的祖父就开始酿造啤酒，父亲又把工艺传给了我。我在梦里都在酿造啤酒，我肯定忘不掉，忘掉就是背叛……"

晚上8点的时候，酒吧里挤满了人。
男高音的演出正式开始。沃尔夫演唱的是歌剧《浮士德》里的唱段，他的音域宽广，技巧娴熟，店里的每一位客人都深深陶醉、沉浸在精彩绝伦的歌声里。美中不足的是乐队太单薄，舞台也太小，若是让格拉茨歌剧院的弦乐队来伴奏，这儿就成了音乐厅。

沃尔夫劝说艾萨克忘记过去，他自己何曾能忘记15岁时认识的少女以及自己在舞台上高歌的辉煌呢？多少回，他在梦里的格拉茨歌剧院舞台上演出，见到观众席上那位美丽的少女凯琳娜。

有哪一位格拉茨人不为他们的歌剧院感到自豪呢？更何况他是歌唱家。这座奥地利第二大歌剧院，1899年由欧洲著名设计师福尔奈和海尔默设计建成，典型的巴洛克式建筑风格。

当朵拉找到爸爸艾萨克的时候，他已经喝得大醉，他正在用意第绪语哼着《我的家园在哪里？》：

从这里我们被赶了出来，
在那里，我们又不能进入，
请告诉我吧，亲爱的天主，
这种日子还有多长？

朵拉默默地坐到了艾萨克身边，想扶起爸爸回家。但是，艾萨克的歌声唤起所有酒吧客的压抑情绪，人们不知不觉地跟着艾萨克哼唱起来。在嘈杂的声音当中，朵拉的声线圆润而又纯净，犹如天籁之声，在众多芜杂的声浪中，冉冉升起，让这首哀歌直击人心！沃尔夫也被朵拉的声音感染，渐渐地加入合唱，用他浑厚的嗓音烘托着朵拉……

大卫和彼得一路追赶翠翠的小轿车，在"香肠男高音"酒吧外终于发现了那辆车。

"被我猜中了吧，她果然是来这里了。走，大卫，你陪我进去，给我壮壮胆，我今天一定要翠翠给我一个说法。如果不爱我为什么要朝我笑并接受我的礼物，这不是玩弄我的感情吗？"

就在这时，一阵天籁般的歌声传来，大卫太熟悉了，那不是朵拉在歌唱吗？

他在门前站住了，不敢进去。他瞧了瞧自己身上那套脏兮兮的美商修理工的制服，有一丝犹豫与顾忌。

彼得顾不上自己仪态了，他拉开门，径直走入酒吧，当他看见他所痴迷的翠翠小姐，正在靠墙的座位上与一个男人卿卿我我、笑成一团时，气得捂上了眼睛，下意识地后退几步……

而大卫隔着门，被朵拉的歌声深深感染，心口被什么东西灼痛了一下，继而难以克制地泪流满面了。

这首歌，是犹太人的历史，也是犹太人刻骨铭心的伤痛。

翠翠看都没看彼得一眼，她沉浸在自己的欢乐时光里。

彼得受了翠翠的刺激，整个人就像一个泄了气的皮球，觉得自己特别的憋屈与窝囊。

"要人家什么说法呀？一点夜宵值什么钱？人家请她的是西餐厅，喝的是法国红酒。我这穷光蛋，凭什么追人家？"他退到了进口处，走又不舍，留又不是，两只眼睛还是紧紧盯住翠翠的举动，她每与男人亲热一下，彼得就一阵揪心，当翠翠仰起头把自己的樱桃小嘴迎上去时，他的心狂跳不已，他看到了亲吻翠翠的男人的侧影，是个洋鬼子，他们正缠绵地亲吻，翠翠闭目享受，一副甜蜜幸福的神态……

彼得在忍受无比痛苦的自虐时，他的生理起了反应，他在幻想自己一把拉住翠翠就走，然后把她搂在怀里，拼命地吻她，摸她，他进入了一种无比亢奋的境地……

大卫同样也控制不住自己的激动，推门而入，直直地站在一个黯淡的、不显眼的角落。

这一刻，男高音沃尔夫正摆出一个手势，邀请朵拉上台。朵拉落落大方地站起身，从容淡定地走到舞台上。随着忧伤的小提琴拉出前奏，他们开始一起演唱犹太人喜爱的歌曲。虽然沃尔夫此刻并不是在唱他专业的歌剧，而是教堂唱诗班的圣乐。但朵拉与沃尔夫配合默契，每一声悠扬都久久回荡，唤起了在座犹太难民的乡愁……

一曲唱完，大卫爽气地从工作服里掏出两块钱，悄悄地塞给服务生，在他耳边吩咐几句，随后，服务生捧了一束缤纷的鲜花，直接走到舞台前献给朵拉。

朵拉显得有些不知所措，她害羞地接过了鲜花。顺着服务生的手势，她看到了大卫，她脸上霎时泛起了红晕，她朝大卫微微欠身，害羞地点了一下头……

这一切都被彼得看在眼里，他心怀醋意，好想狠狠地揍大卫一拳：原来你们洋人会搞浪漫，叫罗曼蒂克对吧？但洋人勾搭洋姑娘我没意见，勾搭别的上海姑娘也不关我事，哼，居然撩我的翠翠，看老子怎么教训他。他充满敌意的目光瞅了瞅翠翠身边的洋人后，然后，拉起大卫就离开了"香肠男高音"酒吧。

五

朵拉的天籁女声让"香肠男高音"的宾客们耳目一新。虽说沃尔夫的男高音水平一流,但不是每个人都愿意常年听一个男人唱歌,而且演唱的都是西洋歌剧。歌剧不仅需要听众和观众有高雅的欣赏水准,还要有一份轻松闲适的情致和氛围。但在战争孤岛的租界里,难民们想的最多的是求生存,来酒吧也都是为了忘却愁苦,欢乐放松。至于那些留在孤岛里的外商和江浙富豪,全都听不懂装懂,把沃尔夫的歌剧当成菜单里的一道欧式点心而已。

朵拉唱的是圣曲与犹太小调,是犹太人族群社区教会里常常唱的。她的歌声能唤起犹太难民心中的眷恋和希望,即使不是犹太人,也从朵拉的声线音色里,欣赏到一位在苦难中坚强的少女那至美的情怀。

沃尔夫也被朵拉的歌声惊艳了。当然,如果他是格拉茨歌剧院的老板,那肯定会无动于衷;因为朵拉的唱法,属于民间,属于流行,是每个犹太人孩子从走进教堂的那天起,就会咏唱的那种。只是朵拉有一种天赋，她的声线特色和音乐感觉比较好而已。但是，沃尔夫现在是酒吧的老板，他要的不仅是观众，更在乎的是掏出一张张花花绿绿万国纸币的顾客们的感觉。他从朵拉开口唱的第一秒，就分辨出她从未受过专业训练，不会控制气息和腹腔肌肉，更缺乏女高音的技巧，她的高音上不去。但假以时日，他系统地训练一下朵拉，那么，上海的公共租界就会出现一只闪耀的"百灵鸟"，而且，她还那么年轻美丽！相比大世界娱乐城里那些嗲声嗲气的本地女歌手，朵拉简直就是一只傲然于鸡群的白天鹅。

"香肠男高音"酒吧在之前也不是没有女歌手来过，刚开业那阵，上海滩有位叫刁锡明的大商人，常年在奥地利等国做生意，以往只要他到格拉茨，就一定会去当地歌剧院听歌剧，他极为欣赏沃尔夫那充满磁性、闪耀着金子般光泽的男高音。所以当他闻悉沃尔夫在上海"小维也纳"地区开了这家酒吧后非常高兴，每次回上海都会带上他有头有脸的朋友来捧场。

记得开张初期他带来了本地很有名气的女歌星，名字叫姚莉，她带来的一首歌也很应景，叫做《流浪者之歌》。

　　夕阳已沉　浮云随风飘荡
　　凄凉景色　驿动了我创伤
　　人生漂泊　没有一丝温暖
　　海角天涯　流浪呀流浪

　　看人世的悲痛
　　频添热泪重重
　　花一般的希望
　　毁灭在烽火中

夜雾朦朦 大地惨淡无光
长夜茫茫 怎不叫我彷徨

当姚莉以成熟的台风、妖娆的姿态曼舞时，沃尔夫有一种说不出的感觉，他对所谓的"上海情调"有了见识，如此悲情的歌，她的面部表情确实也是充满伤感，甚至有种想哭出来的神情，但那些滑音太过轻佻，高音处又尖又脆，所以，嗲到骨头都酥了的甜腻女歌星，在十里洋场再出名，犹太难民还是难以产生心灵共鸣的。

朵拉，成了沃尔夫眼里最亮的未来之星。

他走到艾萨克面前，抱着醉意醺醺的艾萨克说："亲爱的艾萨克，我就说嘛，上帝不会看不见你的痛苦，他给你关上一扇啤酒之门，却为你打开另一扇音乐之窗。今晚，所有的人都已经从打开的那扇窗里看到了这样一幕：你的女儿，朵拉，她是一位天使歌者！"

艾萨克努力睁开眼睛，他稍微清醒了一些，已听明白沃尔夫的意思。于是，他对女儿高声吼叫："朵拉，还不快来感谢沃尔夫先生，他想培养你当歌唱家，让你到他的店里唱歌……"

然后，他继续说："不过，沃尔夫先生，你到上海有些时候了，一直都没有收到称心如意的学生，这说明天才的稀缺。而决定交易价格的核心因素就是稀缺性。因此，您和我女儿的合同必须由我来签，她的报酬，当然也要按照稀缺性来参考……"

沃尔夫笑了起来："我既然聘用您女儿，就不会当吝啬鬼，艾萨克，你就放心吧。"

从那晚开始，朵拉被"香肠男高音"酒吧录用了，成为一名驻唱歌手。经过沃尔夫和艾萨克两人的讨价还价，最后决定支付朵拉40元法币，但是，因为朵拉还需要跟沃尔夫学习，所以扣除学费

20元，扣除晚餐2元，服装费4元，最后朵拉的工资是每个月14元法币。当然，如果朵拉的演出很成功，顾客们愿意为她花钱买鲜花献给朵拉，或者直接给小费，那么，与店家平分。

"学费得付多久？三个月够了吗？"艾萨克问。

"至少一年。"

"不行不行，朵拉是天才，最多半年了。朵拉学的又不是演唱歌剧，她不用学就已唱得这么好了。"

"好好，就半年吧。半年之后朵拉可以每月拿到34元。"

两个犹太人在签订合同的时候，斤斤计较，仔细认真，甚至搬出犹太人的羊皮封面的经典《塔木德》，为自己争取利益的原则找经典依据。比如，分配未来和希望的比例上，两位互不相让、争论起来。艾萨克坚定地认为朵拉是未来之星，那么，她的未来收入怎么分配？而沃尔夫认为，朵拉还是个学生，是个孩子。她如果成为歌唱家，那也是在她学习声乐至少两年之后。学习期间，他给她提供舞台练唱，至于未来朵拉是否能成功，是否能赢得鲜花和收益，那是美好的希望，而希望在没有实现之前，就谈收益权的分配和比例，是否明智？

"但是，"艾萨克说，"朵拉第一天演唱就有人献花了。"

"我看见了，那是朵拉的男朋友。一个身穿电话公司工作服的小伙子。"沃尔夫说。

艾萨克反驳道，一个电话修理工怎么可能到"香肠男高音"酒吧来消费，朵拉是一颗冉冉升起的明星，男朋友必须持有美国护照，并且拥有自己的实业和财产。

艾萨克扯着大嗓门说的这话，其实是说给朵拉听的，他对那些大袋装的"青蛙公主"早餐面包压根看不上，他期待大女儿能成为真正的"青蛙公主",嫁给王子,在他眼里,战乱时期,能把他们一家尽快带到美国,过上好日子的男人就是王子。

朵拉的演出合同成功签署。艾萨克给自己争取了最后一个利益:鉴于朵拉下午上班,晚上十点之后才下班,当父亲的一定要保护女儿安全。所以,每天晚上艾萨克可以免费在"香肠男高音"拥有一个座位,可以点一杯咖啡一份芝士,也可以点一升进口的啤酒。

不过,这最后一条遭到了朵拉的坚决反对。

"不行,爸爸,你在这里消费就应该买单,我看见沃尔夫先生的好朋友喝酒都自掏腰包。"朵拉知道父亲花不起每晚的酒钱,以此阻止他接送,她期待送自己回家的人是大卫。

沃尔夫赞许地点了点头。艾萨克在心里骂朵拉:"你这丫头,有什么鬼主意还能逃过我眼睛?"

果然不出所料,次日朵拉下班刚迈出店门,一眼就看到了在酒吧对面的马路拐角处,大卫独自站在那儿等候,她心间掠过一阵惊喜,朝着他飞奔而去,突然从哪儿窜出了一个黑影,撞到她跟前,吓她一跳,仔细一看原来是父亲。

"朵拉,你跟我回去,从今开始远远离开这个修理工。"

"不,爸爸,我喜欢他!"朵拉想方设法摆脱父亲,想跟大卫在一起。

艾萨克见女儿执意,便转身用自己的手杖指着大卫,怒声吼道:"小子,请你不要挑战一个父亲的尊严!远离我的女儿!"

朵拉忙奔过去,为父亲的粗鲁道歉。大卫一言不发,站在街头瑟瑟发抖,他在心里暗暗发誓:等着瞧吧,我亲爱的岳父大人,我一定会拿着护照和美元来娶我心爱的姑娘!

六

转眼到了1939年的早春。

一天,美商电话公司接到了虹口日军占领区的报修电话,从地址上显示,依然是大卫上次去的那个楼房。工程科将维修单交给外勤修理科,修理科的科长,在众目睽睽之下,神色凝重地将施工单交给大卫。

大卫接过施工单,发现大家的眼神好像是告别,彼得还眼泪汪汪地过来拥抱大卫。大卫笑笑说,没有问题啊,不就是一个小施工活吗?彼得,下班之后,给我买一个上海大饼,带葱花芝麻咸味的那种。

彼得拍拍大卫的肩膀说好的。

在公司门口,大卫问彼得,虽说虹口日占区情况复杂也有点危险,但是,大家好像神情凄绝,仿佛与我在生死告别,你知道究竟什么情况吗?

彼得说,你是犹太人,可能对中国的战局不是很了解。日本人叫嚣说，要在三个月内把中国灭了，可结果是现在的战争越打越胶着，日军在华北战场、山西和武汉战役吃了大亏，死了很多人，就处处拿中国人撒气。你到虹口那里，置身日寇群魔当中，一定要注意安全。彼得对战局的了解和口气，让大卫觉得彼得有一种与年龄不相衬的成熟，语气里有一种久违的、苏联布尔什维克红色少年的味道。

大卫心情沉重，他与彼得告别后骑着公司的自行车朝虹口日军占领区方向而去。途经"香肠男高音"酒吧附近时，不知为什么，原本天不怕、地不怕的大卫，忽然心里产生了一丝柔软和惶恐。他猛地停下车子，想看一眼朵拉。哪怕就一眼。他把车推到了"香肠男高音"酒吧门口时却站住了，从里面传来了朵拉的歌声《夜玫瑰》（希伯来文名为 Erev Shel Shoshanim）……

　　玫瑰朵朵美
　　花儿像伊人
　　人比花娇媚
　　凝眸飘香处

　　玫瑰朵朵美
　　花影相依偎
　　柔月似流水
　　花梦托付谁

这是一首经典的令人伤感落泪的犹太民谣。它赞美爱情、祈求平安。随着犹太人千年的迁徙，流亡世界各地而被传颂。此刻，它被朵拉赋予了抒情、乡愁、柔婉与幽怨的声线与情绪饱满、沁人心牌的旋律，歌声烘托了犹太青年在战争与流浪下依然追求心中凄婉爱情的情感，将爱与哀愁表现得淋漓尽致。

大卫可以感受到朵拉仿佛是为他而唱的。大卫的眼泪流了下来。他没有推门而入，只在门外静静地待一会儿，朵拉的歌声让他的心起伏之后渐渐地平静下来。

然后，他继续骑车上路。

大卫过了日军的检查站，进入虹口的日占区，果然气氛与往日不一样。以往虹口日占区虽说是上海的土地，但是，日本人却在这里做生意：杂货店、面馆、寿司店、酒吧、妓院、和服店与武术馆等，满大街都是喝得醉醺醺的日军以及尾随着他们的那些涂抹红唇穿和服踩木屐的温柔女子，乍一看，好像是在日本东京的浅草旧街区。但是，今天的虹口日占区，满大街都是日军的装卸伤兵的汽车和医用担架。有的担架，刚从汽车上卸下来，上面已是尸体了，赶紧让人抬走。虹口的各个大小医院几乎全部被征用，只要伤员稍微好一点，就被安排到医院外面的公寓或者民宅，将床位让给重伤员。这样，住在民宅和公寓里的伤兵们，只要一出太阳，就从阴冷潮湿的房子里溜出来。他们蹲在路边和门口，像刚从地狱里逃出来的鬼魂，却还嘲笑着、骚扰着，甚至是恶作剧地捉弄着懦弱的中国妇女……

大卫骑着自行车一路狂奔，目不斜视，丝毫不敢慢下来。所幸，他到了上次来过的公寓楼前，没有遭遇日军的骚扰。一进门，他就哈啰哈啰地把瘸腿少佐喊出来。他准备挨瘸腿少佐的拐杖打，上次逃脱之后，他听到瘸腿少佐的叫骂声。

当瘸腿少佐出来的时候，他平静地看着瘸腿少佐的眼睛。是的，他专注真诚地看着他的眼睛。他记得妈妈曾经在他很小的时候告诉过他：如果你希望得到对方的宽恕或者同情以及理解，最好是真诚地看着对方的眼睛，勇敢地去面对而不是懦弱地躲闪。少佐发现来人是大卫的时候，先是一惊，眼睛里一瞬间有暴怒闪现。但很快，暴怒的火花一闪而过。他紧闭着嘴唇，一言不发，示意大卫上楼。但是，根据公司规定，大卫只能尾随在客户的身后。所以，他小心翼翼地做出一个搀扶的动作姿势，试探着瘸腿少佐的反应。

瘸腿少佐没有反对的意思。大卫顺势扶着瘸腿少佐。大卫发现瘸腿少佐的身体在颤抖。到了楼上的房间，大卫发现电话没有坏，但是，电话线被人从话机上拽了下来。

大卫从客厅顺着电话线的线路找到睡房，赫然发现床上躺着两具女人的尸体。

她们看上去像是一对母女，死前还穿着富士山与樱花图案的和服。她们是使用那种很粗、外皮用纤维包裹的电话线上吊自杀的。在房间里，床头上，还摆放着这个家庭的合影：一个军人模样的男人与妻女三人。大卫猜测，可能军人在战场上死了，母女俩在绝望中便以死追随……

大卫将电话线刚接妥，瘸腿少佐就往外打电话，他叽里呱啦说了一大通，语速很快，应该是叫人来处理母女的尸体，但是对方似乎在推诿，让他作为房主自行处理。只见瘸腿少佐骂骂咧咧，将拐杖摔得砰砰直响。

大卫拿出施工单，让瘸腿少佐签字。瘸腿少佐拿起笔，忽然就停了，再次看着大卫。"哟西"，瘸腿少佐的眼睛一亮，指着尸体对大卫比划着，意思是让大卫背尸体。

大卫的脊背一阵发凉，感到恶心，他闭上了眼睛，想立刻逃跑，像上次那样。但是，不知为什么，她们和服上的富士山与樱花图案，拨动了他心中的乡愁之弦，让他想起外婆离世的那一幕情景,身上穿的布拉吉也带有俄罗斯的国花图案向日葵……

大卫站在原地,两条腿被定住,一动不动。当瘸腿少佐用拐杖捅他的时候,他才醒过来,看了母女俩一眼。母女俩死前涂了重重的口红,此时,变成紫黑。白白的涂了脂粉的脸,像是日餐饭馆里的艺伎木偶或面具。大卫觉得自己的脑袋一片空白,身体一点感觉都没有,眼前是一片片落樱缤纷……当瘸腿少佐的拐杖再次抡起来,劈头盖脸地打他的时候,他才开始左躲右闪,被揍到的肩膀与手臂感觉到了疼。然后,他按照瘸腿少佐的比划,将尸体用被单裹起来,背在自己的身上。

大卫将母女俩的尸体背到公寓大门口的街道上。尸体硬硬的,死了已经很久了。开始的时候,大卫还感觉到恐惧和不适,过了一会,就觉得和背一块木板没有什么区别。背完了,瘸腿少佐才在施工单上签了字,并一个劲地向大卫鞠躬道谢。

大卫已经麻木了,他的额头上冒出了虚汗。当他摘下帽子擦拭一下额头上的汗时,他满头卷曲的金发在阳光下熠熠生辉,一时间,引起了周围人的关注。街道两旁晒太阳的日军伤兵嗷嗷地叫了起来,有人挡住大卫的去路,有人放倒了大卫的自行车,有人摸大卫的屁股,有人掐大卫的脸蛋……

伤兵野蛮得很,这群半魔半鬼、与死神擦肩而过的士兵,像捕获猎物一样向大卫伸出了爪子,远比上次被日本娘们的骚扰更具侵略性。大卫挣脱不掉,他只能举着自己的背包,不断高叫着:"Please let me go!(请让我走!)"

这时,一辆奔驰轿车停在了大卫身边,司机猛烈地鸣着喇叭。等伤兵们躲闪汽车的时候,车里的姚慧君无意中瞥见一个穿着美商电话公司服装的职员被围困,等车子路过的时候,她发现对方是个外国小伙子,他一脸紧张,正在用英语求救。于是,姚慧君让司机停车，令保镖把大卫拽进车内。

伤兵们看到这一架势，马上消失得无踪无影了。

大卫连滚带爬地钻进车里，还没喘过粗气，一抬头惊见公司里的头牌美女正朝着他微笑。

大卫赶紧道谢，忙不迭地致意。

"大家都是同仁，不用客气。算你运气好，我下班路过。"姚慧君说。

姚慧君从小含金钥匙长大，也深谙男女风情。她好奇地问大卫："你是一个男的，又不是女孩，那些日本兵围着你干什么？"

"我怎么知道？日本人变态吧，上次是一帮女人调戏我，这次碰上这批伤兵围观我。"

车上的男保镖听了坏坏地憋着笑。姚慧君这才认真地端详起大卫。这一眼望去，像欣赏艺术品一样，她的眼神在大卫的脸上足足停留了好几分钟，弄得大卫不好意思。姚慧君发现19岁的大卫俊美得像个童话里的王子，唇红齿白、双眸纯净、睫毛上翘。

她收回目光，自己的脸也一下红了起来，喃喃地说："噢，我知道了，你像唱京戏的花旦。"

"花旦是什么？"大卫不明白。

"就是中国歌剧里男扮女装的演员。"

"那又怎么样？"大卫追问。

姚慧君不知道怎么回答大卫。保镖们却哧哧地笑……

奔驰车在一栋外滩花园别墅前停了下来，姚慧君对大卫说："今天晚上，你也参加这场家宴吧，总经理鲍德也会来的。我现在要去接我的父亲和其他亲戚朋友，晚宴结束得早就送你回去，如果晚了，那就明天早晨咱们一起坐车上班去。"

大卫很想找机会向总经理汇报虹口日租界的惨况，就听从了姚慧君的安排。

姚慧君安排他在一个客房休息。

他一走进房间顾不得欣赏名画与摩登摆设，就径直走到洗手间，打开浴盆上的热水，在洁白的大浴盆里放满热水，舒舒服服地泡浴，洗了一个热水澡。

"这是来上海之后第一次泡浴，真舒服！"

当他以一身修理工作服走出房间时，正好碰上姚慧君，"来，来。"她招呼大卫，顺手从走廊衣柜里取出一套西装让他穿上。

姚家在上海是个大家族，也是一个望族。参加宴会的人，大半都是汪伪政府的财政官员和银行行长之类。因为人很多，姚慧君没有把大卫介绍给大家，只告诉父亲和哥哥，这个同事是她从大街上救回来的，在家里暂住一晚。而家宴的主角显然是一个刚刚从美国回来的公子哥，叫陆天河。此前，陆天河在美国哈佛医学院读医科，获得美国国籍。他的父亲是姚家的故交。因此，这个宴会实际上是两家族撮合姚慧君和陆天河婚姻的聚会，虽没挑明，但彼此心照不宣。

陆天河的父亲在宴会上，宣布了陆天河医生回国创业的规划：在公共租界区，陆天河开办一家高级牙科诊所；并且代理从美国与意大利进口的牙膏；当然，还有其他的美容产品，比如最新巴黎流行的香水、护肤膏和口红。

众人在向陆家的宏伟计划鼓掌的时候，陆天河扭扭捏捏地站起来谢谢大家。他个子很高，眼睛细长，鼻子挺拔，嘴角很有轮廓，风度不错，看起来儒雅谦和，但是，就是有点虚伪造作。这让姚慧君十分地看不上。

当陆天河向姚慧君敬酒的时候，姚慧君用英语问陆天河，你是一个医生，怀揣着美国的护照回到自己苦难的故乡，不去救死扶伤，却开牙医诊所，卖进口化妆品，你的人道主义在哪儿？国难当头你却想着发财？

陆天河在咄咄逼人的姚慧君面前，显得很尴尬。他清了清嗓子，说他现在既是医生也是商人。虽说是国难当头，但是，租界里有几万富商，十多万富裕人。当然，租界外上海几百万平民也是向往美好生活的。姚小姐难道不喜欢巴黎的香水？不喜欢意大利的牙膏吗？

"这与我喜欢什么没任何关系，我也不会从你这里买这些东西。我觉得一位高中生当初选择报考医科专业时，他绝对不是为了日后赚钱，而是心中的人道精神。否则选个商科或管理专业，学期还不需要那么长，对吗？"

"慧君，你说得没错，我年少时的抱负就是想成为一位外科手术大夫。但时势造人，眼看着战乱不断，人心动荡，谁还愿意站在手术台前？所以，我无法预知明天会怎样？不如创造更多财富，及时行乐、享受美景良辰吧。"

"你是主宰你人生与生活方式的主人，我不作评价；但牙医诊所创办之后，你难道没有想到过免费为贫穷的老百姓以及他们的孩子医治吗？"

"哈哈哈哈……"陆天河放肆地笑了起来，"慧君啊，横竖看你都不像是一位涉世未深的少女，怎么说出来的话天真、幼稚到极点？要是免费治疗的话，这诊所还不被挤塌了？我赚的是富人的钱，虽做不到劫富济贫，但适当的时候，我还是会不忘初心的。譬如我已经想到了，每年年底从我们诊所收入里提取一部分去捐赠给犹太难民机构，大批犹太难民来到上海，他们需要帮助。"

"陆天河，你别说一套做一套，作为商人你心里打的什么算盘我还不清楚，我今天给你留点面子，不道破了。归根结底，你就想赚更多的钱。"

姚慧君和陆天河的美式英语对话，周围大部分人听不懂。但是，大卫听得清清楚楚。他看出来了，姚慧君嗅着陆天河的商人气味很不感冒，陆天河压根就没想过帮助自己苦难的同胞却编出一张预期支票要帮犹太人，谁信呢？当然，陆天河好像也不喜欢姚慧君抽烟喝酒、说话尖锐的爷们气。他们两人的气场完全不对，姚慧君更像一汉子，而陆天河充满阴柔气。

陆家的姿态一直放得比姚家低，从陆公子与姚小姐的对话中也可以看出姚小姐的盛气凌人。显然陆家与当局和日伪政府的关系远不如姚家。陆家的事业需要日伪政府的支持，需要财政部官员的支持，需要卖债券筹集资金，甚至需要日伪政府将淮海路、正阳路上的"敌产"，即原国民政府的楼房，低价卖给或者租赁给陆家作为经营场所。所以，尽管姚慧君和陆天河话不投机，互不来电，但是，两家的老爷子却频频举杯，相谈甚欢。

大卫仪表堂堂地端坐于桌前，没有人留意他。他也从来没有见过晚餐居然能够做出这么多品种，而且食材从海洋到高山，从丛林到平原，从北方到南方，从西方到东方，满桌佳肴应有尽有。而在俄罗斯，一般的饭店或者家宴也就五六道菜，若能上个七八道菜就是城中的盛宴了。上海菜品的丰富和讲究使大卫惊叹不已，让他胃口大开。

席间，一个看起来孤独忧郁的中年男人，走到大卫的面前，递上一张名片，用熟练的洋泾浜英语说："嗨，年轻人，让我们认识一下，我叫周祥生，开出租车行的。"

大卫接过名片，看见名片上的"40000"祥生租车招车号码，便肃然起敬。传说，这个周祥生是仆人出身，给洋主人开车，学会了英语。后来，自己千辛万苦开了一家出租车行，被福特汽车美商集团财大气粗的云飞汽车行压得生意惨淡。"九一八"事变后，全国燃起抗日情绪，周祥生突发奇想，向电话公司高价申请了一个"40000"的号码，意寓4万万同胞的意思。祥生公司的生意才一下子火了起来。这是中国人第一次利用电话号码做广告的成功案例，是美商公司雷士德电工学校的教学案例。

大卫站起来，礼貌地与周祥生握手寒暄。"您的40000号码的成功案例，让我十分敬佩。"接下来，大卫就不知道怎么说了，只看着周祥生那张布满阴云的脸。

"现在就是全上海的人都租我的车也不行了。"

"为什么？"

周祥生说："日本当局在上海大马路到处设立哨卡、检查站，生意难做。他希望政府当局能够与日军占领当局协商，给工商界一条出路，不然，大上海就完了。"

大卫笑了笑。他还年轻，不知道怎样和这些本地商界大佬打交道。但是，他对周先生说他记得犹太人经典《塔木德》里有一句话，说开锁不能总是用钥匙。你看你没有换汽车，只换了一个电话号码，就把生意搞上去了。那么，您一定还会想出解决方案。

周祥生忽然大笑不止，引得大家都怪怪地看着周祥生。

周祥生指着大卫大笑着说："这个犹太小伙子告诉我，开锁不能总想着用钥匙，哈哈……有意思，太有意思了！本来想求别人，再一想，求的人不过是日本人的奴才，是日本人的狗，它既没有钥匙也不是锁，求它干吗？我直接找狗的主人不就得了？"

周祥生大笑而去。陆家父子似乎也听出了某些玄机，起身告辞。

宴会的人们把目光投向不识趣的大卫，姚慧君赶紧拉起大卫，朝大家投去歉意的目光，用英式的姿势，拽着裙边，下蹲了一下。然后，拉起大卫朝楼上跑去。

"这是慧君的男朋友吗？小伙子长得很帅。"有亲戚问姚润笙。

"怎么可能？这位小伙子是慧君今天在路上从日本人手里营救下来的俄罗斯犹太人，是美商电话公司的一位修理工而已，他们是同事。"

上了楼之后，大卫还是一脸漠然，他问姚慧君我说错了什么？

姚慧君笑嘻嘻地说，你什么都没有说错，说得很对！说得很好！！

他们一起走进到慧君为大卫安排的客房，姚慧君坐在大卫的床边，看着大卫，喃喃地说："如果你再大几岁多好啊！"

"为什么，我现在挺好啊！你比我大不了几岁吧。"

"不，在我眼里你只是个童话里的少年。"姚慧君用手指划着大卫的胸脯，"我可不想欺负你！"

"你已经欺负我了，说我们公司总经理会来，否则我干吗留在这里？"

"他是个大忙人，一定临时有事吧。你啊，还不领情，我不仅救了你，还让你酒足饭饱，我留下你不仅仅是想让你有机会与鲍德交流，还想让你知道，你一个千里迢迢来上海的犹太人，展现给你的生活不仅仅是忍辱负重与苟且的命运，还有事业的蓝图，荣华与富贵，只要你有梦。"

"那个陆先生是你未婚夫吗？"

"你觉得呢？"

大卫摇摇头。虽说他已恋爱，但还是懵懵懂懂，他忽然有点害怕姚慧君会待在这儿，继而发生点什么。

但他想偏了。

姚慧君让他早点休息，临走前吩咐他明天早上7点在楼下一起吃早餐。

慧君走了之后，大卫一个人在明亮的灯光下，躺倒在豪华的床上，他一把裹起绸缎被子，柔软得令他以为身处童话世界王子的梦里。他闭上眼睛，在黑暗与光线中交替，似睡非睡。半夜里，他隐隐地听到若有若无的敲门声，他把头埋进被窝，但直到天蒙蒙亮，也未见谁进来，这让他对自己的臆想有些无地自容……

然后，他的手抱着枕头，沉睡了一会儿，他的梦里都是奇奇怪怪的影像、气味和丝绸睡衣，男女交叠在一起，起起伏伏，若隐若现……渐渐地，那个影像有些集中清晰起来，他发现竟是朵拉……

七

　　从姚慧君家里回公司上班后,大卫更加地思念朵拉了。
　　这是一个奇妙的少年经历,大卫在那张丝绒般温暖滑爽的床上,完成了一个大男孩梦境中的欢爱,仿佛刹那之间,他嘴唇的绒毛就变粗了,喉结变大了,目光变得沉稳和英气了。
　　他频繁地找一切机会与朵拉约会,但得小心翼翼地躲避着朵拉的父亲。
　　有一天,在朵拉下夜班的时候,艾萨克喝得迷迷糊糊。朵拉在酒吧出来的汇山路上为父亲叫了一辆黄包车,自己坐上了大卫的自行车后车座。
　　一路上,朵拉从最初羞怯地轻轻抓着大卫外衣到情不自禁把自己头和脸靠在大卫的背上,双手也环绕在他的腰间,越来越紧。到了朵拉公寓门前,大卫与朵拉告别,他鼓足勇气第一次吻了朵拉。这个吻,来得突然,两个人好像事先都没有准备。但在不经意间,当朵拉的手从大卫的腰上放下来,两个人的脸靠得十分近的时候,他们的嘴唇就像两块磁铁一样猛地贴了上去，忘情地热吻起来……

黄包车夫尴尬地在一旁看着，过了几分钟见他们还在拥吻，就失去了耐心。他向他们喊了一声："嗨，姑娘，你的醉汉老爹在车上，车费还没支付呢。"

大卫和朵拉沉醉在夜色与初吻的气息里，他们听到的只有彼此剧烈的心跳，完全听不到黄包车夫的提醒。

那位人力车夫没辙，只好推醒在座位上瞌睡的艾萨克。艾萨克的酒醉在渐渐消退，他揉了一下眼睛，伸了一个懒腰，然后从黄包车上下来，当他清晰地看到眼前一幕时，艾萨克大吼一声，怒火万丈，直到他将手杖打到大卫的后背上时，大卫和朵拉才从迷醉中醒来。

艾萨克还要用手杖教训大卫，朵拉站到大卫的面前，护着他，并厉声对父亲说："爸爸，这是我的爱情，请您不要干涉！"

艾萨克呵斥朵拉闪开，他要以一个长者的身份与这位叫大卫的年轻人对话。

艾萨克说我们都是男人。每一个犹太男人都把家庭责任看成是唯一重要的。那么，你拿什么来娶朵拉，用什么来保证朵拉的幸福，让朵拉和朵拉一家到美国？

大卫默默无语。

艾萨克的声音低沉了不少："奋斗吧，年轻人，等你觉得能给朵拉幸福的时候，再来找她，那个时候我举双手赞成！"

大卫的眼睛射出坚毅的光："艾萨克先生，您说得没错，我能理解。无论你信不信，朵拉的幸福成了我奋斗的目标，这一天一定会来临的！"

这个夜晚发生的这一幕，更加激发了大卫的进取心，他发誓要赚钱，他要在美商电话公司的平台上，用自己的智慧与前瞻意识寻求发展的机会。

但是，公司的处境好像不妙。

1939年的春天，随着战局的残酷，大批的有钱人都想方设法进入上海英法租界。房价和物价每天都打着滚往上翻。不管是在商业街还是住宅区，只要你占据着一个角落，一条电话线，一个亭子间，就可以发财或者维持生计。

而大卫发现，涌进租界的那些富裕的难民们，最需要的其实就是与外界联系和通讯。烽火连三月，家书抵万金。公司的电话业务在战前有一个大繁荣时期，战后就急剧萎缩，原因就是日军将整个上海除租界外的电话业务全部垄断。他们在黄浦路87号成立了一个华中电信公司，由日本国际电气通信株式会社和日本电信电话工事株式会社联合组成，经营日军在华中全部占领地区的电报电话业务。华中电信公司不允许任何机构和个人染指由日军控制的电信业务，因此，美商公司在上海的业务就仅限于租界内。美商电信公司的总部，似乎把精力都放在海底电缆线路的经营上，这根海底电缆连通几乎全球的发达国家，可以发电报电传，联系几乎整个太平洋的船舶航行和商业来往。还有一个重要的情况，大卫他们一般员工不知道，这根海底电缆还承担着通过香港转发重庆的电报和电话业务。这对美国政府的援华物资和情报来往非常的重要……因此，总经理鲍德对其他的业务不感兴趣。

大卫认为，整个租界虽说是被日军占领了不少，但是，土地面积还有40平方公里，人口接近200万，英美租界加上法租界的人口密度和道路长度是世界之最。虽说大多数进入租界的是中国的富人，但是，也没有富裕到家家加装电话的地步。加装一部家庭电话，除了加装费用之外，每次打电话也都要计费。一部电话的使用率其实不高。但是，涌进租界的"富裕"难民们却对公用电话的使用率很高。大卫出外勤的时候，经常看见租界区里和日占区里的华人们排队打公用电话。甚至有社会上的帮派势力和流氓痞子，霸占公用电话，收取高额费用的情况。

于是，大卫觉得应该找鲍德总经理谈谈，向他提出发展公用电话的想法。

有一天，大卫看见了自己的顶头上司、主管工程和设备维修的副总裁麦尔斯，说自己有一个拓展业务量的想法，想报告给鲍德。麦尔斯告诉大卫，你现在还是一个进公司不到两年的新人。你知道管理层最恨的是什么人吗？

大卫摇摇头。

麦尔斯说是那种刚进公司，就想告诉公司高管该怎么干的傻瓜蛋！

大卫说，我们犹太人是作为难民到上海的，我最了解难民的需求，他们需要给远方的家人和亲属报平安，他们需要听到远方家人的声音和信息。多装一部公用电话，就是多一份人道主义关怀。

麦尔斯忽然大吼：你以为我们不想人道？你以为我和鲍德不想早点结束这场该死的战争？！滚吧，臭小子！等到有一天我和鲍德站到日本人的断头台上的时候，你就知道自己有多么的幼稚和浅薄！

大卫被麦尔斯吓到了，好像一下子被人推到了断崖前，变得惶恐，沉默寡言。

他不知道，鲍德和麦尔斯也正经历着职业生涯中最危险的断崖：他们从商人、总工程师，一不小心成了重庆政府秘密通讯网的保护伞，无意之中踏入了战争的雷区！

八

　　事情还得从 1937 年底国际电台的那批设备说起。

　　国际电台的设备由于运不出去，被美商上海电话公司以协议转让的名义，拉到了租界的美商公司的仓库。同时，国民政府存放在真如等地没有来得及运走的设备，也一并进入了美商的仓库。国际电台的人员，也被美商公司收留了下来。当时，鲍德和麦尔斯没有多想，只是觉得这些设备留给法西斯日本太可惜了，而中国政府的国际电台又是美商电话公司总部提供的设备，他们帮助自己的客户是应该尽的义务。但是，设备和人留了下来，却给鲍德和麦尔斯留下了一颗炸弹：随着战争形势的演变，中国和美国成了还没有对日公开宣战的同盟国。原国际电台的台长郁志坚，以重庆国民政府上海国际电台留守处主任的名义，不断地到租界里的美商电话公司来中转特务情报和船务资讯。

　　重庆政府把美商上海电话公司作为发报基地和中转情报的基地，引起了日军情报机构的怀疑，而郁志坚和军统特务倚仗着租界的自由，也大摇大摆地出入电话公司。

有一天，日军特务跟踪到了美商上海电话公司的大门口，双方居然持枪开火！

日本军方紧急召见租界工部局，提出搜查电话公司的要求。如果工部局不同意，出了问题由租界当局负一切责任！

鲍德赶紧找美国领事馆，要求租界工部局向日军占领区当局提出抗议。日美双方还没有到开战摊牌的地步，所以，日军当局就算忍了。

但是，鲍德和麦尔斯不忍了。他们打算驱赶郁志坚和军统的特务们。美商公司不是战争机构，美商在上海不仅有电报电话公司，还有银行、汽车行和贸易公司。如果因为参与中日之间的战争，而遭受人员和财产的损失，那就是最不幸的事件了。于是，鲍德向公司总部和领事馆提出驱逐军统特务，中止转发战争交战国的情报和资讯。鲍德为了显示自己的光明磊落和公平正义，提前给好朋友郁志坚打了招呼。

郁志坚连说理解理解，没有任何生气的意思，而且还一个劲地赔笑。这让鲍德很怀疑：郁，你真的不生气？不觉得我对朋友落井下石？我真的不想让自己的员工受到伤害。他们是无辜的老百姓，和这场该死的战争一点关系都没有。希望您能够理解。

郁志坚连忙摆手，说你们在关键时刻替我们保存设备还收留人员，我们感激还来不及，怎么可能埋怨您？

结果不久，公司总部和领事馆的指示来了，不仅没有撵走郁志坚和军统特务，还要深度合作，成立三家新的公司，让郁志坚他们的业务合法化、隐蔽化。

一是在外滩18号、南阳路82号成立美商通信社。以美商名义注册成立并经营，聘任美国人马古（Marco）为总经理，但业务部门由郁志坚直接领导并管理。马古仅仅负责对外联系和公关。美商通信社主要的业务是收发上海与国统区的电报业务，可以直接与国民政府的临时陪都重庆联系，与成都、桂林、昆明、天津、衡阳、上饶、金华等地电报电话联系，所得收入，除支付美籍员工工资之外，全部归中方所有，以养活所有留用的原国民政府国际电台的员工，其实，还包括趁机安排的军统特务。

二是在广东路5号，成立一家环球无线电公司，用的当然还是原国民党政府的设备。由美国人白朗任经理，菲利普任副总经理。这个公司主要是联络国际线路。该公司除了收发国际报务之外，还秘密地承担着太平洋海域里美国政府和民间的船务信息，这些船运输的大多数都是援华物资。由于二战期间的无线电台功率没有那么大，因此，航行在太平洋里的船只，通常都是通过海底电缆中转信息。该公司无论是名义上还是行政权属上，都是受美商和美国领事馆保护，所以，日方无权过问和检查。

三是在福州路与江西路转角成立一家美商新闻无线电公司。当然，还是用的郁志坚他们的设备。美国人罗珊任总经理，中国人不干预。由于业务量不大，没有什么收入，也就是废物利用。

鲍德大为恼火，认为郁志坚背着他与重庆政府和美国政府达成协议，让他这个美商电话公司的经理深度踏进了战争的雷区！

"郁，你是个骗子，你耍了我，也把我们公司拖进了危险！你的美商通讯社简直就是一个间谍窝！"

郁志坚讪笑着安慰鲍德，拿出一封由蒋介石和宋子文签名的表彰信交给鲍德，指着信说："看看，怎么是骗呢？重庆政府对你的贡献是非常感激的。中美是反法西斯同盟……"

鲍德连看都没有看，将表彰信扔到纸篓里。

郁志坚连声呼叫："哟哟哟，要不得要不得。"郁志坚拣出了表彰信，指着一段文字对鲍德说："特奖励鲍德先生十万大洋（宋子文的批示：换算成美元支付）……表彰是虚的，你们外国人不稀罕，这美金可是实惠的！"

鲍德耸了耸肩膀，说："贿赂我？来你们国民党那一套？"

郁志坚说："怎么是贿赂？多难听！你替我们政府保留设备，还提供情报通道，这是多大的贡献啊！坦诚说吧，美国政府的援华物资在太平洋上的安全和接驳，如果没有你们公司的中转，一船货出了问题，那就是几百万、上千万的损失！"

鲍德冷冷地说："那我把这笔钱捐了，成立一个抚恤基金。本公司有几千个员工。他们随时会被你害死的！该死的日本人很快就会发现你的间谍窝！我不希望因为我的失误和错误，使我的员工们受到伤害，懂吗？！"

郁志坚被鲍德感动，说中国人有句古话，叫活人不能叫尿憋死。我们可不可以想一个万全的办法，把危险和死亡降到最低，甚至是零？

鲍德说，你们中国人还有一句谚语，叫世上没有不透风的墙。你如果有一个不透风的墙，就请告诉我……

于是，郁志坚说了一个办法：在美商通信社的隔壁房间地下室，秘密安置一个发报收报点，用以对付日军特务的侦查。

鲍德把这个想法告诉了麦尔斯。

麦尔斯大发雷霆："国民党政府把我们彻底绑架了！"

但是，鲍德和麦尔斯作为美商上海电话公司的主管，必须听从公司美国总部和美国政府的指令，即便再气愤，也不得不成立三家公司，照常营业。

就在麦尔斯正在为公司前途和人员生命危险担忧的时候，大卫却给他建议，要他讲人道，加装公用电话机。这导致了麦尔斯的爆发，他心里烧着一窝子火，难道让他这个主管技术的副总经理听一个犹太小子教训，上一堂什么是人道主义的课吗？

九

麦尔斯的爆发，让大卫一头雾水。他不知道他说错了什么，为什么公司的高层对这个兼具商业与人性化的建议抱有如此大的反感呢？从他的年龄和资历来看，除了公司高层的傲慢作祟之外，没有别的解释。因此，他忽然觉得前途渺茫，甚至绝望。

返回住所，彼得安慰着大卫，说公司已经留用你了，你的英语和业务水平又那么高，我们华工已经是非常羡慕了。你现在只要好好干，很快就会干到机房工程师的水平，就会拿到麦尔斯一半的工资，可以住小洋楼了。

但是，大卫却消沉了。他知道，干到修理机房交换机的工程师水平，也没有达到朵拉父亲要求的程度。

晚上，大卫不知不觉又到了"香肠男高音"酒吧。这个点，还没有到朵拉演唱的时间。只有一位上了年纪的犹太人钢琴师在伴奏。大卫要了一杯伏特加。这是俄罗斯男人的酒。他刚刚喝了一口，就被呛得咳嗽不止。

沃尔夫坐到大卫的面前,他认识这个年轻单纯的小伙子,知道他在追求着朵拉,也知道朵拉的父亲为什么像防贼一样防着他。

"小伙子,初次喝酒,要喝酒精度小一点的,比如香槟酒、葡萄酒……"男高音对大卫说。

"不,我是俄罗斯男人。俄罗斯男人喝酒必须是伏特加,而且是整杯酒一口喝完。"

沃尔夫说,"将一杯烈性酒一口喝完,就把你的喜悦和悲伤完全压在心里,没有时间释放。然后,你就一杯接着一杯,最后爆发了,像一头暴怒的公牛,把人生和命运在那一瞬间给毁了……请告诉我,大卫,你有什么心事需要伏特加来帮助解决?是因为朵拉吗?你知道艾萨克能接受的未来女婿是什么样的吗?肯定不是一个醉鬼!"

大卫伤感地摇头,"可是此刻除了当一个醉鬼,我还能干什么?"

8点钟的时候,朵拉出场了。朵拉的父亲也像时钟一样,坐到他自己的固定位置上。

朵拉今天用意第绪语演唱的是一首轻歌剧《牧羊女》中的摇篮曲:

有一只雪白的小山羊
注定要去流浪
你的命运也一样
葡萄干和杏仁
睡吧
我的小犹太人……

朵拉的歌声充满悲伤和凄凉，让寄居在异国他乡的犹太人满怀惆怅，引发共鸣。她吐字清晰的每一个音符，都能戳中在场犹太人的泪点，每一个曲调都在诉尽离别的苦难，温柔动情，哀而不伤，恍如躺在儿时的摇篮里，看着烛光下流泪的母亲……

显然，朵拉的演唱水平，在沃尔夫的指点和训练下，跃上了一个接近专业的台阶。其他的顾客虽然听不懂歌词的大意，但是，朵拉的圆润柔和的嗓音，尤其是轻歌剧的流行唱法，带给观众优雅迷人的亲切感，赢得酒吧大厅里一片掌声。

这时，观众席上，有人招呼服务生，要买一百朵玫瑰花送给朵拉小姐。

所有的顾客都惊呆了，发出"哇……"的惊呼声，继而是掌声。一百朵啊，两元一朵，两百块钱，差不多是大卫一年的工资。

紧接着献花的绅士站了起来，被沃尔夫请上了舞台。

原来是陆天河。

陆天河走向舞台宣布了一个更加令人震惊的消息：他的天河美容公司和牙科医院将聘请朵拉小姐当形象代言人！朵拉不仅歌声迷人，她洁白而整齐的牙齿，清纯甜美的气质，犹如天使，令人神往，也会让惧怕牙医的孩子们不再胆怯。

为了表示天河美容公司和牙科医院的诚意，陆天河当众展示了一幅海报，这是他们公司制作的全上海第一款外国美女的彩色广告。广告上的朵拉美如天仙、轮廓分明、笑容灿烂、露出糯米般洁白透亮的玉齿，没有一点俗艳和市井味。

朵拉目瞪口呆，海报上的女子像自己又不像自己，她从未觉得自己美丽，犹太女孩大多数长得都是这样。她久久望着海报，心情非常激动，海报上的女孩散发着大明星般的光芒，照亮了她的眼睛。

沃尔夫也喜出望外,他从没意识到朵拉有这么美丽,犹太女孩确实都有着白色肌肤、闪亮眸子、高挺鼻子与娟秀嘴唇,但出现在海报上的朵拉散发着一种神圣的光晕,美得像油画里的女子,充满着纯美与优雅。他很得意,仿佛看到朵拉有一天能成为一位风华绝代、冉冉升起的歌唱家。

当陆天河试图向朵拉征求意见的时候,沃尔夫指着坐在下面的艾萨克。

于是,陆天河拿着一纸合同走向了艾萨克。他知道,这位已经激动到泪流满面的犹太人就是朵拉的父亲,守护女儿的经纪人……

全场只有一个人闷闷不乐,那就是大卫。

大卫又要了一杯伏特加。当他结账的时候,却被告知,朵拉已经替他结账了。大卫的胸口像插了好几把刀。

大卫狂吼了一声:"我有钱。"

将票子扔给了服务生……

十

大卫的痛苦，朵拉看在眼里。她也非常为难，回到家里，她向父亲表示，她不希望和那个叫陆天河的签合同。父亲艾萨克明白朵拉的心思，知道她爱着大卫，怕陆天河误解。

早餐的时候，一家人祷告完毕，艾萨克指着朵拉的弟弟妹妹和母亲，然后对朵拉说："我理解你，亲爱的女儿，你爱一位英俊勤勉的犹太人小伙子，这非常的正常。但是，你看看弟弟妹妹身上破破烂烂的衣服，好好看看为了这个家操劳半生的母亲。他们都需要你的帮助。天河公司和天河牙科医院聘请你当他们的广告代言人，既不是烈日下的劳作，又不费你的大脑和汗水，它只是你歌唱之外的一个兼职而已。这真的是上帝带给你的好运。"

"但是，他们把我的肖像到处张贴，会把我的生活搅得乱七八糟！会让大卫觉得我是个轻浮的女人……"显然，朵拉已经站在大卫的角度去看待这件事了，她对自己有着惊艳之美的喜悦已荡然无存。

艾萨克耸耸肩膀，问朵拉的弟弟妹妹，"你们觉得会吗？"

朵拉的弟弟妹妹异口同声地说："不会，我们很骄傲你是大明星了！"

朵拉只好把求救的目光投向母亲。母亲说："我虽然不觉得贫穷就是无能，但富有和抓住富有的机会，不是罪恶。"

朵拉无奈，只好将自己的苦恼和疑惑，告诉了她所信赖的沃尔夫。

"你妈妈说得对！作为长女的你，要尽可能让自己父母与弟妹的生活过得更好。至于大卫，首先你们之间需要更多交往来考验感情，再说了，你的孝顺与对家庭的担当，他没理由反对。因为你不是在出卖姿色与灵魂，而是用夜莺般的歌喉给异乡客带去心灵的温暖，以你阳光般的笑容感染那些患上牙病饱受痛苦的人们。朵拉，别担心，等有机会我来找大卫好好聊聊。"

次日，沃尔夫把大卫约到了"香肠男高音"。

面对男高音，大卫将自己的想法一股脑地说了出来，因为沃尔夫的眼神很像他自己的父亲，让他有安全感。沃尔夫像父亲一样倾听他的苦恼和困惑，大卫最大的痛苦并不是担忧失去朵拉，他知道他们的心与心在那一列开往上海的火车上，已经紧紧连在一起了。之后，命运之弦一次次地拨弄，都注定了他们为彼此守望，至于朵拉父亲的反对，那没什么，时间会让他明白真爱的力量。大卫最大的烦恼与痛苦是事业上的停滞不前，因为公司不给他发展的机会，堵住了他通往事业成功的道路。而如果长此以往，他梦想的版图一片黯淡，那么，通往幸福、富足与成功之途的希望就很渺茫，如此，他向朵拉和朵拉一家的许诺就无法兑现。

沃尔夫看着眼前的大卫，心里不由地赞叹道。他引用《塔木德》里的一句经典名言对大卫说："借别人的鞋子比光脚走得快。"他平静地看着大卫继续说:"要让你的老板欣赏你的才华有很多办法。而你的才华也不一定非要让鲍德承认。动动脑子吧,孩子,经验告诉我,每一个贪婪财富的人,都有弱点,利用他们的弱点最能达成你的目的。"

沃尔夫的话,给大卫极大的启发。他知道犹太人的智慧经典书《塔木德》,每个犹太人都读过,但是,其中的道理却要以各自人生的阅历和智慧来体味。他反复品味着这句话:"利用贪婪之人的人性弱点来达成自己的目的。"

大卫眼前一亮,忽然想到了祥生租车行的老板周祥生。

祥生租车行利用"40000"电话号码,寓意4万万同胞,唤起国人对祥生出租车的认同,也一下子拉近了同胞的感情,虽说周老板的意大利和法国杂牌车赶不上美商的新款福特车,但是,中华同胞并不在意。然而美商集团公司的云飞汽车行顺势也推出了"30189",与上海话"岁临一杯酒"谐音,且在服务上随叫随到,打出"云飞汽车,腾云驾雾"的广告口号。针对云飞的口号,祥生车行马上打出"四万万同胞,拨四万万电话,坐四万万车子"。

两家公司竞争得你来我往,使上海租界里的汽车服务质量大幅提高,但是,最后还是美商略胜一筹,毕竟美商的车子多,站点多。加上日占区的关卡增多,使祥生公司的日子越来越难过。大卫想,既然是"借别人的鞋子比光脚走得快",为什么一定要在美商电话公司的平台上实现抱负,不换双鞋子试试呢?

大卫拿出上次祥生老板周祥生的名片,然后给周老板打个电话,说是有个生意想和周先生谈一谈。陷入困境的周祥生连声说:当然欢迎。

大卫拿出一个方案,他告诉周老板:"你的40000电话创意非常好,营销与思路也不错。"随后话锋一转,"但是,您的创意潜力还有很大的提升空间。"

周老板很奇怪大卫怎么知道的。大卫说，因为自己就是一个外勤修理工，天天在街面上跑，当然了解市场和客户的需求。

当大卫试图向周祥生提出建议的时候，周祥生急忙摆手："Stop!Stop!你是犹太人，我知道你们的规矩，咱们先谈好报酬。"

大卫笑着说："你的成功就是我的报酬。"

"What do you mean？（此话怎讲？）"

大卫说，我是一个一无所有的光脚的人，不管我有什么好的创意和想法，都无法实现。只有向您借一双鞋子，才能走出我自己选择的路。当然，我不知道我的选择是否正确，是否能够给您带来效益。所以，我不会收取您的报酬。但是，如果我的创意给您带来效益，被证明是成功的，即使您不给我报酬，我也很高兴。因为，您验证了我的智慧，而智慧在我们看来，是无价之宝……

周祥生哈哈大笑，忙说好好好，领教了。你说吧，说吧。

大卫说，我在入户巡查客户电话线时，发现我们的电话机挂在墙上的品种很多。但是，大部分客户都是随便用钉子一钉，极不规范。如果祥生公司免费给所有电话客户制作一个铁皮的挂座，一定会得到电话用户的欢迎。但是，挂座的下面可以印上"40000"的号码，并且增加服务内容：免费为客户报时间、报天气、报火车轮船的班次，甚至为难民寻找亲人留言，这样，渐渐地，每一个电话客户就能形成生活习惯。只要是形成生活习惯，他们在租车的时候，就不用过脑子，顺手就拨你的40000了。

周祥生听后大喜，再掐指一算，租界内和租界外的电话用户有4万多位，按照大卫提供的地址来安装，全部花销也不值一辆汽车钱。周祥生再一想，又犯愁了：那要是增加那么多的服务内容，电话还不被打爆了？

大卫说，你自己可以安装分机啊，装一台二十几门的小交换机就可以了。

周祥生说干就干，因为是安装电话机的挂件，所以，大卫组织了彼得等几十个外勤修理工为这个改装项目兼职。外勤修理工都是年轻的小伙子，骑着自行车风一般在大街小巷里穿梭，赚着外快。大卫第一次感觉到了自己的创意变成实践的快乐。

祥生租车公司"40000"一连串的促销手段，几天之内就显示出效果。租界内虽说人口几百万，但不是每家都有手表和挂钟。这样，用"40000"电话报时和报车船班次以及天气预告，很快成了租界内人们出门办事的习惯和常态。连带着祥生车行的车子叫车率都几乎成了百分之百。祥生公司趁机推出高级的黄包车、专用车。包人，包月，也可以包天包时。

祥生公司的生意一下子好转，短期内盈利不菲。

三个月后，周祥生将大卫叫到他的办公室，亲自给大卫一个大红包。大卫感激不尽，走了很远，才掏出红包，瞧瞧左右没有人，点了点钞票，法币500元！

贴在胸口的钱，让大卫热血沸腾，脚下的自行车飞奔如风。他要做的第一件事情，不是给朵拉买礼物，而是回家和彼得商量，将房东的另一间屋子租下来。因为彼得的脚气太重，脱下的袜子散发着令人窒息的臭味，这让大卫实在无法忍受。

大卫回到家，见彼得耷拉着脑袋，显得非常的痛苦。不用问，大卫便知道这家伙心不死，还在暗恋着翠翠。

无论大卫怎么告诉彼得，翠翠不适合他，人家压根就不会看上他，你们完全是两种人，翠翠要过的是富裕的上流生活。然而，彼得就是一厢情愿地迷恋她，沉醉在幻想中。

彼得说翠翠想过上流生活没有错，哪个上海女子不想过上流生活呢？但是，翠翠即使傍富翁，只是选择一种生活方式而已，她内心也是爱他的。他每次给翠翠送上花的时候，翠翠从来没有拒绝。不但没有拒绝，还很陶醉。特别是低头闻玫瑰花的时候，都是闭着眼睛使劲地闻，然后会抬起头，朝他微微一笑。彼得相信，翠翠会心的笑，只是给他一个人的。有时候，阔少们请翠翠坐轿车赴约会。进车门的时候，翠翠也会在车启动的第一秒中，朝大门口骑着自行车的彼得回眸一笑，露出少女的灿烂，将她最美最纯真的一面给了彼得。

大卫劝彼得趁早死了心，否则没法正常生活恋爱。话机房里的美女们，每天每个人几乎都会收到请柬和鲜花。美女们暗中都攀比谁收的鲜花最多，谁的请柬派对档次最高，谁交往的男人最富贵显赫。所以，翠翠的笑，就是一个标准公式，像她们每天重复数百遍的问候："您好，这里是美商上海电话公司，请问您要接哪里？"所以，你不要执迷不悟，单相思了。

"可是、可是……我一闭眼睛脑海里全是翠翠，怎么办？"

"洗脚！泡热水脚可以使你冷静。"

但是，彼得坐在床边用热水洗脚的时候，思恋翠翠的念头从脚底冉冉升起，有了强烈的生理反应。彼得知道自己完了，已无法遏制地痴迷这个风骚的小女人，他把身子倒在床上，直到热水变得冰凉，彼得才像活过来一样，软软地爬起来。

大卫的情感状态其实和彼得差不多。他将房东的另一间屋子租了下来，脑海里想着朵拉的样子和爱好，精心布置起来。但是，他发现自己其实对朵拉的爱好，对女孩们喜欢的摆设都不了解、甚至完全不知道用什么样的窗帘和桌布，才能搭配得漂亮。他就想给朵拉一个温馨的爱情小巢。

大卫想到了一个人：姚慧君。

姚慧君肯定知道女孩子喜欢什么样的窗帘和桌布,喜欢什么样的家具和布置。他不敢奢望把房间布置成像她的家那么美轮美奂,但是,弄点小清新的温暖,在有限的预算里面,还是可以的。

十一

快要下班的时候，大卫换上了一套爱尔兰的格子西服，来到话房，他站在姚慧君的面前，邀请她晚上到"香肠男高音"酒吧听歌。

姚慧君看着眼前这个英气逼人的大卫，惊诧不已。仿佛昨天还是个黄毛小伙，她都不忍欺负他一下，一夜之间竟成了颇有气度的阔少了。尤其是那身爱尔兰风格的西服，让姚慧君大呼小叫：“来，让我摸摸料子，啊哟，料子是羊毛加羊绒的，又挺又软……”

"啊，还是名牌货……大卫，你是否发财了？"

大卫的脸红一阵白一阵。

这位大美女哪里知道，这套西服是大卫淘的二手货。犹太人的节俭是与生俱来的本能。大卫到西服店的二手柜台，看见这套西服，才卖四元钱，估计是哪个落魄的西方难民当给成衣铺子的。大卫还价到三元，把它买了下来，然后根据自己的身材让裁缝老板改了一下。格子西服看不出新旧,只要不破,和新的一样。

姚慧君朝着周围美女接线员们嬉笑着说:"各位不许打大卫的主意,我是他姐,未经我允许,一律不准私下约会……"

美女们一阵哄笑。

姚慧君也笑弯了腰:"当然了,如果英俊的大卫先生喜欢上我们中间的哪一位就另当别论了。"

接着,姚慧君将大卫在虹口被日本兵调戏,被日本妇女在脖子上盖章的事情,给大家绘声绘色地讲了一通。美女们围着大卫更加地感兴趣了,开玩笑地说,能不能让我们也在你的脖子上盖个章啊……

大卫想不到自己一本正经地向姚慧君发出一个邀请,却遭姚慧君和大家嘲弄,尴尬得无地自容。于是,他转身离开时扔下一句:"我不会喜欢别人的,我早有女朋友了。"

他一气之下跑了出去。但情商超高的姚慧君立刻跟出来了,她大大方方地在公司门口拉着大卫上了汽车,直奔"香肠男高音"酒吧。在人们眼里,姚慧君不过是把犹太小子大卫当成好朋友,一起疯玩而已。但是,当姚慧君拉着大卫的手进了汽车,坐到后座里,却感到了大卫手腕上的脉管儿在蹦蹦直跳。她转头看了一眼大卫,发现大卫的脖子涨得又红又粗,羞涩地躲避着她的目光,双腿夹得很紧,想把自己的手抽出来。

姚慧君乐了,把大卫的手抓得更紧,看着大卫的眼睛,咯咯直笑:"害羞了?害羞了就叫姐。一叫姐,你就不害羞了……"

"真的?"

"真的。不信你就试一试。"

大卫憋了一会儿,使劲地叫了一声:"姐。"

姚慧君笑了起来,她说:"和姐在一起,你紧张什么?"

大卫果然不太紧张了。不过，他还是觉得身上发热。

到了"香肠男高音"酒吧，那儿的生意非常火爆。绝大多数的座位几乎都被预定了。大卫和姚慧君只好走到一个角落的位置。但是，姚慧君一出现，立刻成了整个酒吧的焦点，几乎所有的目光如波浪般地朝她涌来，尤其是那些外国客人，用热辣辣的目光把姚慧君扫了一遍又一遍。

想不到他们公司的几个高管也来到了"香肠男高音"。

鲍德走到大卫和姚慧君的桌子边，从邻座搬了一把椅子过来，他刚坐下，大卫打个招呼后就想离席，因为他知道总经理一定是冲着姚慧君来的。

但是，鲍德让他别走，有话要问他。

他开门见山直奔主题，问大卫："美商租车公司的总裁告诉我，是你，大卫，替我们的竞争对手祥生公司安装了电话挂件，提供了不少服务内容。告诉我，大卫，为什么？"

大卫不想得罪自己的老板，但又不知道怎么说才能解释清楚，于是支支吾吾地说什么好的主意和智慧，就像云一样，在空中飘浮，谁知道在什么地方，遇到了什么风。比如，我就在姚慧君小姐的家里恰巧遇到了祥生的周老板……当然，如果那晚，鲍德先生没有爽约，我可能就没机会与周老板聊天了，当时我们两个人都是那场宴会的旁观者，也就随便聊上了话……

"总经理，我可以作证，那晚大卫是听说您会出现才参加的，他原本是想向您汇报虹口那一带可怕的情况，他差点为了维修电话线路丢了命。"姚慧君打圆场。

鲍德喝了一口酒，冷冷地说："别瞎扯了，大卫。麦尔斯已经把你加装公用电话的建议给我讲了。你是在做给我们看。我知道你是个好小伙子,是个人才,对工作抱有热情与创造力,是公司里崭露头角的年轻人。但是,我也必须明确地告诉你,战争打到这个分上,我们的美国总部,不会冒着战争的风险,再往上海投一分钱了。如果想发展,就得上海公司自己想办法。而我现在已经焦头烂额了。噢,大家都在传你的一句话,好像借什么……别人鞋子,比光脚跑得快。你不妨再看看,还有谁的鞋子可以借给你。如果借到了,请一定记住通知我一声,我本人和公司都会乐见其成。"

鲍德说完,就走到其他桌子去了。

鲍德的话,夹杂着无奈、冷漠和讽刺,让年轻的大卫出了一身冷汗。

但是,姚慧君却从他们的对话中,听到了另一番味道。她问大卫是怎么回事?"怎么鲍德搬了一把椅子来我们桌,居然是找你对话。"

"是啊,我都以为总经理是来找你聊天的。"

"他很少找我,最多是找我父亲与兄长,也都为了公司的发展。他是个正人君子,从未见到他搭讪任何美女。"

"鲍德的人品是一流的,只听说有一双儿女。"

"这个我知道。你们刚才谈的什么呀?"

大卫将祥生公司的事情由来给姚慧君讲了一遍。

姚慧君忽然定定地看着大卫,喃喃地说,看不出啊大卫,你这个小脑瓜就是和我们中国人不一样。我们在你这个年龄和地位,都是学徒的小伙计,给美商老板提鞋都轮不上,甭提能有这番魄力与作为了。你说,你为什么要这么努力?

酒吧里忽然掌声雷动。原来是朵拉和沃尔夫上台了。

大卫痴痴地看着朵拉,对姚慧君说,为了她。

姚慧君不以为然地问："这位就是你刚才提到的女朋友？"

大卫点头，又摇头。

姚慧君点了一支烟，吐了一个圈。"明白了，暗恋，单相思……"

大卫摇头，说我们有约定，我们深深相爱。

姚慧君笑喷了，说我在小学的时候，就和一个男孩有约定，用草棍拉的勾；到了中学的时候，又换了一个男孩，也有一个约定，写的纸条装到铁盒子里，埋到公园里的大树下。我刚进圣约翰大学的时候，和同济大学的男朋友也有一个约定。而且约定都写在手帕上，咬破手指，用鲜血写的呢。但是，时过境迁，形同陌路。现在连个音信都没有了……这年头，就得抓住你眼前的、身边的爱。

说话间，朵拉的歌一曲完毕，掌声四起。

陆天河照样送上一大束鲜花，哇，又是一百朵玫瑰，他上台时和朵拉站在一起，他的保镖用主人从美国带回来的照相机噼里啪啦地一顿乱拍。

姚慧君对大卫说，看见了没有？有人已经捷足先登了。我了解他，是个疯狂的人，你的初恋女孩很快就会成为别人的女朋友了……

大卫的心情糟糕透了，他本来是请姚慧君给他出主意怎么布置出一个朵拉喜欢的房间，但是，现在一切都没有了心情。他知道，他必须努力，不然真像姚慧君说的，等到他赚到足够的钱想去求婚时，朵拉的孩子都一大堆了。

大卫喝得迷迷糊糊，对姚慧君说：鞋……我必须借到……鞋。

姚慧君说，鞋？姐给你买！要几双？

大卫说，不……不是……是要建公用电话亭的……鞋。

姚慧君后来听明白了，大卫是要在40平方公里的租界内建设几百甚至上千个公用电话亭。他坚信这是一个稳赚不赔的项目。也为难民提供方便。

姚慧君："天啊，那要多少钱！大卫，你真敢想！"

十二

朵拉虽然和陆天河的天河公司与牙科医院签了合同，但朵拉的世界并没有改变多少。朵拉每天傍晚到"香肠男高音"上班，白天里里外外干家务活，有时候要到摄影房拍平面广告。朵拉也从不跟老板们外出社交或娱乐。所以，除了工作之外，其实，陆天河和朵拉之间并没有多少交集。而陆天河也很绅士，对朵拉彬彬有礼，保持着谦谦君子的形象。

朵拉担心的很多情况并没有发生，那些事都是她听当地人说的，比如，静安寺最大的歌舞厅百乐门，租界内的仙乐斯、丽都、大都会、米高美等歌舞厅里的歌舞小姐，基本上都被有钱有势的军政人物和黑道老大包养或者捧红，俗称拜"干爹"。一旦拜了"干爹"，他就得给"干女儿"包红包，办酒会，向外界宣示：该小姐是我的了，今后谁敢欺负她，就别怪我不客气。而通常"干爹"会给"干女儿"买房或租公寓，使其成为"金丝鸟"，让她跟随自己出入各种社交场合。有些姿色好、野心大的干女儿，今天是金爷的干女儿，明天说不准就是银哥的干妹妹。如果被日本高层看中了，还会被当作礼物"慰安"，这是最可怕的。朵拉与陆天河的合同里，没有社交和参加酒会派对的条款，所以，朵拉拒绝任何形式的应酬和社交酒会。而陆天河也没有强求。

在周围人看来，陆天河是华裔美国人，而朵拉是犹太人。他们与本土上海人的富豪与交际花的生活轨迹相差甚远。

但是，陆天河的矜持只是表象，仅在朵拉面前如此，他在夜上海，在百乐门，绝对是个风流倜傥的公子哥，乐此不疲地追逐着美女。

自从朵拉成了天河牙医的广告代言人之后，陆天河与朵拉的父亲走得很近。陆天河几乎是以未来女婿的殷勤和谦卑伺候着艾萨克。艾萨克抽烟，陆天河就今天献上一个古董级的英国烟斗，明天献上正宗的古巴的烟丝；艾萨克喜欢怀表，尤其喜欢将怀表的金链子从上衣的口袋里弯弯地垂下一截，像是16世纪法国骑士的勋带，带有贵族的范儿。于是，陆天河就从法租界里的亨得利表行花高价淘来一只。然后，他告诉艾萨克，这只表是他祖辈流传下来的，也许不值多少钱，但却是无价的。而他本人习惯戴美式手表，有指南针的那种。这让艾萨克的自尊心非常满足，感觉非常舒服，之后对陆天河有点言听计从了。

虽说陆天河对朵拉很礼貌，但是，朵拉的感觉却像一只小猫在参加狐狸的宴会。她发现，每次陆天河向父亲献殷勤的时候，父亲的大胡子都笑得抖了起来，这时候，陆天河总是朝朵拉看过去，得意地笑一下，似乎是说，瞧吧，你这位美丽的公主却有个落魄的国王，你早晚会是我的。

尤其让朵拉担忧的是，每次陆天河以研讨业务的名义，到朵拉家拜访的时候，他总是提着各式各样的点心和巧克力。这些东西在战时的上海，是有钱都买不到的紧俏食品，朵拉的弟弟妹妹乐坏了。以至于陆天河一进门，她的弟弟妹妹就把目光盯住陆天河提的盒子，露出亟不可待的神情。朵拉意识到，这个家几乎被陆天河收买了。

今天，陆天河又来了。但是，这次他没有带巧克力，而是带来一个让朵拉父母和弟弟妹妹都无法抗拒的诱惑：他的一个朋友回美国了，有一套房子让他托管。房子的地址在法租界的辣斐德路 Route Lafayette（后来的复兴中路）。陆天河的意思是，朵拉一家如果愿意的话，可以搬进去住。替陆天河看管这所房子。当然，既然是替陆天河看管房子，而不是租房子，自然就不用拿钱了。陆天河还要替朋友谢谢朵拉一家。

朵拉看出他不怀好意，想进一步控制她全家，不由脊背发凉，她二话不说，不假思索地拒绝了："不行。陆先生，谢谢你的好意。"

但是，朵拉的父亲和母亲扛不住诱惑，小声地问他，有几个房间？

陆天河说，他也不知道几个房间。大家不妨去实地看一下后再做决定。如果现在可以的话，就坐他的车去看看，他很愿意效劳。

于是，朵拉一家坐上了陆天河的汽车，去看法租界的房子。

汽车一路前行，越走道路越清净典雅，两旁的法国梧桐树遮天蔽日，绿荫中隐约看见一座座小洋楼，露出尖尖的房顶和红砖墙。

等到了他们要"看管"的房子，朵拉一家都目瞪口呆了：一座法式小别墅在绿荫中像待嫁的少女，含苞欲放地期待着他们。一家人进了别墅内，发现两层楼里有四个卧室，最高的阁楼算半层。最让艾萨克动心的是，别墅里有五个卫生间。艾萨克的生活习惯是自己必须有一个单独的、不许别人使用的卫生间。在俄国、在哈尔滨的时候，艾萨克从他父亲那里继承了这个习惯：把卫生间当成了男主人的第二办公室。在卫生间里，可以从容阅读商务报纸、行业杂志和大部头的、可以伴随一生的经典书籍，也有刮胡刀、洗发水和抠烟斗的器具，这些东西都伸手可及，一切都遵从着主人的习惯和爱好，甚至是眼神和转脖子的习惯。总之，艾萨克认为，一个有品位的成功男人，要有自己的别墅，别墅里要有自己的专用卫生间。

朵拉的母亲对别墅也很满意，喜悦之情毫不掩饰。大大的法式厨房，宽敞的操作灶台。尤其是别墅后院的花园，甬道上居然铺着渗水的白色蚕豆大小的碎石块。别墅不大，却有着法国皇家的园林风格。

朵拉的弟弟妹妹更是尖叫着跑上阁楼。阁楼上因为房梁，间隔出各种图形的隔间，像是童话里的城堡塔楼。

看完房子，往回走的时候，陆天河在法租界里的一家西餐馆请朵拉一家吃饭，并很绅士地问，刚才给各位看的房子满意吗？如果满意的话，今天就可以搬家了。

朵拉父母和弟弟妹妹都使劲地点着头。朵拉却说，陆先生说希望我们看管房子是吗？陆天河轻轻地用餐巾拭一下嘴唇说：当然，是的。朵拉问，那么，看管这所房子是不是需要报酬？

陆天河有点懵，不知道朵拉是什么意思。心想，我给你们那么高级的别墅白住，难道你还想要报酬，你朵拉怎么也掉钱眼了？

艾萨克狠狠地瞪了朵拉一眼，但心里惊喜地觉得这丫头变了，变得比自己更精明能干了，果然是血缘的传承，比老子更有商业头脑。

这时，朵拉起身要上洗手间。陆天河趁机站起来说，我领你去。在去洗手间的过道里，朵拉对陆天河说："陆先生，我有男朋友了。"

陆天河很惊讶的样子，笑着说："哦，你有男朋友了？恭喜你。"

朵拉说："所以，请你收回你的房子。我知道那个房子是你的。"

陆天河无所谓地耸耸肩膀，一副非常美国的做派："嗯哼，那又怎样？反正是闲着。这和你是否有男朋友有什么关系？"

朵拉任性地说："不！我们不能住！"

再次回到餐厅的时候，朵拉宣布，我们一家为陆先生看管房子是有报酬的；那么，我们住房子也是要付租金的。所以，爸爸，请你和陆先生签两份合同，分别是看管房子和租赁房子的。租金和报酬的差价，我用我的收入来补。

艾萨克总算明白了，心里在骂这丫头事多，连忙点着头，"朵拉，你做得对。我们犹太人一向不欠别人的人情，一切都要算得清清楚楚。"

于是，艾萨克和陆天河签了两份合同。等朵拉看见这份合同的时候，欲哭无泪：租金和看管费，只差一块钱。

回到家后，朵拉哭着质问父亲："爸爸，你在出卖你的女儿！"

艾萨克给女儿擦拭着泪水，说："如果有一天陆先生向你求婚，我和你妈妈一点都不会感到意外，陆是有巨额财产收入的华裔美国人，持有美国护照，而且是单身，年龄也很合适，三十多岁。除了信仰之外，我看不出这桩婚姻有什么不妥。而且，我与陆先生交谈过信仰的问题。陆先生没有明确的宗教信仰，但他在哈佛读书时常去教堂听牧师的布道与传播福音，接触过基督教的，后来回国了也就不再去教堂了。但他的母亲信一点佛教，就是那种有事就找佛祖，没事就想不起佛祖的所谓信仰。而他本人我觉得就是一个现实主义者或功利主义者，更接近无神论者。所以，如果他爱的人，信仰犹太教,或者基督教,他也会非常尊重,说不定还会追随。当然,迄今为止,陆先生从没有提出来向你求婚的意思。倒是我和你妈妈为你着急。"

朵拉大哭,说她爱的人是大卫。除了大卫,谁也不嫁!

艾萨克说,当然可以。如果大卫达到了艾萨克家族的嫁女标准,那是最好的。这个英俊勤劳的本民族小伙子谁会不喜欢?问题是,这个大卫什么时候能够拿到美国绿卡,什么时候能够供养你最可爱的弟弟上贵族学校,给我们享福,当然最重要的是提供给你幸福的保障!

朵拉大叫着:我等大卫,等大卫五年,十年,二十年!不,不,他很努力也很有智慧,一定很快就会有能力来风光迎娶我的。

艾萨克对朵拉的母亲和弟弟妹妹说,大家听到了,你的宝贝女儿,还有你们的姐姐,让我们跟她一块等五年、十年、甚至二十年。这就是她对我们家庭的报答,对养育她的父母的报答……阿门!孩子们,请把《圣经》找出来,在你们的姐姐朵拉五个月的时候,我就在十诫的第五条"孝敬父母"那里,滴了蜂蜜,让朵拉去舔。希望她从小就知道孝敬父母是甜蜜的。现在,你们的姐姐长大了,已经忘记了"孝敬父母"的甜蜜。那就再让她舔一下,那一页至今还是甜的。还能看出一个婴儿的口水印。

朵拉崩溃大哭,跑出家门……

朵拉一路跑到"香肠男高音"酒吧,她眼角的泪痕与悲伤的神情被沃尔夫一眼看穿。

沃尔夫说:"亲爱的朵拉,请你不要悲伤。你的情形在难民中不是很坏,只是爱情遇到了障碍。世界上所有的事情都可以用智慧去解决,但是,唯有爱情,没有理性而言。唯一的解决方案就是时间。时间会解决一切,时间会给爱情下定义……听我的话,孩子。

不要失去你的信仰,你现在是一个歌唱家了。即使你一分钱都没有,你还有世界上最美妙的歌声,你会给人带来快乐和幸福。这是你最宝贵的财富。"

就在当晚,朵拉一家搬进了法租界的别墅。

十三

鲍德对大卫的冷漠和嘲讽，激发了大卫的决心。当一个20岁男孩为梦想插上了翅膀，上帝会派天使来引领。

大卫已经痴迷，已经深陷其中。已经到了不撞南墙不回头、不到黄河不死心的地步。大卫设计了一间公用电话亭。电话亭像一间长方形的屋子，能够抵挡南方的梅雨和潮湿，也能够放置手中的行李和雨具。如果是一家人或者两个朋友，都能够装得下。如果是收费的话，最好收费的人能够在雨天或者烈日下，躲进电话亭里。

电话亭最好在人流和交通比较集中的地方，而又不影响人流和交通。但这些地方必须有租界工部局的批准。

大卫设计完电话亭，又设计了电话机。公用电话机必须用一种特殊的角币代替硬币，这样便于计时，也不用每一个电话亭都用一个人收费。打电话的人只要事先买一些特殊的角币，投进电话机，就能连通电话的线路。到了一定的时间，角币就从连接处掉进角币盒子里，所以，必须再投进一个角币重新连接电路。这个角币电话机的原理不是大卫的发明，但是，他必须设计出只属于自己的角币，就像是赌场的筹码。

大卫设计完电话亭和电话机之后，又找到了祥生租车行的老板周祥生。大卫希望周老板资助他在租界建一个公用电话亭。他要用这个电话亭做一个实验，看看每天有多少人打电话，每天能够收益多少银两。一旦有了这样的具体数据，他就可以说服公司董事会投资。

周老板对大卫赞赏不已，你这个小犹太佬，脑子真是太灵光啊。我可以赞助你，但是，我有什么回报呢？

大卫说，我可以在电话亭里张贴祥生的海报和电话号码。如果实验成功的话，祥生公司也可以作为美商户外电话公司的发起人和股东啊！

周老板哈哈大笑，说事情没有你说的那么简单。中国人的投资都是吃吃喝喝，一旦进入了工业生意，日美这些大资本家不掐死你才怪！不过呢，既然你小老弟有这个创意想法，我还是支持的。

大卫苦笑着说，即使我实验成功了。美国总部因为战争的原因，也不会大规模地投资。所以，还需要我们自己想办法。

周老板愕然：想什么办法？

大卫摇摇头：不知道。但是，总之是……借别人的鞋……走自己的路。

大卫的第一个公共电话亭，建在法租界靠近华人居住区的弄堂口。之所以建在这里，是因为法租界的工部局认为这里的中国难民比较多，不是法租界繁忙的交通要道，建一个公用电话亭不妨碍公共利益。能够为辖区内的华人提供一个公共电话亭，也是当局乐见的公益事业。尽管如此，在街道的一角建一个公共电话亭，也是周老板帮忙找法租界工部局的熟人申请的。而大卫对于中国式的这一套人际公关手段，几乎是盲区，没有一点经验。

不过，大卫也十分中意这个地方。法租界的华人居住区，安装私人电话的人特别少。即使是富豪，如果没有大的生意可做，装一部电话也是太奢侈。因此，在这里安装公用电话，应该大有用场。而他的本意，就是为难民们提供公共服务，在华人居住区得到的数据和收益，作为市场开发的样本意义会更大，而这正是大卫需要的。

公用电话亭的号码，当然是大卫以自己的名义申请的。开业第一天，周祥生说，应该请几个名流大佬给你撑个门面，至少让法租界工部局或者巡警们给你们撑个场子，一来图个吉利，免费做个广告；二来地头上的流氓恶棍也不会找你们麻烦。大卫对周祥生的提议不以为然，他觉得那样的话，这个电话亭的样本意义就大打折扣了。日后说起来，公司和其他大佬们会说，这个电话亭的收益是小概率事件。

周祥生说好吧，你们犹太人做事总是有板有眼，一根筋。

就这样，一个公用电话亭忽然就悄无声息地在法租界的华人区出现了。大卫、彼得和彼得的妹妹，轮流在公用电话亭值守，来人打电话就卖给人家角币，每个角币可以打五分钟，分租界内、上海市区内、无锡、苏州等长途，价格不一。和其他街边商户的公用电话不一样的是，商户的电话打烊关门之后就没有了；同时，商户电话的定价，都是商户随口报的，价格和时间也不统一，对熟悉的人就不收或少收，对不认识的外地人或外国人就恶宰，搞得很不公平。所以，经常有打电话的人与商户发生争执，甚至动手打架。

大卫的公共电话亭的使用价格，是按照美商上海电话公司的通用表格明码实价的，而且是角币支付。到了时间，电话机就发出提醒音，客户赶紧再投进去一枚，童叟无欺。

刚开始，本地市民们围着电话亭小心翼翼地转了几圈，进而有大胆的问了起来。彼得耐心地解答，有人买了角币打了起来。第一个电话通了，打电话的人兴奋地跑了出来，顺便还买了一份报纸。然后，彼得对打电话的人说，如果你还想打电话的话，可以多买几个角币，价格还可以便宜，打8折。

法租界华人区第一个公共电话亭一天不到就火了起来。弄堂里的人一传十、十传百，大家都到街口去打电话，给远方的亲戚或者家人报平安。第二天，竟然排起了长长的队。

大卫要做的就是记录原始数据：人次、通话时长、角币预购和平均消费。

三天过后，彼得将钱盒子往床上一倒，大卫高兴地蹦了起来！

统计表明：每天居然有240个电话；平均话费0.8元；加上卖报纸的毛利，就是200元！而私人电话，美商的统计数据是平均每天才4个电话，而且是以本市的商务通话为主，很少有长途。因而每次电话的消费绝对值和利润都低于大卫的公共电话。

消息传到周祥生那里，周老板不敢相信自己的耳朵：什么？200元？乖乖，我一台汽车每天的毛利才几十元！

周祥生的第一个反应是，告诉大卫千万不要声张，不要得意忘形，要注意保密！保密！！

但是，晚了。租界内的一家小报，采访了大卫和彼得。大卫侃侃而谈，说他们要为租界内的市民提供公共服务，如果可能，想为全上海的市民提供公共服务，为那些流离失所的难民提供信息沟通。同时，个人和公司也能在实现社会价值的同时，获取丰厚的利润。

第五天的时候，看管电话的彼得妹妹在给彼得打电话时大呼小叫："哥，出大事了，你们快来，赶紧过来！"

大卫和彼得干完手头的活，急忙骑车到法租界的电话亭。只见两个穿黑衣黑裤的华人斧头帮人，带着一条狼狗，拿两个小板凳，坐在电话亭的门口嗑瓜子。看见打电话的人，也不打也不骂，眼皮都不抬地朝打电话的人吐瓜子皮，然后，让人从狼狗的身上跨过去。

打电话的华人胆小怕事，带着惹不起、躲得起的心态悄悄地走了。

大卫见状，欲上前与他们理论。

彼得拦住了大卫，他说这就是周老板建议你撑门面的意义。现在有人见我们赚钱，就嫉妒眼红了。

大卫说那就报警。法租界的警察巡捕不会不管吧！

彼得说，你报警怎么说啊，他们一没有偷，二没有抢，也没有发生流血事件和暴力冲突。

大卫感到不解：那他们想干什么？

彼得解释道，这帮人无非是要收取保护费之类，希望利益分成。

大卫一个劲地直摇头，这毫无道理。这是法租界工部局批准的公共服务事业，他们凭什么收费？

大卫不会讲中文，只会简单的几个单词与句子。他走上去，愤怒地问那两个黑衣人为什么？为什么？然后就是一连串的英语和俄语……

彼得劝阻大卫，不断地向两个斧头帮的兄弟点头哈腰，好像是自己做错了事。这让大卫更加地愤怒，反问彼得为什么，为什么你要对他们这么客气？放弃自己的权利？

还没有等彼得回答为什么，斧头帮的狼狗忽地跳起来撕咬大卫。

大卫闪开，两个斧头帮的黑衣人哈哈大笑。

彼得和大卫看见，不远处的一个轿车内有一个身份不明的人，正在观察着一切。这时，大卫才知道，他们遇到了黑暗的对手。

当天晚上，大卫拜访周祥生，把白天发生的情况向他汇报了。

周老板说，这件事情说复杂也复杂，说简单也简单。说复杂，是你要和斧头帮对抗，你有什么实力和斧头帮的人对抗？他们是一群不要命的烂仔，是盘踞在上海马路上的地头蛇。警察和巡捕拿他们都没有办法，你有什么办法制服他们？那么，说简单也简单，说到底他们要的是利益，是钱。在你的预算里面，你给他们算一份，进治安成本就是了。

大卫还是不明白。不。绝不。这没有道理！这是向邪恶和黑暗势力的妥协。我不会做！

周祥生苦笑，拍拍他的肩说，年轻人，这是本地潜在的规则。如果不这样，你打算怎么办？还想去……借一双……鞋？

大卫肯定地说"Yes"，这次他要借的不是鞋，而是一条船！

但是，船还没借到，当天晚上，公共电话亭被人推倒了。

黑帮的逻辑是，既然不想让我们分羹，那你们也别想干……

十四

沪上黑帮因为租界的电话亭利润惊人,自己未获分成而怒推电话亭。这条消息成了小报的头条新闻。

此事在美商上海电话公司内部引起极大震动。一大早,鲍德把麦尔斯找来,拿着报纸对麦尔斯说:"大卫的这个电话亭很有创意,他真是一位有才华的青年。"

麦尔斯叹息:"可惜啊,赶上了战争,我们公司好像也没有投资的意向。"

鲍德说,我还是想以个人的名义,帮助这个年轻人。不管怎么说,黑帮推倒的是美商的电话亭,不是吗?

麦尔斯说当然。虽说是大卫个人的投资和实验,但是,提供服务和设备的是我们美商公司。中国人说,打狗还要看主人。这些中国的黑帮明目张胆地破坏我们美商的设备。

麦尔斯告诉工程部的主管,把大卫叫到总经理办公室。

当工程部的主管到外勤修理工的车间办公室去找大卫,告诉他总经理鲍德要找他谈谈的时候，工程部的小伙子们欢呼起来。大卫成了修理工们的英雄和偶像。以往出外勤的修理工都被公司里的人视为最苦最累的"底层"，现在，大卫的项目上了报纸的头条，还得到了总经理的召见，小伙子们心情太爽了。

大卫到了鲍德的办公室，拿出了几天来新式公用电话亭的客户数据。并且用一张简单的图表，说明假如美商公司在40平方公里的租界内，加装一千部新式投币公共电话亭，那么，它的收益率将会是私人电话的十几倍！

鲍德和麦尔斯静静地听了大卫的数据报表和商业结论。大卫的语速很快，几乎不容鲍德和麦尔斯插话。但是，鲍德和麦尔斯似乎很欣赏大卫的直率和天真，他们知道这个20岁的犹太人电工和他们年轻时一样，为了在高层主管面前抓住一次人生机会，恨不得在几分钟内把所有的话都讲完、把自己的创意都展现。

直到大卫自己停了，鲍德才问：你讲完了？

大卫羞怯地说：讲完了。

鲍德说，那么你先喝一口水吧，然后，再告诉我，你希望我或者本公司怎么帮你？

大卫说，我知道公司在战争时期，不会在中国投资。但是，这没有关系。只要公司精确地告诉我，给我加装1000门电话的设备预算，得用多少钱就可以了。我知道租界内很多的中国商人和富裕家庭，都苦于没有投资性的收入，眼看着坐吃山空、花费积蓄，都非常着急。

麦尔斯说，租界内的电报电话线缆都是我们美商铺设的，增加一千门的电话交换机设备，用美元换算成银元的话，十三万元左右。关键是每个电话亭的建设费用和占地费用，根据你的样本计算，一共要40万元，合计53万两白银。

大卫吓了一跳。他知道要花不少钱，但怎么也没想到要五十多万两白银。他的脑袋嗡地一声，一片空白，汗水哗地流了出来。

鲍德笑了笑说，别着急，大卫。你设计的角币给我看看。

大卫拿出角币，给鲍德和麦尔斯研究了一番。他们相视一笑。两个美商的高管都是商业头脑发达、经验老道的英美商人。他们两个在纸上划来划去，不一会儿就讨论完毕。然后鲍德对大卫说，我们认为你设计的这个角币，非常有创意而且商业价值很大。一是方便了客户，二是节约了我们的人力看管，三是对资金回收有预期。如果推广起来，我们可以预售角币。从五折起，然后是五点五折，六折，六点五折……一直到八折封顶。这样，资金的回笼就会加快。一旦对资金的回收有预期和保障，那么，我们就会把投资做成中短期债券，在社会上公开募集资金。这样一个大的项目如果没有美商公司来做背书和推广，任何机构和个人的力量都无法完成。

大卫怔怔地愣了半天，才意识到美商公司的老板已经答应介入他的项目了。

而大卫被鲍德提名，并上报董事会，担任公共电话事业部的经理，主要是负责完善投币电话的设计和公共电话亭的施工。至于设计债券和投融资由公司的其他部门负责。而工程设计的批准，由美商公司和领事馆的官员与租界工部局协商解决。

而法租界的公共电话亭在被推倒的第三天，就被租界的巡警看管保护起来，公开涂上美商公司的logo图标，名副其实地成了美国人的财产。华人黑帮知道，在租界内他们几乎可以肆无忌惮地欺负中国同胞；但是，想欺负美国人，他们还没那个狗胆。

1939年夏天的上海租界报纸赫然登载了美商上海电话公司发行公共电话亭的投资债券的消息。债券总额为60万银元。计划在租界内修建1100个投币式公共电话亭。债券分短期、中期、长期。

短中期拿利率，长期吃股息。先期建设的投币公共电话亭可以供市民及潜在投资人参观和使用，亲自体验公共电话亭给租界内的难民以及市民带来的方便和好处，也对投资项目的效益增加直观感觉。

美商推出的这个债券融资计划，受到租界内富豪和富裕家庭的喜欢。他们都是因为战争才逃到租界内，身上携带的都是金银等硬通货。他们在家乡的时候，都是省吃俭用，精于算计发财的农民。进入租界后，他们没有任何技术技能和创业的人脉关系，只能是坐吃山空。这让农民地主们的心像被猫挠一样，坐立不安。美商的中长期债券投资计划，恰巧迎合了这类人的投资心理：在他们眼里，一个个公共电话亭就像土地里冒出的庄稼一样，从租界内的大街小巷里冒了出来，每天都创造着利润和奇迹。看得见，摸得着。

为了扩大融资融券的影响，美商公司在最繁华的司格特路广场一角的公共电话亭展开造势活动。美商公司的美女接线员们在姚慧君的带领下，在舞台上走秀，并集体向市民鞠躬抛花。

活动大获成功，当场就有不少人签约登记购买债券，仅仅几天下来，资金就募集了十几万！

活动完毕，姚慧君向大卫使了一个眼色，让大卫坐她的车，到"香肠男高音"庆祝一下。而大卫正好也想到"香肠男高音"去找朵拉。他有好多好多的好消息要告诉朵拉。

大卫说到底还是一个大男孩。他临上车的时候，本能地叫上了彼得。彼得现在是公共电话部的施工组长，是大卫的助手。热闹庆贺的场面，怎么能少了哥们呢？于是，大卫带上了彼得；彼得又拉上了翠翠……

姚慧君一边在心里嫌大卫多事，一边只能客气地让彼得和翠翠上了她的车。害得她的保镖只好坐黄包车一颠一簸地跟着。

到了"香肠男高音"，大家落座之后，因为还没有到朵拉演出的时间，大卫就忍不住跑到后台，大喊着朵拉朵拉你在哪？有人告诉大卫，朵拉在化妆间里正在化妆呢。

大卫想也没想，就冲进了后台。然而，他愣住了……

朵拉的身后，站着穿燕尾服的陆天河，无比绅士地扶着朵拉的椅子。

等朵拉发现是大卫的时候，试图站起来迎接大卫，陆天河轻声地说：朵拉小姐，你的演出时间马上就要到了……

此刻，站在朵拉面前的大卫，完全不是两年前在火车上青涩的大男孩了。虽然现在的大卫也就 21 岁，但是，他的气质和脸部轮廓完全是一个俊俏的男子汉了。

大卫今天穿的衣服不再是电话修理工的工作服，而是端庄的西服便装，并佩戴了一枚显示自己主管身份的胸牌。他本来想给朵拉一个惊喜，给她看看自己的胸牌，并告诉朵拉它意味着什么：是的，他已被提升为部门主管了，月薪 60 元。他的工资可以每月给他在纽约的父母至少打四次电话了。同时，作为部门主管，他有机会申请去总部学习和出差，可以办理签证。也就是说，他移民美国的窗口已经打开。他想把这一切的好消息第一时间告诉朵拉，并和朵拉商量一下，是否可以向朵拉的父亲提出他想向朵拉求婚？

但是，他还没有来得及和朵拉告白一切的时候，朵拉就要上台表演了。

朵拉在上台前的一刻，冲着大卫说了一句：演出结束后等着我！

大卫只好回到酒吧大厅，眼前晃动的不是朵拉，而是给朵拉扶着椅子的陆天河。他亲眼看见陆天河在朵拉身后，摆出绅士的姿势，护送着朵拉上舞台，并且还回头向目瞪口呆的大卫，轻蔑地咧了一下嘴唇。

晚间 8 点的时候，朵拉和沃尔夫的演出正式开始。

姚慧君频频向左右各位敬酒，穿梭于酒吧各个桌台，大卫好像心事重重，眼睛盯着舞台上的朵拉，只顾着喝闷酒。

姚慧君不得不在大卫的眼睛前面挥手，不满地说："哎哎，看什么呀，朵拉一家已经住进陆天河的别墅了。"

大卫痴痴地说："不，不可能，朵拉说过，演出结束之后等着我。我们有约定。"

姚慧君吃吃地笑了起来，对身边的翠翠说："瞧大卫啊，事业上一根筋，爱情上也一根筋……"

"呵呵，美商公司一根筋的男人多得很啊！从总经理到修理工。"翠翠笑得花枝乱颤。

彼得今天借了大卫的光，难得有这个好运，可以与翠翠在一起。他趁机想增进感情，他对翠翠说，自己已经升职了，月薪涨到24元了。现在是大卫的助理和施工部的小头目了。而且，他和大卫分开住了，各自一个房间，他们都重新布置了，添置了不少家具和被褥衣服什么的，希望翠翠周末去参观一下，坐一坐。

翠翠心不在焉地应付着彼得，眼睛却紧盯着远处的一位白人男子。白人男子远远地向翠翠举起杯，翠翠嫣然一笑，也举起杯抿了一口。过了不一会儿，白人男子走过来，他给翠翠递上一张名片，介绍自己叫约翰，他约摸三十左右，非常魁梧，风度不错。

翠翠一看名片，骨头就轻飘飘了，双眼发光。原来约翰是一家美国本土石油公司的副总经理。通过简短交谈，翠翠弄明白了，这家石油公司是家族企业，约翰的父亲就是公司总经理。翠翠心想：这可是美国石油公司的继承人，还是个年轻人，自己遇上了千载难逢的好机会，一定要投怀送抱，若是能嫁到这个美国亿万富翁家族，自己与家人的命运就改变了。

这个约翰气场也大,他根本就无视翠翠身边这个中国小伙的存在,他邀请翠翠到吧台喝一点烈性的威士忌,而翠翠也没征求彼得的意见,就径直和约翰边走边笑地走了。

彼得恼羞成怒、失魂落魄,又不敢出声,他百思不得其解,翠翠为什么视他的真情为空气。她一次次在情场折腾,可最后也没见到谁向她正式求婚。自己这么爱她,而她却熟视无睹,他觉得翠翠对他太冷酷了。

他点了一大瓶烈性的白酒,将自己彻底灌醉。

姚慧君直摇头,看着彼得说:你也是一根筋,一只嫩兔子……

就在这时,酒吧里响起了掌声,上半场演唱结束,接下来是观众和顾客向朵拉和沃尔夫献花的节目。紧接着,在热烈的掌声与起哄中,风度翩翩的陆天河上台向朵拉献上一个大花篮,999朵红玫瑰,他还当场打开一个精美的丝绸盒,从中取出一个闪闪发亮的钻石皇冠,想给朵拉戴在头上。

"这个皇冠是我祖父在英国拍卖会上获得的,来自英国皇族,这么有价值的礼物我要送给朵拉,因为她是我心中永远的公主。"他说。

"不,不,我不能接受,陆先生,"朵拉惊慌地躲避,不知所措,"我心中已经有王子了。"后半句话她说得很轻。

"不!不!!"大卫也叫唤起来,他猛地站起来,跑到舞台的前面大喊着:"朵拉,我爱你!"

姚慧君也被陆天河的举动惊呆,捂住自己的嘴巴,不敢相信这个传世的珍宝,就这么给了一个犹太小姑娘。

但是,朵拉的父亲不慌不忙地走上了舞台,他向大家鞠了一躬。然后,艾萨克代表朵拉接受了陆天河的定情物,他拿过那个钻石皇冠,一把拉过朵拉的身体,在众目睽睽之下,给自己的女儿端端正正地戴上，如同一个老国王在女儿出嫁时给她带上家族的皇冠。

当朵拉试图抵抗，艾萨克几乎用哀求加恐吓的口气在朵拉耳边说，如果今天晚上你让陆先生难堪的话，我们一家就会被赶到大街上，像其他犹太人难民一样，在难民营里度过余生。

大卫眼睁睁地看着朵拉被艾萨克强迫戴上了陆天河的定情礼物，回到座位上，他泪流满面。

姚慧君轻抚他的肩膀，安慰他说："大卫，放心吧，对一位公主而言，真正的皇冠是戴在心里的。心比钻石更永恒。"

"真的吗？"

姚慧君点点头。

休息的时候，朵拉到化妆间换衣服，而春风得意的陆天河正在大厅应酬没有跟随朵拉。朵拉在通往后台的过道中，被一只从储物间里伸出来的手忽然拉进去。朵拉定神一看，原来是大卫。

大卫将一枚金币塞进朵拉的手心，拉着朵拉的手痛苦地说："朵拉，这金币是家族传下来的，虽然它的价值不能与钻石皇冠相比，但我的心比钻石更永恒。我对你的爱，就如金子一样闪光，它一直在照耀我前行的路。短短时间里，我从一位最底层的修理工，成长到今天成了公司管理层。我有资格到美国出差，也可以到美国总部培训学习。你知道的我全家都在纽约，我成为美国公民只是个时间问题，但是，艾萨克大叔为什么要接受那个中国人的定情物呢？那么昂贵的礼物一定包含着极大的意义，那就是他想娶你为妻。"

"大卫，你放心吧，我今晚绝不会带到家里，我一定会归还给他。"朵拉轻拭着大卫的泪水，不断地用拥吻安慰着大卫："大卫，我比任何人都烦恼，我压根就不会答应，让我来解决这件事，上帝会成全我们的。我绝不会让他得逞，我不会嫁给他。我只爱你，你是知道的！"

"可是，可是……他已经试图向你表白，谁都知道他把你当作了心中的公主。当我看见他肮脏的手正在一步步伸向了你，我心如刀绞，他的脸靠你那么近，他的臭嘴熏到了你，我难以忍受……"

"噢，天哪！我亲爱的小鹿，你的心别那么脆弱，你是一个男子汉，你必须坚强！放手去干你自己的事业吧。我不会让任何人玷污我的身体，更不会进入我的心灵！我的一切都属于你，大卫。"

正在这时，储物间的门被突然打开，陆天河站在门口。

朵拉和大卫怔住了。

陆天河没有任何的动作，只是冷冷地对大卫说："亲爱的大卫先生，朵拉小姐马上就要演唱了，你还不让她去换套礼服？"

大卫看也没看一眼陆天河，朝着自己的酒吧席位走去。

他使劲地灌自己酒，很快喝得酩酊大醉，趴倒在桌子上。

姚慧君无奈，只好扶起大卫。

这个晚上，姚慧君目睹了两个小同事——彼得和大卫，都在受着爱的煎熬与折磨。但让她震惊的是陆天河这个小子的痴心，已经完全超出了她对他花花肠子的了解，看来他是真的遇见了真爱……

姚慧君的车在酒店门前停下，保镖将醉得一塌糊涂的大卫扶了进去。

十五

第二天，当大卫早晨一觉醒来的时候，发现自己躺在一张舒适的大床上，白色的棉被被掀到了一边，露出整个身子，他起身看了一下，这是一处完全陌生的地方，他摸了下自己的身体，那套俄罗斯羊毛内衣裤依然裹在身上，他看见自己的西装外套就挂在进门的衣架上。

他想不起自己身在何处？昨晚的一幕他记不清了，脑海里跳出的只有朵拉与玫瑰花。

"天哪？我在哪儿？"他问自己。他环顾四周不见任何影子。

他起身，轻轻地打开门，从门缝里他看到一个熟悉的背影，那个人正坐在沙发上。

"Miss Yao。"大卫轻唤一声。

姚慧君转过身，她穿着睡衣，抽着烟，喝着咖啡，听着音乐，静静地欣赏着从窗帘缝隙里透出的第一缕晨光。

"大卫，你醒了？"

"我们这是在哪儿?"

"我们在酒店,昨夜你在'香肠男高音'里喝醉了,只好就近找个酒店休息了。我给你安顿在房间,自己整夜坐在客厅的沙发上看护你。"姚慧君站起身。

大卫后退几步,"我怎么一点都没印象啊?"

"昨晚,那位牙医诊所的老板陆先生向朵拉公开献殷勤、馈赠定情物,就在'香肠男高音'酒吧里。"

经她这么提醒,大卫隐约想起来了。

"我这就去找朵拉。"大卫躲避着姚慧君的眼睛,穿上了衣服。

"上哪儿?"

"'香肠男高音'。"

"她还没上班吧,要不,我们一起吃个午餐,然后,我车送你过去。"

"不,我直接去她家里找她!"大卫夺门而出,刚走出一步,又折回来,"谢谢你,美丽的女士。"

"美丽的女士?我还没结婚都成女士了?"姚慧君苦笑着。

大卫匆匆朝着朵拉家飞奔而去,他很着急,一定要找到朵拉问个明白,后来她将钻石皇冠退回了没有。但走到她家发现他们一家已经搬走了。这才想起朵拉告诉过他,他们已经搬到辣斐德路上陆天河给他们安排的寓所了。他的心里很不是滋味。

但大卫信任朵拉,他知道昨天晚上发生的那一幕朵拉事先根本不知道,陆天河的行为简直荒唐至极,艾萨克替女儿接受定情物更是一出闹剧。

朵拉在昨晚演出结束后,觅死觅活地闹了一宿。她深爱着大卫,艾萨克和沃尔夫都知道,甚至陆天河也心知肚明。

朵拉站在窗台，以死相逼，怒斥父亲违背人性与人心，因为连恋爱都不曾开始，凭什么拿人家这么昂贵的定情礼？这不仅有违自己的意愿，更绝非神的旨意。

"爸爸，现在是二十世纪了，我有婚姻和恋爱的自由，请你不要干涉我，你若是再阻拦我，我就像姑姑一样为爱私奔了。"

艾萨克非常气愤，尤其是朵拉提到了让他心疼与心碎的妹妹，他的臭脾气想发作，想把朵拉赶出家门，但理智占据着他，现实的困境让他只能保持冷静，朵拉成了全家的救命稻草。于是，他温柔地簇拥着朵拉的母亲和弟弟妹妹，诚恳地对朵拉说，你有恋爱的自由，但是，你也有孝敬父母的责任。十诫的第5条就是孝敬父母。而父亲的责任，也就是他艾萨克，不仅仅是保障一个女儿的幸福，还要保障全家人的幸福。

"全家人的幸福不能以我牺牲自己的身心来换取吧？你想过没有，与自己不喜欢的人在一起后果有多么严重吗？"

"如果你与喜欢的人在一起，却要眼看我们吃不上牛排鱼子酱，付不起租金，去不了希望之乡，在上海当一辈子的犹太难民吗？"

"我们每一个人都可以奋斗，爸爸你年纪也不大，即便当不了啤酒厂老板，也可以在本地酒厂里当个师傅。参与到生活与命运的激流中，你会重新找到契机，而不是每晚都当我的保镖，这样没意义，我不是大明星，我赚的钱并不多，穿着打扮都是过时的俄罗斯旧衣服，走在路上根本没人围观我，根本无需配备你这位保镖。至于美食与希望之乡，让我们祷告吧，上帝一定会安排好的。"

"一个哈佛的毕业生，一个腰缠万贯的美籍华人，对你情有独钟，你不觉得这是上帝派来的吗？"

"我们文化背景不同，在一起没有共同语言，富贵与贫穷的差异若体现在物质上那不算什么，而体现在精神与信仰上那就是无法逾越的。"

"现在是战争、动乱与大屠杀的国际形势，我们谈论精神是空洞的，我们需要吃饱穿好，你弟妹需要上学，全家需要居所安定，尽早抵达美国。"艾萨克停了一下，继续说道："你刚才说到你姑姑，我对她是朝思暮想，还想凑够路费去一次俄罗斯与哈尔滨找她呢！当初她不听父母家人劝告，硬要跟随那位穷画家私奔，现在音讯全无，生死未卜呢！"

朵拉沉默了，姑姑是父亲的疼痛，她不想让他再伤心，但她心里抱定非大卫不嫁的决心。

艾萨克先去找沃尔夫，希望他能与朵拉沟通，让他劝说朵拉接受这个美国华裔富豪，这样，全家的苦难就到尽头了……

随后艾萨克约了陆天河在"百老汇"喝咖啡。

"抱歉啊，天河，我们大公主从小就是倔脾气。"

"艾萨克，我尊敬的未来岳父——按照中国的习惯，女方婚约由父母指定，只要您下决心，朵拉姑娘早晚都会听您的。我呢，早把您当成家人看待了——所以，给朵拉再多一点时间考虑吧，我不会在意的。"陆天河假惺惺地说。

陆天河的这一句"岳父"，让艾萨克心花怒放，一块石头落了地。朵拉倔强只是个时间问题。身为父亲，他非常了解自己的女儿。她是家中长女，非常有责任心与担当。但这段日子朵拉对陆先生的冷淡与距离感显而易见，他担心会给陆天河带来心理阴影。他生怕陆天河伤了自尊，会转而放弃，现在好了，陆天河已经开始叫他岳父了。旅居哈尔滨多年的艾萨克汉语很溜，深知汉语中准女婿的这一声"岳父"的分量。它意味着追求者——女婿，必须在婚前对女方家族表现出"诚意"。而这诚意当然包括现在的房子和未来的美国护照。

尽管如此，艾萨克还是希望沃尔夫能够说服朵拉。

晚上，当沃尔夫走进朵拉的化妆间，关上门的时候，朵拉像一头受了惊吓的小鹿，猛地跳到了房间的一角。沃尔夫马上安慰着朵拉："孩子，我是来帮助你的。我知道你爱着大卫。大卫是个好青年，他值得你爱。你们有一个共同的目标和理想。我知道，我知道……孩子，来，来，坐下，听我慢慢地跟你说。"

沃尔夫说，"香肠男高音"酒吧不仅是犹太人的聚会场所，还是一个国际性的情报信息交流中心。这里经常有来自全世界各地的海员，他们会带来很多欧洲和美国的消息。朵拉，整个欧洲已经被德国法西斯燃起战火，日本与意大利和德国组成轴心国联盟。时政专家们都预测，太平洋沿岸的国家很快也要卷入战火。因为美国已经不给日本供应钢铁和石油了。所以，未来几个月、也许几年，中国什么样，上海什么样，美国是否参战，谁也说不准。我们犹太人是上天堂还是下地狱，是死还是活，没有人说得准。因此，听我说，不要在当下与你父亲执意对抗，要学会与现实周旋。周旋明白吗？那不是妥协，不是让你放弃爱情和理想，而是等待另一个神的出现。这个神的名字叫时间。只有时间，才能决定我们每一个人的命运。也只有时间，才能决定我们犹太人最后的归宿。所以，我给你的建议是，先不答应也不断绝你与陆先生所谓的定情。万一他来提亲，就说需要时间来考验。因为一年之后，你才能修完我教你的全部歌唱课程。那时，那时一切都将变化。记住：上帝会眷顾我们犹太人，时间一定会给我们一个乐观的说法。说不定还会发生什么惊人的变化。孩子，你看我的建议行吗？

朵拉点了点头。她知道，时间是唯一的希望。犹太人除了拥有时间，还能指望什么呢？

但是，沃尔夫说，当然还有爱。爱，是犹太人在艰难困苦的年代，唯一能够指望的东西了。

朵拉心里豁然明白了，面对任何境遇，时间、爱与等待，是永远的法宝。

果然，不一会，大卫找上门来。

当朵拉和大卫在化妆间里见面的时候，两个人痛苦地拥抱在一起，互诉衷肠，两人的热唇刚刚粘合在一起，外面就响起艾萨克的咳嗽声……

朵拉急急地说："记住大卫，我永远爱你！我只爱你！！"

"我知道。也请你记住，真爱就能蒙恩，上帝一定会祝福我们的。我会干出一番大事业，让你的父亲有朝一日能开怀大笑地拥抱我。"

朵拉心里淌过一阵热流，爱情像空气一样包围着她。

十六

那天晚上，与大卫一起喝得酒醉的还有彼得。

当彼得眼睁睁地看着翠翠与那个美国石油公司公子搂搂抱抱走出"香肠男高音"时，几近崩溃。

"翠翠，翠翠，你怎么又跟洋鬼子走了？"他跟跟跄跄地在后面跟着，歇斯底里地叫着。

翠翠头也不回地跟着美国人上了一辆黑色轿车，汽车迅捷地消失在马路上。

彼得醉醺醺地朝前走着，走到汇山路街角时，他看见了灯影魅惑的一家名叫"阿姆斯特丹"的小酒店。

他不太清楚这里究竟是什么场所，虽然这一带的电话线路他挨家挨户都修理过。他凭借酒的胆量，加上醉意，他直接就闯进门去。

原来，这是一家以旅店为名的妓院。老板是个叫佐佐木的日本人，据说家里很有背景。他长着一张秃顶圆脸，常年戴帽子遮盖。

他在虹口开了两家妓院，这家叫"阿姆斯特丹"，里面基本是从东欧来的妓女；另一家"京都的花嫁"就更著名了，里面清一色的都是颇有姿色的穿和服的日本妓女，陪喝酒陪睡觉，收费高昂，光顾的客人中，美国商人不少。

彼得刚踏进门，就被一群外国美女蜂拥围住。他已没有退路。便从兜里掏出一张美元纸币，并不断地挥动着，用英语叫唤："我女朋友跟洋人走了，也给我找个洋妞。"

醉醺醺的他被认为是个日本人，被带到了一个幽暗的房间里，服务生把他的外衣裤挂在衣架上，扶着他躺在床上。

没多久，一位高个子的女人走了进来，"你好，我叫尼娜。"她向彼得打招呼，眼睛像一只漂亮的猫一样散发出蓝色的幽光，她非常漂亮，赤身裸体地穿着睡衣，露出丰满的乳房和长长的大腿，当彼得看到她整个白晃晃的身子几乎一丝不挂时，他感觉到自己生命的起源在燃烧。

他从未见过女人的身体，借着酒力之下，他仿佛飘飘然地来到了另一个奇妙的世界……

尼娜用身体贴近他，彼得大叫一声："不！"然后，一把推开她。捂上了自己的眼睛。

尼娜咯咯地笑着，将室内的灯光震得乱颤。她跳上床，伸出纤纤玉指，想拨弄他鼓囊囊的"帐篷"，彼得再次用力地推开她的手。

尼娜心里有数了，今儿碰上个嫩角色，一脸的青涩，这激起她的欲望，她像一头发情的猫，挑逗他，刮着他的鼻子，将自己高高的胸贴近他的唇间。

彼得使劲捂上眼睛，拼命挣扎，"不，不，你不是翠翠……"

"翠翠？翠翠又怎么了？你不是说她跟洋人走了吗？来，我们一起来报复她。"

尼娜对他又抱又亲，发出开心无比的大笑，似乎要将这段日子来受压抑与凌辱的委屈都爆发出来，彼得的羞怯以及"被欺负"时哀求的眼神，却让尼娜的身心，忽然分泌出从里到外的、全世界不会再遇到的征服少年世界的幸福和快乐。她挑逗他，挠他，抠他，不断地拨弄他……

彼得将被子紧紧裹住自己，抗拒着，抵御着，逃避着，狼狈不堪地跳下床。而她放肆地大笑，抖动着乳房追逐彼得。一会儿提着彼得的裤头，一会儿拽着彼得的被子。

"你不可思议，走进这里难道是为了与我玩游戏吗？你要付钱的，知道吗？"

话音刚落，彼得突然不跑了，跪下来，拿起胸前的十字架，泪流满面地祷告。

尼娜不追了，她眼看着彼得的泪水直流，"帐篷"瞬间倒塌，她慌了，也跪在彼得的面前，像哄小孩子一样对彼得说：好了，好了。我不闹了，你不要哭啊……

彼得哭着说是我不好。我犯了罪，犯了《圣经》十诫中的第七条不可奸淫的罪。

尼娜说，小兄弟，你是否走错地方了？你知道这里是什么场所吗？

彼得沉默了一会儿，然后说我不知道这儿具体是干吗的，但知道这里聚集着很多漂亮洋妞。我就想报复翠翠，她跟洋人走了。

"你一进门就开始提翠翠这个名字，我就知道是你女朋友。"

"其实也算不上真正的女朋友，就是，就是我很爱她。"

尼娜这算明白了。

"可是我刚才差点做出对不起翠翠的事。"彼得继续说。

"没有啊,小兄弟,我们俩什么都没有发生。"彼得的单纯让尼娜懵了。

彼得说不。我心里已经想过。神说,只要是心里有了奸淫的念头,就算犯奸淫的罪了。

彼得说罢,情绪又失控了,"我恨不得就想把自己阉割了!"

尼娜不知如何是好,这要比碰上一条日本色狼还难应付。对付那些鬼子,自己使出的是魔鬼的身躯,而面对这位良善的少年,她要捧出自己久违的天使之心。

她急忙将彼得抱住,安慰起他来:"你这是干什么?心里想想就是犯罪吗?犯了罪不是可以向神忏悔吗?干吗要自残?"

彼得万分痛苦的样子,摇着头,"神说,如果你的右眼让你跌倒的话,就剜出来丢掉,宁可失去身体的一部分,也不可让全身掉进地狱里。我的罪因它而起,只有斩断罪的根源,我才能不下地狱……"

"不,不是的,耶稣对那些深受情欲之害的灵魂充满了爱,他喜欢在包扎他们伤口的时候,从伤口本身取出治伤口的香膏敷在伤口上。因此,他对玛特莱娜说:'你将获得宽恕,因为你爱得多。'"

"尼娜,你也信上帝?"彼得很吃惊,但神情很疑惑,意思是说你信上帝怎么可能到这种色情场所干这个勾当。

"小兄弟,你是不是想说,诱惑男人的女人要被扔石头砸的?在这战乱与逃难的日子里,能活下去就是胜利,谁的伤口里没有流着血的灵魂,今天遇见你,仿佛我看到自己就像一个病人渗出污血一样渗出了罪恶,我知道你是上帝派来的,借用你那只圣洁的手来包扎我的伤口……"说着说着,尼娜就痛哭起来。

在这位纯洁的少年面前,尼娜道出了自己的身世。

她出生在俄罗斯,18岁时不顾父母兄长反对,与当地的一位风流的穷画家私奔了，但她却在怀有身孕时遭到了抛弃，她悲痛欲绝，住所与饮食都成了问题，孩子生下没几天就夭折了。她想回家，但获悉父母双亡，人去楼空，于是一个人辗转去了哈尔滨想投靠兄长，因为兄长是哈尔滨啤酒厂的老板，但找到厂里，人家说老板一家都去了上海，她又一路来到上海，但人海茫茫，上哪儿去找？无奈之下在难民营里被日本人带到了"阿姆斯特丹"。刚开始她每天都在做噩梦，渐渐地她变得麻木了……

"哈尔滨啤酒厂？你兄长？"彼得追问，"是不是戴着小眼镜和黑色的礼帽，身穿黑色的长衣，蓄着大胡子，手拿拐杖的？名字叫艾萨克？他有两个女儿一个儿子？"

"是的是的，就叫艾萨克。你认识？"尼娜吃惊地问，"我只看到过我的哥哥寄来他大女儿的照片，叫朵拉，非常美丽可爱的女孩。"

彼得临走前她再三下跪祈求，现阶段千万不能告诉她哥哥自己的下落，她会尽快逃出魔窟去找哥哥。

彼得扶她起身："放心吧，尼娜，我在上帝面前发誓，这件事我绝不会让第二个人知道的。"

"如果让我哥哥知道了，我一定会羞辱不堪而自尽，那他就来为我收尸了。"尼娜的眼圈又一次红了。

十七

陆天河在自己的公寓，正与一位妖艳的女子在行鱼水之欢。这时，电话铃声响了。

"天河，我与朵拉交谈过了，你知道她是有男友的，所以，你向她馈赠定情物太唐突了，她一时间确实难以接受。但是，你若是诚心诚意，将来也未必没有可能，总之，时间是最好的证明。朵拉目前在我这里学习声乐，要一年以后才能结束全部课程。到时候再说吧。"

陆天河内心忐忑不安，还要等一年。但对天河而言，轻易得手的女人都是贱货，越是难以追到的女人越能激发男人爱的能量与征服欲。

"朵拉是一位值得尊敬的犹太少女，是一个天才的歌者。她有信仰，她住在自己梦中的一座童话城堡里。所以，你也别抱太大希望，总之按照你们中国的话就是随缘，但我觉得可以把这位纯洁的天使，看成是妹妹一样的朋友，在你未来的生活中，不管你走到哪里,或者遇到生活的坎坷,都可以从朵拉这里获得你意想不到的勇气与力量。她与环绕在你身边的中国漂亮宝贝们完全不一样。她们乌烟瘴气,花天酒地,都冲着你花花绿绿的钞票而来……"

"我亲爱的男高音,你不用再说什么了,我都知道,我就爱朵拉,我一定要追到她,届时请您给我们当证婚人吧!"陆天河说到这里就搁了电话机。

"你在说什么呀,是不是与女朋友啊?"

"我在谈生意,没女朋友。"

"那我当你女朋友吧。"女子娇滴滴地说。

陆天河转身看着床上的妖艳女子,一下子觉得如此陌生。那女子听不懂英语,一脸媚笑地望着陆天河,她舔唇,抛媚眼,挤弄着自己的乳沟,脚趾舞动着,腿伸展开,摆出风骚的表情。

"好呀,当我女人。"陆天河对她虽然生出厌恶,但他还是控制不住自己膨胀的下体,一把抱起她狂吻,又一次进入她淫荡的肉体……

等一切趋于平静,他回过神来,马上就变了一张脸,刚才干柴烈火那么迫不及待、欲仙欲死的神情消失得无影无踪。

他满脑子想的全是朵拉,是的,相比朵拉的纯洁和高雅,朵拉的艺术气质,这些风尘女除了跳舞脱衣,勾引男人上床,根本就是一具具没有灵魂的行尸。他再多待一分钟都不行了。

"我有事,你现在可以走了!"他朝那女的做了一个手势,从口袋里掏出一叠钱扔给她后就转身离去了。

他又去找了朵拉的父亲。

他拿出了秘密武器,就是承诺艾萨克,如果能同意让他娶朵拉为妻,他安排艾萨克全家一周内移民美国。

艾萨克喜出望外,没想到遥远的梦有时候顷刻间就能实现,但他知道朵拉的性格，于是提出可以先订婚。

陆天河同意了，他一刻都不能等待，要马上举办订婚仪式。他不能让煮熟的鸭子飞了，如果朵拉与他订婚了，那么，至少可以和朵拉进一步交往，他太渴望得到她了，迄今她连个手指都没有被他碰过。

接下来，陆天河投入到与朵拉订婚仪式的准备中。悄悄地把日子定在1940的春节。

对于订婚这件事，其实艾萨克内心也是复杂与难言的。艾萨克认为，如果朵拉和陆天河迅速订婚，他就会安排他们全家马上去美国。只要到了美国，他们一家的命运才能够最终稳定下来。经验老到、阅历丰富的艾萨克当然知道这一切都必须让大女儿朵拉去承受痛苦，因为那个陆天河虽说是个华裔美国人，常青藤大学毕业的富家子弟，但举止做派完全是个风流公子，与犹太人的文化素养和宗教信仰格格不入，他心里何尝不是与朵拉一样喜欢着那个上进的英俊的犹太青年大卫呢？

"但是，现在是战争时期，孩子。战争时期最重要的是生存。死亡就像风一样，随时都会把我们吹散。所以要活着。只有活下来，才能期望命运的改变，上帝才能眷顾你……"艾萨克对朵拉说。

1940年的春节是2月8日。陆天河把自己的订婚仪式放在这一天。之所以选择这一天，是陆家的主意。陆家认为这一天是龙年的第一天，抓住龙头预示着一切大吉大利、大富大贵。

大卫所在的公司年终结算是1月15日。按规定，15日之前将上年度的业绩公布，也公布员工的绩效奖金以及表彰、提升等。因为本地商铺银行和政府机关，习惯在农历新年前发花红与奖金。由于美商上海电话公司里有不少上海本地职员，公司便入乡随俗，定在春节前三天，即2月5日给员工提职发奖金。

大卫和彼得，很早就掰完手指掰脚趾，算计自己今年的奖金收入和职务工资的提升。大卫现在的工资是60元，如果按照公司的规定，干满一个财年，工作很出色的话，他的工资可以涨到90元。而90元是一个什么概念？当时的上海英美租界区，30到40元就可以租住一套有冲洗马桶的公寓。而大卫和彼得每月花租金20元各租住一间民居，都得自己到弄堂上公厕。90元，能让朵拉一家过上体面的生活，住公寓与拥有丰盛的早、晚餐。当然，如果是在法租界辣斐德路上的别墅，那就别想了。不过，大卫有信心，只要艾萨克别把女儿许配他人，等他再奋斗几年，住上别墅也不是没有可能。

大卫从公司财物人员那儿得知，公司的奖金发放是下午1点开始。大卫的心开始焦虑不安了。当然，彼得也在计算着自己的奖金。作为大卫的工程助理，每月工资也涨了10元。彼得计算着，给家里过年多少钱，还剩下多少钱，给翠翠买什么样的礼物。

2月5日下午1点，公司的年终总结表彰会开始了。大会不是在会议室召开，而是员工在各级老板的办公室外面排队。出来一个进去一个。先是大老板对各级主管谈，然后，各级主管再找自己的下属谈。大卫的公共电话厅工程事业部，是一个新部门，当然放在最后。大卫眼看着各级主管从鲍德的办公室里，有哭有笑地走出来。在战争时期，能够留任，已经是万幸了。好像没有人惦记着还能给自己涨工资或者发奖金。只有大卫盼望着。

大约下午三点的时候，大卫终于盼来了鲍德的喊声：大卫……

鲍德首先祝贺了大卫，并且告诉他，他的工作非常出色。公共电话的收入虽然在公司占很小一块，但是，增长势头非常迅猛。同时，短期融资债券已经完成，大面积地修建公共电话亭的任务可以开始了。未来，不出一年，业务量和利润必定超过家庭电话。因此，公司决定给大卫按照中层主管合格的考核业绩，将工资调升为90元。同时，因为美商公司募集的债券是银元，又卖出了大量的投币电话费，使得美商公司的现金流量大增。所以，公司决定额外奖励大卫200元。鲍德还想和大卫探讨下一年度的工作的时候，大卫已经忍耐不住了，他说鲍德先生，对不起，已经快四点了，我必须走了。

鲍德问为什么？

大卫说，我的女友春节就要与一个中国富豪订婚，我必须阻止她。我们约了四点半去火车站碰面，一起商量对策……

鲍德大为感动，拿起电话给财务说，我批准给大卫的奖金换成200美元。他需要华盛顿的头像，送给他爱的人。

大卫大喜过望。但是，到了财务科才发现，排队领钱的人已经排了很长的队伍。

大卫急得团团转，但是，他无论怎么样跳脚着急，依然按顺序排在最后面。彼得见状，使出了招式，他突然痛苦地捂着肚子，倒地乱叫："大卫，你快送我去医院啊！"

大卫见此，马上跑过来扶起他。

"大卫，麻烦你送我急诊，先帮我把钱领了吧。"

彼得被大卫搀扶着，一步步痛苦地走向窗口，排队的人群都礼让他们，他俩很快在窗口领取了钱……

"我们叫黄包车去医院吧。"

"出门走几步再叫吧。"彼得说。

两人走出了美商公司大楼没几步，彼得马上挺直自己的腰，并在地上跳了几下，神情雀跃："大卫，你还不快走，朵拉该等急了。"

大卫这时才发现彼得刚才是在装病。"好家伙，原来，你刚才是在演戏啊！"他在彼得肩上揍了一拳。

"啊，疼，还不是为你着想？"

大卫笑了起来，马上招呼一辆黄包车，与彼得挥别，直奔火车站……

十八

三天之后,迎来了中国人的春节。

这是1940年2月8日的晚上,但犹太人聚集的"小维也纳"很是热闹。抬眼望去,天空被一件件洗得皱皱的还滴着水的衣服切割成不同的形状,还有斑驳的叶子,交错纵横的电线,分布在更高些的空中。与衣服裤衩挂在一起的还有腌制过的整条青鱼,海鳗鱼以及风干的鸡鸭鹅与酱油肉等上海市民的过年食物。

这一天,"香肠男高音"酒吧也装扮一新,霓虹灯在夜色中显得格外缤纷耀眼。晚上5点半开始,酒吧门口的高级轿车一辆接着一辆,被邀请的客人陆续到场。

与其说这是一场中国富家公子与犹太人女歌者之间的跨国订婚仪式,不如说是陆天河展示给他心中的女神朵拉以及她所属的犹太族群,他这位风流倜傥美籍富豪的高雅品位。他要献给朵拉的是一场音乐盛典。

原先的安排是朵拉最后一个演唱,然后陆天河上台献花。

但朵拉提议自己第一个出场演出,然后在舞台上向众人举杯感谢,满桌宴席开始。

陆天河一口赞同,在他眼里这位天使的一颦一笑都让他深深着迷。

朵拉此刻正在后台装扮,她今天要穿上一套自己亲自设计的白色小礼服,来为大家演唱。按理说她应该是忧郁的,因为谁都知道她有自己的心上人,但今晚,她虽然有些紧张,但笑得那么灿烂,大家都以为朵拉牺牲了自我的幸福,去换回父母与弟妹一周内前往美国的条件。所以有些来参加宴会的犹太宾客们脸上都呈现出一种带有惋惜的、难以言说的神情。

陆天河从口袋里掏出他祖父传给他的一块英国古董级的怀表,时间的指针正在转向六点零六分,他颇有绅士风度地朝司仪点了点头,乐队顿时奏起了音乐。

艾萨克今天把自己装扮得像个乡村绅士,一头油光的褐色卷发被打理得整整齐齐,一件格子呢西服包裹着自己肥大的肚子,看起来最后一粒纽扣随时可能爆裂,他不断地在收腹。这些日子以来他第一次这么神采奕奕,俨然是当年那个哈尔滨啤酒厂的大老板出场了,仿佛今天是他的节日……当他刚才像往常一样走过挨家挨户到处都在生煤球炉的舟山路与汇山路一带,心里就一直在痛骂,流浪的鬼日子该结束了,全家终于可以去纽约呼吸新鲜空气了……

酒吧大厅里,也挤满了陆家的亲朋好友与客户一百多人,众多的客人对酒吧门口张贴的朵拉画报啧啧称赞,十分羡慕。虽然在他们眼里,陆家是美籍富豪高人一等,但心里并不把这些与自己长相差不多的小眼睛黄皮肤人当回事,也知道他们的钱财是怎样挖空心思剥削来的。上海本土人真正稀罕的是有着白色肤色的高鼻子蓝眼睛外国人,哪怕是饱尝饥饿的犹太人,也会把他们当作是童话故事里落难的王子与灰姑娘，在与洋人交错的戏码里，他们都愿意扮演好人与善人。

他们不敢相信这位笑起来如此灿烂美丽的朵拉公主会与有着这双贼小鼠眼的陆先生订婚。玫瑰花怎么能插入牛粪，再富不过是肥沃的牛粪而已。

最尴尬的角色是朵拉的男朋友大卫，他不请自来，与彼得一起神情严肃地坐在最后一排。

司仪宣布订婚仪式开始，乐队换了一支曲子，酒吧里音乐响起，掌声雷动。

陆天河坐在第一排的中间位置，他的左面是父母等家人，右侧坐着朵拉父母亲与弟弟妹妹。

整个酒吧的灯光调暗了很多，众人的目光都聚焦在舞台上。

在众人的仰慕中，一身白色小礼服的朵拉走上了舞台，她没有说任何话，只是浅浅地鞠了一躬。她开口唱的第一首歌依然是轻歌剧《牧羊女》中的摇篮曲，用意第绪语演唱。当她天籁般的声音响起，台下鸦雀无声。

> 有一只雪白的小山羊
> 注定要去流浪
> 你的命运也一样
> 睡吧，我亲爱的小犹太人
> 等你醒来
> 会有葡萄干和杏仁……

她的声音有一种极强的穿透力与感染力，艾萨克望着朵拉，心中一阵酸涩与感慨，不知不觉眼里充盈着泪水。他觉得自己太对不起女儿了。来到上海之后，朵拉就承担起整个家庭的负担，不仅给牙医诊所拍广告照，在"香肠男高音"唱歌剧，以此来维持家庭体面的生活。当父亲的哪有不心疼女儿的，他心中也很喜欢朵拉的男友，那个大卫无论外形还是才华品行完全与自己女儿般配，但现实就是这么残酷，每一天都不知道明天是否还能活着，他失散多年音讯全无的小妹喀秋莎常常出现在他的梦中，生死未卜。再这样下去他们一家在上海不知要待到何时？国际时局动乱，希特勒像一条疯狗一样在欧洲屠杀犹太人，中国的局势处在抗战烽火中，日本人为了讨好法西斯随时都有可能改变对犹太人的安置计划，犹太人的命运飘摇、安危旦夕……

"感谢大家的捧场，接下来我有一首歌献给大家，名字叫《青蛙公主》，是我根据儿时外婆给我讲的童话故事创作的。今天第一次演唱，希望大家喜欢。"

> 如果我是青蛙公主
> 我愿在树下等待我的王子
> 当童话成为儿时的记忆
> 我却在异乡遇见了他
> 他那大海般的蓝眼睛
> 燃烧了我的心
> 今晚我要把天使的歌献给他……

朵拉依然是用意第绪语演唱，陆天河虽然听不懂歌词，但朵拉唱出的是一位少女期盼爱神降临的意境，这让他有点激动。

艾萨克心绪难宁，忽然有一种深深的自责，觉得自己简直太自私卑劣了，拿女儿的牺牲换来通向自由与财富的钥匙，但事到如今，还能怎么办？他用手摸着胸口，期待上帝饶恕他。

等他回过神来，朵拉已经离开了舞台，一群犹太男孩子走了上来，他看到陆天河站起来，转过身用英语向大家说："今天，我特意请了犹太学校童声乐团的孩子们来这里演唱一曲《金色的耶路撒冷》，借以此曲献给朵拉全家以及所有光临今天晚宴的犹太人朋友们，祝福你们在流浪的生活里蒙受主恩，遥望金色的耶路撒冷……"

刚说完，排列整齐的十二位身穿白色西服的犹太男孩子在钢琴伴奏下声情并茂地唱起了这首歌：

> 夕阳下泛着金光，
> 金色的耶路撒冷。
> 熙来攘往的人群行色匆匆，
> 我像个局外人，
> 一切这样熟悉又陌生，
> 我坐在高高的城墙下，
> 一遍遍联想。
>
> 我愿步步重寻那远去的时光，
> 朝圣者的脚步何等沉重，
> 空坟墓前震撼敬仰。
> 夜幕里山上的圣城像一顶花冠，
> 点点灯火像宝石镶嵌其上，
> 哭墙下的泪水至今未干，
> 遥望烛光下受难者家眷的脸庞，
> 石头默默倾诉千年沧桑，

见证昨日的战乱、今日的动荡,
空气中浓浓的历史在回荡,
哦!耶路撒冷!愿你平安!
愿爱你的人兴旺。

离开时总会恋恋不舍,回望耶路撒冷,
几时回到你身旁,
众山围绕耶路撒冷,
如同耶和华围绕他的百姓,
愿耶和华从锡安赐福你,
愿你一生一世看见圣城的辉煌,
日日夜夜你在多少人心上,

哦!耶路撒冷!
我为你流泪、为你歌唱!
我仿佛看见新耶路撒冷从天而降,
我看见我的新名写在其上,
和平不再只是奢望,
你不要悲伤,
赞美耶和华的声音响彻四方,
城门打开要迎接你君王,
耶路撒冷,请抬起你的头高唱……

　　每一位犹太人宾客的脸上都露出虔诚的敬畏表情,在空灵的袅袅歌声里仿佛灵魂已依偎于上帝的怀抱里,温暖平安荣耀。男孩们的脸庞被那道金色圣殿之光笼罩,在远离他们家园的异乡,那个夜幕降临、灯火辉煌的十里洋场上海，他们发现上帝从未这么近地抚慰着他们苦难而流浪的心灵……

不知何时，坐在最后排的大卫已黯然地离开了酒吧。

"看到自己心爱的女孩要被父亲许配给当地富豪，那份心情谁都可以感知。"刚才一直坐在大卫身边，也正饱尝失恋滋味的彼得摇摇头，显得很沮丧。

当彼得意识到自己应该陪在大卫身边时，便急着追赶出去，哪知道大卫一晃眼的工夫便溜烟而去。彼得担心大卫想不开，就四处呼喊他，他忽然觉得自己应该趁一切还来得及的时候去搅这个局，为好兄弟两肋插刀。于是他联系了其他几位修理部的同事，让大家一起赶到"香肠男高音"酒吧。

彼得一改素日的胆怯心性，带着几位哥们气势不凡地再度撞进酒吧大厅，他不知道从哪儿一下子弄来了那么多美元，举着厚厚一叠的美钞朝朵拉父亲大喊：艾萨克大叔，你明明知道你女儿有男朋友，为什么还要她与这个中国人败类的汉奸成婚。你看，这些美元都是大卫的，他马上也可以成为美国公民！

没等他说完，陆天河手下的人企图把彼得架开，艾萨克愣在那里，不知所措。

"陆天河，你有意思吗？明明知道朵拉爱的是大卫，却乘人之危，用金钱与谎言去蛊惑艾萨克，你真的会把朵拉一家带去美国吗？你在美国就是个三等公民，再富还是人家眼里的瘪三，你发的是国人的财，战乱的财，你是个骗子！"彼得不知道哪来的胆，故意用英语冲着陆天河就是一顿臭骂。他就想让他在犹太人这里出丑，不给他一点面子。

"你真的是这样吗？"艾萨克用疑惑的眼神问身边的陆天河。

陆天河嘴角上扬了一下，不动声色地从口袋里掏出一枚戒指，对艾萨克说:"这是给朵拉的。你该知道这枚钻戒吧,是荷兰钻石大师 DL 设计的,8 克拉,D 色,VVS 纯度,完美的切割。"

"钻石在战争中已失去了它的光亮,我不是最在乎……"没等艾萨克说完,陆天河马上就接上去说:"钻石不算什么,只是表示爱情的永恒与坚固,我这里有你在乎的东西。"他从大衣口袋掏出了朵拉一家的美国签证通知单。

"啊,终于可以拿到美国签证了!"艾萨克确认在签证单上看到了自己的名字。他差点兴奋得晕倒。不过他很快缓过神来,依然保持着矜持,他站起来宣布:"各位宾客,不好意思,刚才的小插曲惊扰了大家,我们都知道,上海对犹太人意味着新的家,是上帝所说的诺亚方舟,陆先生是上海人,受过最好的美国教育,哈佛大学医学部的,是人类精英,朵拉未来嫁给他是最好的选择,我的女儿是个天使,也是一座桥梁,把犹太民族与中华民族结合在一起,来,我们来一起见证今晚最精彩的环节。我宣布:订婚仪式开始!"

艾萨克又恢复了当年哈尔滨啤酒厂老板的那个气势,口才溜得很。随着艾萨克的高喊,大厅响起了非常动人的音乐,陆天河起身,朝着舞台上走去。

他站在舞台的中央,一丝不苟的装束和沉静的气质,体现了他的身份与层次,有大概三十秒左右的时间他保持着缄默,好像在陷入某种沉思与幻想之中,然后,他耸耸肩,风趣地说:"感谢各位今晚的赏脸,无论你是犹太人或中国人,都是我的朋友,今晚为各位准备了丰盛的宴席,牛肉是 M8 等级的,鱼儿是带鳞片的,黄油芝士都是从纽约空运来的……"

"瞧他巴结犹太人的那副奴才相,我真的恨不得上去掀了这满桌佳肴。"几位中国人实在听不下去,互相窃窃私语。

陆天河从西服的兜里掏出了订婚戒指，然后他说："刚才，我亲爱的艾萨克先生告诫我，钻石在战争中已失去了它的光亮，我一时语塞，现在我恢复了思维，我想告诉这位尊敬的先生，钻石作为对爱人的承诺，无论是战争还是和平，它都不会失去光亮，它是信物与承诺，它是爱的诞生与守望，今天这枚几近完美的钻石，送给我最心爱的姑娘朵拉，希望它能照亮朵拉姑娘一生的幸福，祝她与家人安康，美好人生如影相随……"

"你看有文化的人说的话到底不一样，我们女儿将来托付给他，真的不是个坏结局。"艾萨克对身边的妻子说。

场内的掌声响起，人群中开始呼唤朵拉的名字，陆天河站到了舞台的一侧，等待迎接千呼万唤始出来的朵拉，他打开了戒指的盒子，准备把这一枚如此名贵与闪亮的戒指戴到姑娘手上。

舞台的灯光渐渐地暗了下来，在陆天河的期盼中，一位如仙女下凡、头披白纱的姑娘缓缓地朝他走来，依然是刚才演出时的一身白色小礼服，可能穿高跟鞋的缘故，更显得高挑与婀娜多姿。

"朵拉头上为什么要披白纱？又不是结婚仪式？"犹太妇人之间在窃窃私语。

"大概顺应中国人的习俗与礼节吧。"

见朵拉朝自己走来，情场老手的陆天河也显得有些难以自持与激动，他的手心冒汗，整个人有点被击晕的感觉。他谈过正经的恋爱，也玩过不少女人，高雅的女孩、风尘的女人，他都领略过，唯独碰上朵拉，他感觉自己被丘比特的爱神之箭击中了。他的心里其实一直都住着天使与魔鬼，只是天使看家魔鬼出动，生意场上、风月场子，魔鬼傍身，尽显灵通。曾几何时，也许夜半梦回，他才能与自己的天使对话，这一回终于让天使插上了翅膀，焕发的是从未有过的真情、奉献与感恩。

他几乎不敢多看她一眼,他在天使面前单膝下跪,拿出钻戒,声音颤抖地对她说:"亲爱的朵拉小姐,我向上帝起誓,我陆天河真心爱你、喜欢你,你能接受我的求婚吗?"

姑娘没有回答,她表现出害羞的模样,她侧过身。因为披着白纱,没人能看见她的容颜与表情。

陆天河等不及她的回复,就起身把戒指生硬地戴在她的手上,心急慌忙中把戒指戴在了她的右手无名指上。

他想拉掉她的面纱,拥抱她亲吻她,但姑娘执意不肯,死死地抓住两端的纱,突然,陆天河懵了,他一把掀开白色面纱,姑娘急忙转过身去,背对着大家。还没等陆天河反应过来,姑娘已经凑上红唇,给他一个热烈而缠绵的法式舌吻,久久地不愿松开……众人开始起哄欢呼,艾萨克悬着的一颗心总算放下了,他起身开始招呼大家别再看这对恋人亲热了,众人开吃开喝吧。

观众大部分冲着丰盛的美食而来,一下子全部涌到自助的大餐桌前,争先恐后地把牛排大虾大鱼拿到自己的餐盘里。

"她可不是朵拉。"正当艾萨克兴奋地招呼宾客之时,他身边的小女儿口无遮拦地叫了起来,紧接着儿子也呼应道:"是的,这个女的是扮演成姐姐,但一点不像朵拉,因为她是中国人,他们在演出吧。"

艾萨克压根就没听到。此刻他已沉浸在巨大的幸福中,他举起盛满红酒的酒杯——向大家干杯,他已闻到了牛排喷香的味道,在餐桌前拿起最大的那块 T 骨牛排,走到角落里大口大口地吃了起来。

十九

　　陆天河瘫软在化妆间里,他怎么都没有想到今晚成了这样一出戏。他咬牙切齿,但想到艾萨克也是被蒙在鼓里,也就无处泄气了。他做梦都没想到姚慧君会来替代朵拉当他的求婚对象。

　　论姿色与风情,姚美人还有什么话可说的?上海滩算得上头牌美女了吧,那些大明星都无法与她相比。陆天河刚回国那会儿,最早青睐的就是她,都是留美的背景,两户身家都是上海滩数得上名的富豪,两家长辈也寻找各种机会撮合他们,以便强强联姻。

　　但陆天河虽生性风流,在姚美人面前还是缺乏自信的。他觉得姚慧君情史丰富很难把控她,她的妖娆可以迷惑众生,他绝对没有狗胆去玩一把她,因为她的泼辣与特立独行也是出了名的,于是也就一直与她保持普通的社交距离,完全不敢惹她,把她当性感女神般尊崇。但他刚才尝到了她的舌吻,还从来没有哪一位女子这么吻过他,她的舌尖像海浪一样层层席卷着他,溅起了浪花朵朵,惹得他完全把持不住自己的身子,生理反应厉害,既然你姚美人戏弄我，那就假戏真做，待完事后再让她交代今晚到底是怎么一回事。

能睡一回姚美人他觉得值了，他对自己发誓，这是结婚前最后的风流，以后结婚了，决不会辜负天使般的新嫁娘。

陆天河明白，男人爱女人很容易从性爱开始也到性爱结束，当男人的身子听唤于你，心也属于你，但男人一旦得到你也就不稀罕了，除非你不仅是那烈焰般的完美肉体，更是牵动心魂的魅惑丽人。此时此刻，他什么都不想，只想与面前这位娇嗲得让人骨头都酥软的美商公司头牌美人缠绵，以排遣他的郁闷，唤起他内心被弄丢的尊严。

他带着姚慧君迅速地离开了"香肠男高音"酒吧，直奔上海最高的国际饭店，进入1314房间。这间客房是陆天河长期包住的，很多时间都是空置在那儿。这位泡妞高手，总以"一生一世"的谐音去哄女人开心，百乐门的舞女，著名的明星都曾在此处与这位钻石王老五共度过良宵。

刚一进门，陆天河就一把抱住姚慧君热吻。

他闭上眼睛疯狂地吻她，但她使劲地挣脱。然而，她越挣脱就越激发他的占有欲，他的怒火还在心头呢，他不顾她的反抗，把她一把扔在床上，以熟练的手势褪尽她的白色礼服，令她裸出白花花的性感肉体。

他把她的礼服狠狠地往沙发上一扔，"谁让你装扮我的未婚妻，来。"他边说边急切地吻她。他已失去往常的顾忌，因为刚才她在舞台上主动以醉人的舌吻撩起了他无法遏制的情欲。"谁让你来当替身羞辱我神圣的求婚，好吧，你既然这样犯贱，让我好好惩罚你，看看我能不能征服得了你……"他在心里吼道。

他舔着她的脸颊，一头扎入她的馨香，沉醉于她的性感，享受着从她的平坦光滑的肚皮和高耸起伏的胸脯之间，那温润软绵的魅感。她渐渐放弃了抵抗与挣扎，变得温顺而迎合，她用自己高耸的乳峰，有力地拱着他的胸，彼此都深深陷入极度兴奋中，他仿佛在搂压着一团温柔酥软的棉绒、一团无形的软体生物。"果然是绝色姚美人，连骨头都是软的！"他的心狂跳起来，膨胀得快要爆裂了。他这位情场老手说实在的迄今还从没接触过具有如此强大磁性、非得要把他融进去的女性身躯，他简直难以相信这个平素对自己一直目不斜视、冷若冰霜的高贵女人今天能这么放纵自己的身躯，因为她已然进入迷醉的热烈情态中，不断地挺起腰，在无限地展开着，把自己绽放到鼎盛……

陆天河被抛向了云雾缭绕之中，他们彼此的身体完全贴合在一起……他们挥汗如雨，在强大的磁场中一起冲上了欲望的巅峰。

"你是否把我幻想成朵拉啊，否则怎那么陶醉？"事后，姚慧君依在他的肩头娇声说。

"不瞒你说，我看到朵拉就像面对世上最圣洁的女孩，她像雷诺阿油画《伊雷娜·卡昂·当韦尔小姐像》里的小艾琳一样楚楚动人，那么柔和与安静，有一种冰肌玉肤、天造尤物之美。我喜欢她，但我迄今都不敢拥抱她一下。面对你这么风情万千的大美女，我怎么把握得住？"

"你不是把握住这么多年了吗？这些年你眼里根本就没有我吧？"

"你是天鹅肉啊，谁敢想啊？再说了，不都在传说你只对那个什么蓝眼睛绿眼睛白皮肤的金发俊男有兴趣吗？"

"不错，但我发现自己与你是一类人，并且遭遇着相同的结局，那就是真心喜欢的人却得不到。是的，永远都得不到。这就是爱的宿命。"

"现在你可以告诉我了吧，今天晚上究竟发生了什么，谁让你来替代朵拉接受我求婚的?"

姚慧君沉默片刻,然后说:"没有谁让我这样做,我只想成人之美,朵拉压根不喜欢你,她爱的只有大卫,这谁都知道,你干吗一定要破坏人家那么美好的金童玉女爱情呢?"

"现在朵拉在哪?你赶紧告诉我,我的未婚妻此刻在哪儿?我要去找她!"陆天河的情欲之火刚退却,立马又被心头的爱灼热。他此时此刻急切地想找到朵拉问个究竟。

这极大地伤害了姚慧君的尊严,刚才两个人还炽热得如一团火焰,云雨之后居然翻脸不认人,还左一声朵拉右一声未婚妻。姚慧君来气了,她从床上蹦起,穿上那件朵拉给她的白色礼服,厉声呵斥道:"好吧,既然你想知道真相,看在我们腾云驾雾的分上告诉你。朵拉,就在今晚唱完歌之后,与她真心相爱的未婚夫大卫私奔了,他们已经举办了订婚仪式,就在摩西会堂,还是那个沃尔夫主持的仪式。按计划,结束后他们就去度蜜月了……"

听到这里,陆天河心往下坠,沮丧失落,刚才在"香肠男高音"里的一幕幕像电影镜头在他眼前闪回,是啊,整个晚上沃尔夫都不见踪影,那个大卫看来是接应朵拉的,彼得的闹场是为了拖延时间,姚慧君装扮成未婚妻,身披头纱主动亲吻,这一切都是为了掩护大卫与朵拉……

他的脑袋要爆裂了,觉得自己被甩得很狼狈,完全就没有一丝一毫的颜面。他从床上窜起,一手使劲拉住姚慧君的肩膀,另一只手敲打自己的胳膊,彻底失控了,他像一只发疯的雄鹰,拼命撕掉自己的羽毛……

门被"砰"的一声关上了,他朝着朵拉家的方向拼命奔跑,他脑海里只有一个声音:"朵拉,朵拉……"

二十

走在夜色里的姚慧君并不比陆天河情绪好多少,别人不知道,但她又怎能骗过自己的内心。今晚她做了一件仗义的事,为所爱的人,不是朵拉,而是大卫。

就在昨天晚上,大卫神色紧张地来找她。

"大卫,大年夜的,你找我有什么急事吗?"姚慧君对站在门外瑟瑟发抖的大卫招呼道:"来,请进来坐着说。"

"不,不用了,Yao,我想请您帮一个忙,这个忙左思右想只能请您帮了,没有别的人帮得了。"大卫用一种近乎乞求般的语气央求着她。

大卫把明晚陆天河要在"香肠男高音"酒吧向朵拉求婚的事,以及明晚几乎同一时刻自己与朵拉已安排在"摩西会堂"举办订婚并私订终生的计划,全都告诉了姚慧君。

"大卫,你的什么忙我都能帮,但这个忙怎么帮啊?"

"这个忙只有你能帮。因为只有你能够镇得住陆天河,他不敢对你怎么样。若是换了其他人，后果不堪设想。"

姚慧君是个有魄力与胆略的人，心想帮也就帮了。但她听到大卫要与朵拉私订终生，整个心都在打战。这段日子以来，她内心对大卫的感情已发生微妙的变化，对他，从最初像姐弟般的情感已悄然演变成了暗恋之情。大卫近阶段的人生成长，颠覆了众人的印象，那个当年还乳臭未干、活泼好动甚至有些青涩的俄罗斯犹太男孩已然成长为一个敢于创新、勇于担当，富有魅力与才华横溢的英俊青年，他在美商上海电话公司里简直就是一道光束，探索、勇敢，不混迹于志向低下的人中间，不钻营在钱财堆里发私财，为自己的心灵与周遭建立了一个明亮、博大的世界。在姚慧君眼里，这样的心灵宇宙让她神往，因为她周围的上海是一个如黑炭球一团的十里洋场。从小开到阿飞，从青红帮到斧头帮，从父亲兄长们的势利到妻妾成群的暗中较量，处处都是虚伪狡诈勾结罪恶。大卫清澈的眼睛照亮了她内心神往的一个世界，她早已暗生情愫。

她曾创造过与大卫之间一次又一次私密的调情机会，但每一次她总下不了手，原因就是她心里有障碍，因为大卫能这么富有斗志与进取，背后都因为有一个让他深深眷恋的朵拉姑娘。在他面前，姚慧君丢失了一直以来征服男人的欲望与自信，她想使出浑身解数去赢得大卫，但表现出来的永远是那种大爱。她暗中也曾为陆天河拼命追求朵拉而窃喜过；但回归理性，她知道大卫与朵拉就是一对金童玉女，站在一起如此般配。面对大卫，她只能无望地等待，咫尺天涯，唯有期待某种奇迹的降临……

但此刻，望着眼前站立在寒风中的大卫那哀求的眼神，她强忍着泪答应了他的请求，悲与爱在她内心所煽起的强烈情感，成全与美好最终战胜了隐痛与不舍。

大卫感恩连连，向她深深欠身鞠躬，姚慧君从窗子里望着他匆匆匆离去的脚步，无法抑制自己的痛苦，抽抽噎噎地哭泣起来……

此刻，姚慧君茫茫然地走在夜色里，一阵风吹过梧桐树的小径，发出沙沙声响，她无意中触摸到了手上那枚戒指，她取下戒指，拿在手中，钻石在黑暗中闪着耀眼的光，她想到刚才与陆天河的鱼水之欢，觉得不可思议，怎么会与他这个贱人干起此勾当，还干得热火朝天，这下她可把别人未婚妻这个角色演绎到了极致，但转念一想，那一瞬间能让她如此投入的是因为大卫，她一直幻觉是在与大卫欢爱。女人的这份隐秘远比她们的幽谷峡道藏得更深，男人可以剥光她们的衣服，却永远无法打开她们深藏的隐秘……

在外人眼里姚慧君顶着美商电话公司一枝花的美誉，从圣约翰大学到留学美国，从富豪出身到绝世美貌，从姚润笙的独生女到三兄弟都得刮目相看的嗲妹妹，但她心中的苦难与家世能与谁诉说？

姚慧君留美期间，她的母亲孤独地死去，死了很多天才被发现，尸体已经腐烂，让人毛骨悚然。她内心一直无法原谅父亲以及他的妻妾们，为什么不能对她仁慈一点？即便她只是外室，但也为父亲放弃了自己的舞台并为他生下了孩子，这么大的姚府就没有她的容身之地吗？

所以，姚慧君怎么可能真心喜欢上陆天河，他与她的父亲、兄长们全是一类货色。她把钻戒放入口袋，等着陆天河来追回，她要考验下他的能耐，也看看自己的预测准不准，她觉得他会在一周之内来要回这枚钻戒，又或者他永远都不会取回了，她心里闪过一种臆测，他过几天就会转身来追她的，不信，等着瞧……

姚慧君内心感到透彻的悲凉，在这个深深的夜里，她是如此思念大卫，想象着此刻大卫与朵拉已私奔订婚，她感到绝望无助，穿过摇曳着的梧桐树叶，夜莺的歌声成了此时唯一的声响，她再次哭了起来……

二十一

聪明的犹太民族比任何人都明白，人，生来就是大地上的异乡者，在哪儿都是如水般无休止的漂流。所以，天空下的都是他们的家园，他们一次次逃难，颠沛流离，坚韧地活下来……

沃尔夫把在格拉茨歌剧院演出的燕尾服，藏入箱子带到上海的时候，他从来没想过有一天还能穿上它。

上海的犹太人都知道他是声名显赫的歌唱家，不过战争年代，大家更在乎他的"香肠男高音"酒吧店主的身份。酒吧成了犹太人聚众之地，他们在这儿交流信息，获得犹太人在世界各地的情况与传播动荡时局信息；更多的人，在这儿获得了音乐与美食的享受。

"要让流浪的日子也过得诗意盎然。"沃尔夫的这句话，鼓舞了许多背井离乡来到上海的犹太难民。

沃尔夫怎么也没有想到自己经营的酒吧，在上海"小维也纳"地区能这么红火，更没想到的是，有很多本地的富豪，也络绎不绝地光顾他的店。

他们都记不住他的名字,直呼他"男高音"。

关于朵拉的订婚事宜,他一直非常为难。在他眼里,陆天河的美国常青藤大学背景以及富豪身份,还有他本人出手阔绰、慷慨助人的品行,完全有别于普通的中国青年,朵拉父亲逼迫自己的女儿嫁给他,也在情理之中。确实如艾萨克所说的那样:"战争时期最重要的是生存。死亡就像风一样,随时都会把我们吹散。所以只有活下来,才能期望命运的改变。"

但是,朵拉就像自己的小妹一样,他怎么能眼睁睁地看着她痛不欲生,去嫁给一个完全不爱的男人呢?婚姻是必须建立在爱情之上,这是他的底线与信仰。

"朵拉,要不这样吧,明晚你与大卫订婚。"沃尔夫看到朵拉愁眉苦脸的样子说。

"能行吗?我父亲每时每刻都把我看得很紧,如果我缺席明晚这里的仪式,我父亲肯定会一路追赶我。我与大卫能往哪儿逃呢?"

"不用逃,就在摩西会堂订婚,可以在同一时刻,你把明晚演出放在最开始,然后悄悄离开。我下午就会过去,为你们做各种准备。"关键时刻,沃尔夫为了他们的幸福豁出去了。

"天哪,我父亲知道肯定要气急败坏。"朵拉一脸惊恐。

"作为父亲,人生再艰难也不能以牺牲女儿的爱情,来换取财富与自由。你们去美国是早晚的事,大卫全家都在美国,还能不把他接走吗?相信我,相信你自己的选择,大卫绝对值得你爱,他是一位出类拔萃的青年。"沃尔夫拍拍朵拉肩膀,安慰着她。

于是,他们一起商量第二天的周密安排,每一个环节都不能出一点差错。在谈到陆天河求婚这一环节时,两个人一时都想不出合适的安排。一个既能保住陆家颜面,不让他家人朋友在现场尴尬,又得保留求婚环节，以拖延朵拉父亲留在酒吧里，这样就能确保咫尺之外的"摩西会堂"能顺利举行朵拉与大卫的婚约宣誓仪式，不遭到任何打扰与破坏。

就在两人一筹莫展之时，沃尔夫突然拍了一下自己的大腿，"有了，有了，找她来代替！"

"找谁？"

"Yao。"沃尔夫坚定地说："只有她才能镇住整个场面，若有闪失，陆天河也不敢对她怎么样。"

朵拉一脸茫然，沃尔夫一五一十地向她解释道。

"这是个好主意，但 Yao 怎么可能愿意演这出戏呢？"朵拉担心地说。

"能说服姚美人的，只有一个人。"

"谁？"

"大卫。"

除夕之夜，当"香肠男高音"酒吧宾客满座，谁都没有留意到店主沃尔夫一反常态地没了踪影。

只有一个人注意到了，那就是朵拉的父亲。

"沃尔夫去哪儿了？怎么没见到。"艾萨克入席之后问妻子。

"他估计正忙着呢！今晚要张罗这么多人的餐饮，也够他忙乎的了。"

当朵拉上台演唱时，艾萨克看到一身白色礼服装扮的漂亮女儿也就放心了。他从心眼里觉得对女儿负疚，但他觉得女儿到了美国之后就会理解。是的，那儿是女儿的希望之乡，更是他本人艾萨克的梦幻之城。

今天也真够沃尔夫忙碌的，当他忙完"香肠男高音"的晚宴餐食时，已经快下午四点了，他的住所就在酒吧的附近，步行两分钟的距离。他返家后打开从逃难时一路携带的行李箱，小心翼翼地从箱子底部取出那件珍藏的燕尾服，配上白色衬衫，还有一个红色的领结。他把这些衣物装入一个大的布袋里，然后提着出了门，他穿过舟山路，朝着摩西会堂的方向走去。

他虽然是个歌唱家，一个店主，但他更重要的身份，是热心捐助教会的慈善者。几个教会的拉比凡有活动就会叫上他，他虔诚信仰上帝，将酒吧每年的收入基本都用于犹太难民社区的捐赠，虽然才37岁，但在大家眼里，他却是德高望重的社区领袖。

他常常作为证婚人，与拉比一起主持了一场又一场婚礼，一场又一场新生儿的受洗礼以及成年礼，但没有人知道他自己的婚礼何时可以举办，他自己的孩子何时可以诞生。大家都知道他的父母死于法西斯的屠刀，却从没听到过他的情感经历。他把自己的爱，藏得很深很深。

摩西会堂是犹太人礼拜、结婚、受洗的地方，二楼是观礼席，当沃尔夫锃亮的皮鞋踩上楼梯，发出陈旧而又空洞的吱嘎声。

他默默地为朵拉大卫做一些仪式上的准备工作，等候着他们的来临，等候着上帝带来幸福与祝愿。忙完之后他坐在椅子上，这么多年来他第一次这么安静地倾听到了自己内心的声音，又是一对佳侣缔结了隽永，他心中初恋的女孩凯琳娜却杳无音讯，是生是死，是嫁人当妈妈了，还是……他不敢想下去。

他换上了久违的燕尾服，心情犹如一个歌者重返舞台的那份雀跃，他照着镜子，把衣领折整齐，仿佛等下迎娶朵拉的准新郎是他自己。他多么希望身边站着的，是他钟爱的女孩凯琳娜。

今晚来这儿的人只有大卫与朵拉，因为这是一个必须保密、不能泄露的婚约仪式。连犹太教会的教友与拉比都不敢通知。所以他扮演的角色是拉比，当然，他要为这对缔结婚约与誓言的恋人见证与歌唱，让上帝的爱和祝福，环绕着他们。

沃尔夫下午来摩西会堂之前，专门去了一家匈牙利水晶玻璃杯的店铺，买下了一个高脚的水晶玻璃杯。这是犹太人的习俗。当一对男女举行婚礼时，有一个仪式是新郎要将一只崭新的玻璃杯打碎，以此纪念耶路撒冷圣殿的被毁和犹太人的流离颠沛；同时警醒新郎、新娘他们自己：人类爱情与婚姻的幸福，都是极其易碎的，所以得需要格外小心的呵护。

沃尔夫把杯子藏到了一个橱柜里，一般情况下他不会轻易拿出来，因为真正的结婚绝不能是今天这么私密与简单，不被父母祝福的婚姻，最终极少圆满。他有信心等到这对新人结婚时，艾萨克一定会举杯庆贺的。给这对恋人足够的时间吧，一定会赢得艾萨克的刮目相看，世上的父爱比母爱更深沉，会把女儿的幸福看得比他们的命还重要。

沃尔夫穿戴好，一切准备就绪，然后，准备到楼下接应朵拉与大卫。

他站立在门外，朝马路两边左顾右盼，他看到沿街的马路上，一群日本兵正在追赶一个少女，女孩穿着日本和服与木屐，跑不快，没几步，就被他们逮住了。

一个士兵用枪托对着女孩的胸脯当众调戏，另一个士兵捧着她的下巴说："真是美人啊！"

沃尔夫实在看不下去，下意识地冲上前去，把女孩拦在身后，试图保护她。日本士兵起先把枪转向了他，但看到是一位气度不凡，一身燕尾服的大鼻子蓝眼睛男人，不敢乱来，以为这是一位英国大亨或美国神父。

"为什么对一个如此柔弱的女子进行暴力？"沃尔夫大声呵斥。

"你是谁？管得太多了！她是日本人，是被卖到'京都的花嫁'当陪酒女的，但她一到上海就想逃，已经逃了两次，还企图自杀。"一个矮个子士兵说道。

沃尔夫转身看了一眼惊恐万分的女孩，但他投去的匆匆一瞥却收不回来了：面前的日本少女，与当年他的初恋女孩凯琳娜长得完全一样，苗条的身形，白嫩的脸庞，深邃的眼睛，倔强的嘴唇。太像了，他想都没想就决定当她的护花使者，保护她。

"你们绝不能抓她，必须把她放回日本，给她自由。"沃尔夫压根听不懂日本宪兵队叽里呱啦说的日语，但他用英语强硬而严厉地回击他们，在气势上让日本宪兵队士兵退却。

没想到女孩的英语很棒。"先生，别相信他们，我什么都不知道，我妈妈在去世前让我到上海找哥哥，可是我到上海日军宪兵队查询，获知我哥哥已经阵亡了，正当我要离开时，他们就把我扣留了，要送我去'京都的花嫁'。这地方听起来是个酒吧，实际上就是妓院。东京也有'京都的花嫁'，所以我知道的。我宁愿死，也不当妓女，妈妈与哥哥都不在了，这世界上已没有亲人，我活着也没什么意思。"她哭得泣不成声，然后一转身，脱掉木屐，赤着脚飞一样地朝马路上飞奔而去……

沃尔夫顾不了那么多了，救人要紧，他追赶着女孩，女孩见到有人在后面，连忙坐上了一辆人力车，朝着公平路码头方向而去。

沃尔夫见此，也叫了一辆黄包车，"追上她！"他喊道。

到了码头，女孩从人力车里一脚跳出，车夫在后面追赶着要车费，她不顾一切地死命朝着岸边跑。沃尔夫也一个箭步冲下来，并向车夫们扔了纸币，追上了女孩。

"孩子，天大的苦难都不该寻求死亡的解脱，你这么年轻，一定要试图活下去！"沃尔夫以坚定的眼神对日本女孩说。

女孩的眼里都是泪，她摇摇头说："不，我想妈妈了，我要去天上见她。"说着就痛哭起来。

"你妈妈一定希望看到你笑的样子，别哭！"沃尔夫安慰着他，"对了，能告诉我你叫什么名字吗？"

"佳代，田中佳代。"女孩显得有些恐惧。

"哦，佳代，你好！我叫沃尔夫，是男高音歌唱家，来自奥地利，哦，那是以前的事，现在我是'香肠男高音'酒吧的店主，那家店就在虹口，你可以来我这里打工，暂时度过这段日子，大家都是异乡客。"沃尔夫说。

沃尔夫打算把她暂时安顿在自己的居所，他则可以在酒吧的沙发上打发几夜再说。沃尔夫刚唤了一辆人力黄包车，但一摸口袋，刚才的纸币都已经给车夫，身上一分钱都不剩了，只好向车夫挥挥手说不用了，好在码头离"小维也纳"那一带不远，他与女孩边走边聊了起来。

"佳代，你怎么看上去不像日本人？"沃尔夫问。

"我爸爸是英国商人，在横滨港认识了我妈妈，我妈妈当时在浅草当艺伎，她叫田中百合，在日本很有名。他们在一起之后，妈妈就离开艺伎馆了。很快，哥哥出生了，三年后又有了我，但爸爸在一次返回英国后，就再没有回到日本。妈妈艰难地熬了两年，等待父亲的归来，但他就像一只鹰，飞走了，再也没有归来。"

"你们没有去找过吗？"

"没有，妈妈是个胆小的人，她不敢冒险离开日本，之后她为了养活我们兄妹，重新又返回浅草艺伎馆，夜夜笙歌，为商人政客表演日本舞与弹琴。我和哥哥只能被送到北海道的母亲娘家。"

佳代继续告诉沃尔夫，"我们在外婆家度过了愉快的七八年时光，我们兄妹朝夕相处、感情很深，夏天会赤着脚在一望无际的海边奔跑、追赶、嬉笑,有时候巨大的海浪把海水中的螃蟹与鱼冲到了海滩上,我们从背篓里取出网袋,把它们带回家烤着吃;冬天,海边积满了白雪,那份寂静让人想哭。我们围在外婆身边烤火取暖,那个时刻我特别想念妈妈……后来,母亲获得了一笔不菲的财富,是她家族显赫的情夫在临死前留给她的,于是,她就将我们兄妹接回了东京,在国际学校念书。没多久,战争开始了,大学刚毕业的哥哥被征兵到了中国。母亲最爱哥哥,因为在哥哥身上有父亲的影子,但哥哥离去后我们仅收到过他一封报平安的信,之后,母亲每天都望眼欲穿地等待哥哥的消息,终日思念担忧,忧郁成疾,一场肺炎夺去了母亲的生命,她在临终前让我到上海找哥哥,哪想到哥哥已经阵亡……"

"你没想过去找父亲吗?有没有后来获悉过关于你父亲的任何音讯?譬如他是做哪一行生意的?譬如他全名叫什么?你确认他是英国人的话,我们可以通过英国大使馆去寻找,我相信世界上没有一个父亲会不想念自己的儿女,况且他与你们还一起生活过几年,你们童年时代的可爱一定让他深深思念。一个英国商人,即便他可能会爱上其他女人,但他绝不会舍弃自己的亲骨肉,我帮你去找他!"沃尔夫在不断点燃女孩心中的希望,女孩的柔弱更激发了他的强悍,唤起他前所未有的保护欲。

"我父亲姓史密斯,在英格兰出生。他是从事电报与电话设备的国际商业贸易。"佳代回忆起母亲生前对她交代过的话。

"你有他照片吗?"

"东京的家里有。"

"你见到父亲会认识吗?"

"当然认识,虽然他一定老了很多,但我一眼就能认出。"

"你父亲当年的朋友们当中,你们一个都没再联络了吗?"

"是的，没联络，哦，有一次我与母亲在银座的帝国饭店喝茶，母亲见到了一位白人男子，他们互相问候，交谈了一会儿，后来母亲告诉我说，当年她与我爸爸恋爱时三人一起吃过饭，也是英格兰人。我问母亲那个朋友知道爸爸现在的下落吗？母亲说她没问，但从对方闪烁其词有意躲避话题的神色中，可以得悉你爸爸应该活着。是不是另有妻儿了？女人总爱凭自己直觉乱想。记得当时妈妈一直安慰我说，佳代，记住啊，人生无常，没有谁能够陪伴我们所有时光，有些虽然短暂，但拥有过，哪怕一天一夜都是值得记忆的。人都是孤独而来，寂寥而去，最美的是瞬间，就像樱花，盛放之后便转眼凋零了……"

最美的都是瞬间，就如樱花，盛放之后转眼凋零……沃尔夫回味着这句充满诗意的话，他从没有看过樱花之美，但他觉得身边的东京女孩就是樱花的模样，粉嫩，樱色，含羞与美丽，但绝不该凋零……

他有一种强烈的冲动，帮助这位孤独在世的女孩，找到自己的亲生父亲！

"你在上海好好待着，我要为你找到父亲。我酒吧里客人多，我会打听他的消息，他是个英国商人，肯定没事。你先安定下来，过几天可以来我们店里打工挣钱。"

"太感谢您了，沃尔夫先生。"

"佳代，你刚才说到你妈妈是艺伎，是不是那种画上纯白的浓妆、抹上嫣红的唇色，表演弹奏与跳舞，像屏风上的浮世绘，如梦一般的女子？"

"外国人都会很好奇，其实她们也就是普通的日本女人，表演传统的民间艺术舞蹈而已。只是一个职业，没那么神秘与特别的。"

"哦,这样啊,原来艺伎只是被蒙上了神秘的面纱。"

说着说着,他们就走到了沃尔夫的家,沃尔夫打开家门,安顿好一切,把钥匙交给了她。他想带佳代去"香肠男高音"先吃点晚饭。差不多当他们快走到酒吧,远远看到不少宾客走了出来,那一刻他才猛然醒悟:"天哪,糟了,耽误事了!"

原来他把大卫和朵拉的事情抛诸脑后了,这里的订婚仪式已经结束。

"佳代,你记住刚才的地方了吧,赶紧回住所,面包、西红柿与火腿桌上都有,自己吃,千万别外出,等我明天上午来。"

沃尔夫拔腿就朝着摩西会堂的方向飞速奔跑。

二十二

一周过去了，陆天河没来找姚慧君要回那枚价值连城的钻戒，他是否在等姚慧君主动送回去？

"才不呢！是他主动戴在我手上的，得让他自己来取。"她对自己说。

但她真正失落的是，陆天河并没有如她预期那样离不开她、一夜情之后转身来追求她，这一次她高估了自己的魅力，还觉得那个男人也像之前的那些男人一样，心会被她拴住。

现实鞭挞了她的自尊。

这些天，陆天河连一点动静都没有，像失踪一样，没有一个电话，没有一次来访，甚至也没在午休时到美商电话公司，约她喝杯咖啡聊聊。

她纳闷了几天，实在憋不住了，趁工作之便，她把电话打给了大卫。她想从大卫这里得到一些信息。

"大卫，你好，你在哪儿？我想见你。"他们约了下班后在公司对面的"伯爵咖啡店"见面。

姚慧君刚坐下，看到大卫朝她走来，连忙起身给他一个拥抱。

"大卫，那晚订婚怎么样？浪漫吗？衷心祝贺！"姚慧君向大卫举起咖啡杯。

"不提了，"大卫垂头丧气地说，"我们那天准时到达摩西会堂的，但沃尔夫人影全无，不知道是否是你们那边出状态了，他赶去扑火呢？"

"没有啊，我演得太成功、太到位了，陆先生从头到尾都被我完全控制住了，最后也不敢发声，没人会发现我在扮演朵拉，因为我披上了头纱，又安排人调暗了灯光，我看到宾客们一张张快乐的脸庞……"姚慧君说，"不过，这样的演出，人生有一次都嫌多，要不是为了你大卫，我爹让我演都不干，事后觉得挺恶心。"

"对不起，对不起。"大卫不断地道歉，"那晚，你真没看到沃尔夫吗？"

"压根就没见他的踪影，他那大嗓门、大胖子，在的话，还能视他为空气吗？肯定不在。怎么了？他真的没有来摩西会堂吗？"

"你这样一说，我担心极了，因为摩西会堂看门的说，他来过，但后来在门口与日本兵发生了一些冲突……"

"那你们订婚仪式没能如期举行吗？"姚慧君更关心的是大卫的婚订了没有。

"没有。"大卫摇摇头。

这让姚美人的心中沾沾自喜，恰当地说她是偷乐，她终于松了一口气，只要大卫不订婚不结婚，她就尚存一丝一毫的希望。在她眼里，好男人都被十里洋场的大染缸浸染了，唯独大卫如清泉之水，透亮清澈。

"那后来怎么了？"

"门卫说沃尔夫坐上黄包车离开的。这让我与朵拉很担心，我们猜想他一定迫于各种压力最后还是返回酒吧了，我们还担心作为店主他可能怕你扮演的角色被揭穿，怕陆先生以及家族掀桌动怒，导致全场乱作一团，所以也不敢在摩西会堂多滞留。"

"那你们去哪儿了？"

"没去哪儿，然后，然后我们就各自回家了。"大卫在说然后的时候，有一个稍稍的停顿，因为其间有个惊心动魄、终生难忘的经历，但这只属于他与朵拉很甜美的秘密。他对谁都不会说的。

"天哪，这样啊，那我的替身角色不是白演一场了吗？"姚显得非常不悦。因为在她心里也有个秘密，她对谁都不会说的很恶心的秘密……

姚慧君怨恨自己，怎么会与陆混蛋演了那出戏，一个令自己无地自容的隐私。

"朵拉也很感谢你。宴席结束后，她父母回家见到朵拉在都很吃惊，觉得陆天河没把她带去幽会，是个传统的君子。"

"陆天河那夜去找过朵拉的。"

"你怎么知道？"

"是我告诉他你们在摩西会堂已经订婚，让他死了心，别再纠缠别人的未婚妻，那是不道德的。然后他气冲冲走了，估计去找朵拉了。"

"没错，他去了朵拉家，但见朵拉已休息，也就没打扰，离开了。"

"这几天陆先生还每晚来沃尔夫的男高音酒吧吗？"

"不知道，应该没有，因为朵拉已经不去演唱了。"

"为什么？"

"她在筹备开一家服装定制的店，专门为各类演员提供演出服装与拍摄服装……"大卫的表情里充满了对未婚妻的自豪。

"那'香肠男高音'生意怎么办？"

"生意很好，沃尔夫找来一个更年轻的女孩，是个日本人与英国人的混血儿，日文歌、英文歌都唱得很圆润，虽然不是美声，但很好听，英国美国客人增加了很多，还有日本长官们想念家乡时也会来听女孩唱日本民谣。"

"你好像去听过一样。"

"是啊，我昨晚深夜去的，不过我没有见到沃尔夫，无从得知摩西教堂那天他发生了什么。鲍德与我一起陪英国公司客户应酬。"大卫停顿了一下，突然想起了什么，"告诉你呀，鲍德整晚都心不在焉，一直专注地看着那位日本女孩，他的表情很诡异，这些年，从未见过他这样……"

"别瞎说，总经理很正统的，几乎不近女色。我们美商电话公司漂亮女人多得去了，从未传过他任何绯闻。"

"是，关于这个我比你更了解。他履历上显示结过婚，但他从未提及妻儿，他把所有精力都放在工作上。只有一次，他开会前打开抽屉取文件，不小心从文件里掉出来一张照片，我想捡起来给他，他显得慌乱，我瞥见是一双年幼的儿女……"

"我们不说他了，鲍德对你印象不错，你应该会很快获得提拔的。"

"但愿如此，在他身边我学到了很多。"

大卫反馈的信息不少，但却没有任何姚慧君希望获得的音讯，那就是陆天河去哪儿了？

"这个人究竟去哪儿了？"姚慧君一阵失落，那一刻，她羡慕朵拉，甚至说非常嫉妒朵拉，因为这位女孩不仅夺走了她最爱的大卫的心，还夺走了一个她恨得咬牙切齿的男人的心。她会放手那个她爱的男人，但她决计要与那个花花公子较劲，看最后谁落在谁的手里，将他一脚踢开之前她先得委屈下自己，继续勾引他，引诱他，升入云空，然后，急坠抛下……

起身告别时，姚慧君犹豫了片刻，还是从口袋里掏出了那枚昂贵的钻戒交给大卫。

"这是什么？"大卫问她。

"那晚我为朵拉当替身时，陆天河戴在我手上的订婚戒，应该很昂贵，请转交给朵拉。"

"朵拉怎么可能会接受呢？"大卫着急地说。

"若要归还也得让朵拉去归还，他是送给朵拉的，我只是替身，戏演完了，上交道具吧。"姚慧君抿了抿嘴角，笑得有些苦涩。

"好，那我去找他直接归还吧。"

"好主意。"说罢，她向大卫挥手道别，出门走向停在路口接她的车。

二十三

就在姚慧君为陆天河失去音讯而犯愁之际,另一个人也在急切地找他,没错,是艾萨克。

这几天他都在打点行装,随时准备出发去美国。自从那晚他亲眼看见了陆天河公文包里的一叠美国签证,兴奋得几个晚上没有合过眼,他盘算着到了纽约之后,还得干老本行,把啤酒厂开起来,规模要更大,这样他的儿子长大后就能子承父业,过上富足的生活。

这些天,他根本看不见朵拉人影,女儿进进出出像风一样无踪无影。一天早晨,他正坐在客厅看报纸,终于逮住了从房间里探出脑袋的朵拉。

他站起身,朝她走过去:"朵拉,你昨晚深更半夜回来的吧?这几天怎么了,整天不在家,你现在是否又要趁我不注意,溜出门啊!"

"爸爸,我在忙啊!"她的眼睛躲闪着。

"朵拉，你去问下陆先生，我们何时去美国？"艾萨克问道。

"陆先生来过电话，说他有一单国际贸易，已经赶去英国处理了。"

"这家伙，只顾自家生意，都忘记安排我们的赴美行程了，哪天出发？住哪儿？都安排好了吗？"

"凭什么要人家来安排我们？"

"凭你与他订婚的条件啊？"

"不跟你说了，总之，我现在并不想去美国，我自己想在上海创业。"

"你说什么？"艾萨克怒吼道，"你不是来上海之前，就已经向往美国了吗？你在列车上看的那本书，叫什么来的，对，叫《希望之乡》，美国不就是我们犹太难民的希望之乡吗？你不记得我们在美领馆遭拒签时全家一个个沮丧的模样，你不是还哭鼻子了吗？"

"爸爸，我都没忘记，美国一定会是我们最后的居住地。但现在，全世界哪有太平之土？中国形势虽然复杂，动乱、战争与瘟疫与我们如影相随，但对犹太人而言，这儿基本上不存在大的危险，日子艰难却充满希望，上海市民对我们展露微笑非常友善，所以我想开一家服装店，专门为电影与戏剧演员提供服装定制。这是一门好生意，我对服饰比对唱歌更有兴趣与热情，我很有信心把这家店开好……"

还没等朵拉说完，艾萨克就拍桌怒吼道："你在瞎胡闹，一定是那个大卫在背后出的馊主意！"

朵拉见状赶紧夺门而出。

陆天河突然的消失，让大卫手中那枚钻戒也无法物归原主。他几次给公司总机的姚慧君打去电话。

"Yao，我没法找到陆先生，这戒指你先拿去保存好，我整天在外面跑业务万一丢了可赔不起。"

"我再也不想拿回它了，陆先生过几天会出现的。"

但过了好几天，陆天河还是没有出现，除了艾萨克那份望眼欲穿的期盼外，还有姚慧君那颗驿动不安的心。

她开始失眠，思忖着这家伙到底出了什么事？她让同事翠翠给陆天河的父亲打电话，获得的回答与朵拉告诉艾萨克的信息是一样的：去英国伦敦处理商务。

姚慧君纳闷了，感觉就是他撒谎，这家伙一定是骗了所有人，包括他父亲。女人就凭直觉，姚慧君怎么也不相信他会突然去英国。

她悄悄派人拿了钱贿赂陆天河的随从许卫明，果然获得了重大的线索，但随着线索的走向、信息的蔓延，姚却不敢相信了。

"这家伙果然生性风流，这下居然搞出了一条人命。这花花陆公子，看我怎么治理你，有这把柄在我手，日后什么都得听我的！"

原来，姚慧君顺藤摸瓜，重金之下，从许卫明那里获悉了一起风流惨剧：陆天河的老相好、上海百乐门舞女梅莉莉在老家扬州突然死了。

怎么死的？

难产死的。

那孩子呢？

生下来了，是个健康的男孩。

与陆天河有关吗？

他的儿子……

天哪！原来他的突然失踪，是去扬州奔丧，迎接他生命中的第一个孩子。

姚慧君很快让自己镇定下来,她从许卫明那里拿到那位舞女家的地址后,二话不说就坐上车,让司机连夜赶往扬州找陆天河。

抵达瘦西湖畔时快凌晨了,她在酒店休息一下,然后在餐厅吃了一份当地的汤包,就出门了。

梅莉莉的家,坐落在湖畔的一幢青色小洋楼里,对这位女孩,姚慧君在来扬州前去打听了一下,基本获得了她的身世信息。她16岁从扬州独自来到上海,凭借着姿色不凡混入了花花世界的百乐门当舞女,刚进去时搭上了一位姓黄的干爹,干爹是个文化商人,在东南亚一带做生意。在干爹的安排下,她白天去一家英国人开的语言学校学英语,晚上在百乐门跳舞。至于她与干爹之间的暧昧,就只有他们之间心知肚明了。

两年之后,她的英语很不错了,更主要是她在英国学校里长了不少见识。陆天河从美国回上海的头一个晚上,就去了百乐门。在一大群舞女里,梅莉莉的气质脱颖而出,加上英语不错,陆天河邀请了她。他们彼此之间整个晚上都在用英语说笑调情,没停止过跳舞、拥抱与亲吻,当晚她就被陆天河带回了酒店……

据说那位干爹得知后恼羞成怒,但女人的心一旦飞了,满车的黄金也拉不住。梅莉莉确实是爱上了陆天河,但人家公子哥什么世面没见过,怎么可能会真喜欢一位从扬州来的、出入风月场所女子,于是,舞女只能一次次在公子哥想睡她的时候才能出现,这成了她的期盼,只是相欢的机会越来越少,到后来她发现这位公子哥的心思,都在一位犹太人歌唱家身上了,但偏偏这时她却怀孕了……

她悄悄离开百乐门,用这些年在上海积存下来的积蓄,当掉男人们馈赠的贵重礼物,买下瘦西湖畔一幢小楼房。她就想生下这个孩子，她知道陆家正房就只有这根独苗，她嘲笑陆公子在感情上一根筋、脑子有病，追求什么高鼻子犹太人，这一切压根不靠谱，她可以慢慢等待，母凭子贵，未来一切都有可能，就算永远没有名分也认了，自己是风月场所的女人，还指望嫁到哪儿，孩子是自己的骨肉，更是陆家的根，这血脉传承才是最靠得住的。

姚慧君在门口站了一会儿，听到了里面婴儿的哭声，这一刻，她的心情非常复杂，想起了自己的母亲，母亲与莉莉的身世太相近了，那个婴儿的哭声让她心里添乱与难受，她忽然有些同情起陆天河，对离去的梅莉莉有些哀怜。

给她开门的不是别人，正是陆天河。

陆天河的眼睛略过一阵惊愕之后很快就平静了，他看上去处于一种极度的哀伤与疲惫之中。

"慧君，你怎么会来这里？"

"来看看你，也看看你的儿子。"姚慧君一反往日的傲慢与高冷，语气温和。

"太突然了，做梦都没想到，我一夜之间有了个儿子。"

"是好事，有后代了。"她淡淡地说。

"进来吧。"陆天河邀请她进了屋。

姚慧君环顾四周，这房子有些年头了，但满屋粉红色的墙显得温馨与舒适，一楼是客厅与厨房，楼梯是木结构的，楼梯转角处悬挂着一位女孩的艺术照，姚慧君深深瞥了一眼，女孩明眸皓齿，非常纯情，扬州还真是出美女的地方。

陆天河请她在沙发上坐下，给她泡了一壶茶。

"小孩呢？刚才有听见哭声。"姚慧君关切地问。

"在楼上，奶妈哄他睡觉了。"

"这儿再没有其他人吗？"

"没有了。"

"究竟怎么回事？"

"孩子母亲难产死了，才22岁。命运在作弄我还是在惩罚我？我一男的，怎么把小孩带大？"陆天河深深叹了一口气。

"小孩的外公外婆呢？"

"他们觉得女儿给他们丢脸，断绝往来了。"

"你打算怎么办？现在所有人都在找你。艾萨克还等着你安排他们全家出国呢！"

"我想眼前只能把小孩寄养在扬州，交给奶妈，等我有空会来看他，将来的事再做安排。但一定要封锁消息，我还没结婚就出这事，家父一定气死了，朵拉父亲要是知道更会火冒三丈！"

"说到朵拉，我就直说了，我奉劝你主动向艾萨克提出退婚吧，否则被发现你这个丑闻，犹太人绝对会认为你是在欺骗，他们很在乎婚外生子这类事。"

陆天河沉默着，仿佛沉浸在某一个回忆之中。过了一会儿，他轻轻地说："慧君，你真的很嫉妒朵拉吗？"

被他这么一说，慧君马上就来气了，声音一下子提高了八度，"我为什么要嫉妒朵拉，我很喜欢她。你以为我是因爱你而嫉妒她吗？你自我感觉也太好了，你想听实话我今天都告诉你吧，要说我姚慧君嫉妒朵拉还真被你说对了，我非常嫉妒她，她文化不如我，家境不如我，情商不如我，姿色不如我，学历更不如我，但为什么大卫会这么爱她，我告诉你吧，我很爱大卫，我勾引过他，诱惑过他，暗示过他，可他就是把我当亲近的朋友而已，一段时间里我也很纠结难受，沉浸在暗恋的焦灼与不安情绪之中，但后来看到他们在一起那么幸福欢乐，他们有着相同的文化背景与习俗，我渐渐也就放下了，甚至在心里还祝福他们。所以大卫来请我帮忙，在你求婚晚宴上让我替代朵拉时，我二话没说就答应了，为什么？很简单，那就是两颗相爱的心才能在一起，朵拉压根不爱你，你是靠财富和自由之梦，引诱其父掉入圈套。有意思吗？所以，我今天来这里就想奉劝你尽快结束这一游戏，别再纠缠朵拉了，她很不容易，以你悄悄的退场，让艾萨克接受朵拉的男友大卫，让这对相爱的恋人能得到父母的祝福……"

在陆天河眼里，那个泼辣的慧君又来了，这是他最不喜欢她的地方，居高临下，说话得理不饶人，要是这话由自己母亲来说也就算了，你姚美人与我还不都是一类人，阅尽千帆、驰骋情场的高手，说什么呀？

他心里想归想，嘴上丝毫不敢反驳一句。这些天，生活中发生了这等变故，其实他也想过主动退出朵拉的生活，但心不甘，他知道私生子的传闻，很快会传到上海，他要在消息传出之前，远远地离开犹太人的圈子。

"除非，除非编故事……"他闪过一念。

"对了，慧君啊，那晚我戴在你手上的戒指呢？"陆天河看着姚慧君一双纤细修长的手，突然跳出这句话。

"你不是给我的，所以我让大卫交给朵拉，但朵拉让大卫直接还给你，大卫一直在找你。"

"等拿到后，我要亲自戴在你手上。"

"我才不稀罕呢？你若当作普通礼物转赠我，我可以接受，但你若有别的想法，我就扔到你的脸上。"

"我没任何想法，只想请你替我保密。"陆天河平静地说。

听到陆天河这句话，姚慧君心里一百个不舒服，但又没理由发作，心想我们不久前都翻云覆雨过了，你就一点没觉得我具有与众不同的魅力吗？你不打算追求我吗？你是不是没理解我刚才话的意思呢？我意思是说你若想与我定情时送上这枚戒指，我会生气。

陆天河确实觉得姚慧君与其他女人有很大差别，但这境遇之下他确实什么都不想，甚至他觉得朵拉也仿佛是上个世纪在城堡里遇见的那位公主，遥远而模糊，他眼下想的是如何把这个孩子抚养成人，因为当他第一眼见到这个儿子时，他的心变得从未有过的柔软，孩子与自己长得像一个模子里刻出来的。

两个人都没说话，各自怀揣着自己的念想，姚慧君很清楚自己内心的情感，她压根就不爱面前这位陆公子，但骨子里的狠劲与征服欲让她很不服气。她觉得他们是一类人，在一起荷尔蒙会燃烧，她就想使出浑身解数让他离不开她，到了那个时候她再一脚把他踢开。自从心里恋上大卫以来，她身体上就再没有过性爱，拒男人于千里之外，但那次替代朵拉的订婚晚宴之后，她沦陷在这位公子哥的温柔乡里，擦出了闪电般的化学反应，迷恋半梦半醒中肉欲飞泻的狂舞。

"慧君，你得替我保密！"天河再三叮嘱。

"一定的。前提是你立刻与我回上海，找到艾萨克，与他摊牌。让朵拉与大卫能名正言顺在一起。"

"装崇高。"这句话他还没说出来，就咽下去了。

他示意姚慧君到门外的车上去等，他上楼收拾了一下行李箱，从箱底掏出了一大叠钱交到奶妈手里说："阿娟，我临时有事要去趟上海，小宝交给你了，我很快就来看他。这孩子命苦，刚出生就没了妈妈，你要好好抚养他，只要你把他当自己儿子养，我会把你当亲姐的，荣华富贵少不了你。"他的眼眶红了，一转身，提起行李箱就下楼了。

"少爷，您放心吧，小宝从此以后，我会当亲生儿抚养的。"

陆天河走到门口时突然想起了什么，连忙走到那张巨幅照片面前，双手合一，默默祈祷："莉莉，你放心，我一定会把我们儿子养大，他长得很漂亮，像你，你要在天上保佑他……"

陆天河坐进了停在门口的姚慧君的车里，他们并排坐在后座上。

他们果然是一类人，都是情种。在返回上海的汽车里，姚慧君不顾司机在场，接受了陆天河的搂抱与法式热吻……

二十四

1940年春夏，日军加紧展开对湖南、湖北的战役和沿海地区的占领，这使得逃到上海地区和租界里的难民数量与日俱增。而能够逃到租界的，都是富豪和工商界人士。因此，美商的公共电话亭的客户需求也与日俱增。同时，因为法租界的面积最大，法国贝当政府投降了希特勒的德国，而德国与日本、意大利同为法西斯轴心国，所以，法租界的工部局与日本占领当局关系不错。这样，法租界的公共电话亭也被纳入美商上海公司的规划中，且因为法租界与日本占领区的缓和关系，美商公司的公共电话亭也深入到了少量的日占区。

为了加快公共电话亭的建设速度，美商公司开始了第二轮的债券发放。债券发放很顺利，一些犹太人也买了，他们没有任何的工作收入，就想用手中的硬通货理财。很快，公司募集到三十万银元，换成美元后，去进口美国的电话交换设备和开建公共电话亭。

一天下班前，大卫接到祥生出租车公司周老板的电话，说有段时间没有见面了,是否能抽空共进晚餐,小酌一杯。大卫知道这是上海人的客套话,一定是周老板有生意要谈。

晚上,大卫按照犹太人的习惯,让彼得给周老板买书当礼物。结果,彼得拿来了两瓶绍兴老酒、两盒乔家栅的点心。大卫大感不解,嚷嚷为什么不买书要买点心和酒?

"中国人的见面礼哪有送书的?都是送吃喝的。"

"送吃喝?那吃完喝完,一切就顺着肠道消失了,什么都不会留下纪念。"

"怎么会留不下?滋味呀!比如,我到现在还能回味起小时候到外婆家吃的黄鱼鲞红烧肉,还有醉蟹,河虾和河里摸来的黄鳝,当然宁波汤圆这些点心也很美味……"

大卫哭笑不得,但还是坚持自己的习俗。"彼得,我是犹太人,还是按照犹太人的传统吧。这酒与点心算我送你了。"他从口袋里重新掏出纸币给彼得。

"哪用得了这么多,几分钱就行了。这年头啊,也就剩下书是最便宜的了。"

大卫心想:在战争中不是更应该从书中获得智慧吗?

"大卫,你让我买什么书?"

"买一本珍贵的、充满智慧的书,要精装的。"

晚上。在贵宾楼的房间里,大卫见到了周老板,递上了自己的礼品:一部函装的《康熙词典》。

周老板哈哈大笑地说,在整个上海滩,大概只有你这位犹太青年才会在战争时期送人图书了。但是,我佩服,我收下这个珍贵的礼物,并且告诉我的子子孙孙,要学习你们犹太人酷爱读书的美德。其实,我们中华民族也有"万般皆下品,惟有读书高"的说法,但是,到了最关键的时刻,就权衡利弊,放弃祖训了。

"犹太人也有祖训，父母一般会考问孩子，家里起火，拿什么最重要？小孩子的回答千奇百怪，于是，父母亲会借此教育孩子说：要把知识放在脑海里，要把信仰放在心间。譬如，当家里起火了，怎么办？把值钱的拿走吗？把锁在橱柜里的金首饰，银行存折与钱都一起拿走吗？等你拿走时，火可能已经将你包围了，会葬身于火海之中。所以，当家里起火，你马上离开逃走，什么都不要带，因为智慧在你脑中，信仰在你心里，你就什么都有了……"

"佩服佩服。"周老板赞叹道。

两人闲聊之后，周老板说正事了。

"大卫，很感谢你给我提的40000号码的建议，让祥生出租车的生意上了一个台阶，几乎就是穿越企业的生死线。现在，我看到整个租界的公共电话亭成了一道风景，而且打公共电话的人，比安装家庭电话的人还多。那么，能不能在公共电话亭里也设计出祥生公司40000的品牌标志，让打电话的人一眼就能看见？"

大卫说："周先生，这个主意非常好。我本来也有这个想法，只是想等公共电话亭一个个建设好了，再统一招标。如果周老板提前介入的话，我可以考虑。"

周老板提出不用现金付广告费，用捐献玻璃建材来顶替。他说他的一个有工业救国志向的朋友，办了一个玻璃厂，原先的生意和产品都不错。按说，战争最受益的应该是玻璃厂，因为空袭和爆破。但谁知道战争一开始，除了上海的租界之外，整个华东华南，都是逃难的百姓，即使留下来的居民，也是将窗户钉起来。这大概和日军的烧杀抢掠有关系。因此，玻璃厂的生意一落千丈。周老板的意思是，既然公共电话亭的主要建材是玻璃和木材。那祥生公司就将广告费折算成玻璃成本，使三方都受益。

大卫非常高兴，觉得周老板和犹太人一样会算计，但各方都坦率，真诚。

大卫将祥生公司的要求向鲍德作了汇报，鲍德建议大卫找美商公司总公司下属的云飞出租车公司也谈一谈，说不定会有收获。结果是，美商出租车公司听说竞争对手用玻璃顶替广告费，他们就出木材，然后在显要的位置，打出云飞出租车的 logo 和电话品牌"10389"。

大卫当然非常非常痛快地答应了云飞出租车公司的要求。这样，大卫的公共电话亭最重要的两大建材玻璃和木材就解决了，只剩下了人工的费用。而人工在那个动乱的年代，是最不值钱的了，只要给一口吃的，会木匠活的难民多的是。

大卫的商业头脑和执行力，让美商的高层，特别是以鲍德为首的几个傲慢的英国人非常佩服，在公司内部传为佳话和商业案例。因为公共电话亭的飞速发展，业务量急剧增大，到1940年下半年结算的时候，鲍德又惊又喜，不得不发电报向美国总部汇报：美商上海电话公司的公共电话亭业务收益，超过了传统的室内安装电话业务，并且创造了公司不出一分钱，靠客户债券投资建设，再靠客户创造效益的奇迹。

鲍德向总公司提议，提升大卫为公司的副总裁，月薪200美元。与总工程师麦尔斯只差一级了。鲍德的提议必须征求大卫的意见。大卫果然提出了一个条件，那就是服从职位与薪资的调整，但要安排他去公司总部述职，顺便看看自己的父母，并办理美国的移民手续。

鲍德立刻将大卫的条件向总部汇报。美商总部认为，像大卫这样的高级管理人员归化美国的要求非常合理，请尽快与美国驻沪领事馆协商办理。

美国驻沪领事馆的总领事说没有问题，我们会尽快给你们公司一个移民的名额，办理大卫的移民签证。

大卫心中充满欢喜，但他是一个沉稳的人，没有向任何人透露消息，包括朵拉。

陆天河终于再次出现在上海了，他打电话约艾萨克在"香肠男高音"酒吧碰面。

"你从英伦回来了？怎么都不打个招呼就离开呢？你眼里还有没有我啊？"

"见面说吧，亲爱的艾萨克。"

两人刚一见面，陆天河对着艾萨克就大吐苦水："亲爱的艾萨克，要不是人命关天的事，我怎会不辞而别呢？"

"发生什么了？"

"哎，说来话长，我有个可怜的表妹，父母双亡，她在伦敦遇人不淑，怀孕生子，竟然难产身亡。她临终前对身边的华人护士反复关照，把孩子送给上海的陆家抚养，于是医院法务部辗转联系上了我们，我父母年纪大，我只好远赴伦敦处理表妹后事，暂时把孩子寄养在当地传教士的家里……哎，这孩子真命苦。"

"你真是个好心人啊！"艾萨克眼圈已经红了。

"自家人，推脱不了，但家丑又不能外扬，这才悄悄去了英国伦敦处理这件事。"

"陆天河，你是个善良、有责任心的男人，我心里也有苦啊，憋在心中很久了。"

"你怎么了？"陆天河看到艾萨克情绪起伏，关心地问。

"我想到了自己的亲妹妹喀秋莎，也是遇人不淑啊，怀孕后就跟着那位风流的穷画家四处漂泊，现在都生死未卜呢。我每晚都在噩梦里听到她的呼救……"艾萨克泪水奔涌，"我这个当哥哥的没尽到责任，都不知道上哪儿去寻找她，她如果还活着，应该当妈妈了。"

"艾萨克大叔，你一定会找到她的。世界很小，等战乱与战争结束，所有的亲人都能团聚了。"

"陆先生，我最关心的还是你何时安排我们去美国？"艾萨克急切地问。

"要不是发生这起出人命的惨案，你们早就到纽约了，我昨天看了下你们的签证，已经到期了，我这就去延期。放心吧。朵拉一切都好吧。"

"我基本看不到她人影，每天忙进忙出，看你没安排我们去美国，她自己想创业，找了当地朋友帮忙，开什么演员戏服的服装店，专门定制演出服，好像马上就要开店了。"

"只要她喜欢，我都支持她。唱歌只能当兴趣爱好，每天夜里在酒吧唱歌太累了，没意思，也赚不到什么钱，那个男高音自己赚翻了，听说他有相好了，一个很漂亮的日本女孩，你见过吗？"

"他是个好人，是上帝派来的。佳代姑娘我见过，很懂礼貌，他们只是朋友，不是什么恋人，沃尔夫对我吐露过心声，他这辈子永远忘不了他的初恋，他会一直等那个姑娘的。"

"大卫呢？还常常来找朵拉吗？"

"我已经有好多天没见到他了，他很努力，一直在为事业奋斗，上海这块十里洋场的土壤，让大卫朵拉这样的异乡客充满激情与梦想……"

"听您口吻，好像已接纳他了？"

"我女儿喜欢的人总有她的道理，至于我，谁都接纳，只要让我尽快踏上赴美的征途……"

陆天河脸上一阵发烫，觉得这个老奸巨猾的艾萨克太现实了，不过,他喜欢这犹太佬的坦诚。

这下他确实得开始动脑筋尽快把他们一家的签证办了,谁让自己忘不了朵拉?至于他承诺姚美人的话,他早抛到脑后了。

大卫怀着忐忑不安的期待,盼着元旦的来临。

刚踏进12月,上海的天气就骤然变寒冷了。虽然气温在零度上下,但潮湿的寒风,吹得人们瑟瑟发抖。

一天,大卫下班回到家,拉上彼得一起喝了一杯酒,借着酒精的作用,他道出了一个秘密,并让彼得保密,元旦过后,美国领事馆就会给他一个商务签证;然后,他可以去美国看望父母与妹妹,并在当地移民局申请移民。这下他与朵拉的婚事就有希望了。

彼得抱着大卫,高兴地跳了起来。

"还有一个好消息是:我提升了,当上公司副总经理了!"

"哇,这太振奋人心了。大卫,走,赶紧去告诉朵拉,好消息一分钟都不要耽搁。"

两人在夜色里连奔带跑,朝着树荫遮蔽、幽静典雅的辣斐德路别墅区走去,彼得在朵拉家门口按了门铃,开门的是朵拉的母亲,她的身后站着艾萨克。

"大叔,大婶,大卫马上去美国了,他已经升任副总经理了,这下你们该佩服朵拉的眼光了吧,找到这么好的男朋友。"

但是,艾萨克和妻子望着大卫,却沉默不语。

彼得很是不解,不断追问:你们不相信我?不相信我说的话吗?

艾萨克看看妻子,妻子看看大卫。他们还是半信半疑。

大卫低着头说,彼得说的是真话,我们这么晚跑来不是编造故事来骗你们的。你们应该相信我。如再不相信,可以让沃尔夫向总经理鲍德核实。

朵拉母亲看着艾萨克,坚定地说:"大卫说的没有错。这孩子从来没有说过谎。他的业绩也有目共睹。"

这时候,穿着一身白色毛衣的朵拉从房间里奔了出来,犹如白天鹅一样高贵优雅。当她获悉大卫升官赴美的消息时,脸上闪过惊叹与喜悦,但神情很快就平静了。

朵拉柔声地说:"爸爸妈妈,大卫的优秀不需要以今天的升官与赴美来证明,这些对我而言,没什么,我当然很为他高兴,但他即便永远扎根于上海这片土地,永远只是一个电话修理工,我爱他的程度也不会有一丝一毫的减弱,因为他的美德难能可贵,是一个高尚而诚实的人。"

"艾萨克大叔,我请求您同意我与朵拉在一起,好吗?"

艾萨克沉默了一会儿,在脑子里转了几圈之后,慢条斯理地说:这样吧,我用一个俄罗斯童话故事来比喻眼下的情景吧。

"对朵拉和我们一家而言,篮子里已经有了一个看起来很华丽的金鸡蛋,虽然不可捉摸,更非人见人爱,但是,它使得篮子熠熠生辉了。现在的问题是,篮子外面好像看到了一个更让人喜欢的蛋出现了,但是,需要时间来验证它是铂金还是钻石。换做是你,亲爱的大卫,你会在下一个更有价值的蛋拿到之前,把篮里存放的金蛋扔出去吗?"

朵拉母亲点点头说:"我相信时间会为我们做出抉择。上帝是公平的。时间对每个人都平等,这个蛋无论是铜是钢还是金是银,只要朵拉喜欢就好,但前提是我们必须尽快去美国,朵拉的弟弟,我们家的血脉姓氏传承,他必须去美国获得最好的教育,现在上海的犹太人学校虽然是免费入学,但简直在浪费时间,到现在五年级了,加减乘除还搞不清,老师们无心教学,他的班主任因为获悉自己妻儿父母在奥地利遭遇法西斯残忍屠杀，悲伤失控，每天大量时间都与孩子们一起祷告，唱圣歌与赞美诗成了上课内容……"

"向上帝祈祷比教学重要，在孩子的幼小心田播种信仰，这样人生即便遭遇再大的苦难，我们也能从中看到希望，与主更近，荒漠能变成甘泉，将诗唱吟就能见到江河霞光上的金色圣殿……"朵拉在一旁动情地说。

彼得在一旁使劲地点着头。

"艾萨克大叔，我知道了，我会以行动而不是甜言蜜语，来向您证明我的努力，如果您喜欢用鸡蛋来形容一个人，那我希望自己是一只真实的鸡蛋，源源不断的鸡蛋去营养你们的早餐，而不是冷冰冰的金属制品……"大卫坚定地说。

不等大卫说完，朵拉情不自禁地拥抱了大卫。夜色温柔，两情相悦的一对情侣以他们矢志不渝的爱，点燃了满天的繁星。

朵拉母亲拉着艾萨克离开了，只有彼得转过身去，他仰望苍穹，向上帝默默祷告：请成全这对真心相爱的金童玉女吧……

这时，从别墅空旷的花园里传来了朵拉悠扬的歌声，彼得转过身去，看见一扇亮灯的窗子前站立着朵拉母亲，她也在静静地倾听女儿夜莺般的歌唱。

某夜，我在黑暗中醒来
双目睁开，音调借着屋中的宁静进入我心
愿与我主相亲，与主相近

日已西坠，枕石而睡
四面黑暗笼罩，举目无亲
我仍将诗唱吟，梦中追寻

愿与我主相亲,与主相近

我快乐如生翼,向上飞起
游遍日月星辰,翱翔不息
愿与我主相亲,与主相近

二十五

  大卫与彼得告别朵拉,一路上兴奋地聊天。

  "大卫,看样子,艾萨克大叔已经喜欢上你了,他的态度正在转变。你是三喜临门啊,升官,赴美,定情,祝贺祝贺。"

  "我也觉得有转机了,可能艾萨克觉得陆天河不靠谱吧,说失踪就失踪。"

  "他已经回上海了。"

  "你怎么知道的?"

  "我几天前在汇山路'百老汇'检查电话线路,骑车路过'香肠男高音'酒吧时,见到陆天河与艾萨克从里面走出来。"

  "那好,我明天就去他们诊所把他给朵拉的订婚戒指归还给他。虽然朵拉不爱他,但也得感谢他,因为他让朵拉成为诊所代言人,这些收入支撑了朵拉一家还算体面的生活。"

  "对有钱人,这些不算什么,再说他是有图谋的。"

  "他的图谋并未得逞。不管怎样,我还是得感恩。犹太人有句谚语，一杯水都是一份恩赐。"

"这也是中国的民间俗语啊：滴水之恩，涌泉相报；一日之惠，终生相还。"

"看来中华民族与犹太民族有很多相似的文化传统。"

"那是，否则我们怎么可能成为哥们呢！"

"我们都有信仰，所以是弟兄。"

"大卫，你现在升任公司的副总，我从心底里比你还感到高兴。"

"你当然得高兴啊，因为我接下来要对你说的是：随着我职务的升迁，作为我助理的你也升级了。下月起你的收入可以翻倍了。"

一股暖流在彼得的心间荡漾开了，因为像彼得这样的本地员工，无论是在美商公司还是日占区的电话局里，最多只能当到班、组长一级，也就是小工头而已。如今成为美商公司副总经理的助理，这头衔足以让他感到自豪，头也可以抬高，腰板也可以挺直，声带也可以开嗓了，这在美商公司的中国员工里绝对成了权威人物。

次日中午，正是周末，大卫去街上买了一大包牛肉，面包和酒，他想好好地与彼得兄弟庆贺一下。

回到住处，大卫直接去彼得房间敲门，没有回音，他知道彼得昨夜回来后没出过门，一定是在睡懒觉，于是大呼小叫："彼得，你看太阳都照到屁股上了，还不起床啊！"里面依然没有动静。过了几秒钟，大卫正想离开时，听到彼得在说："大卫，你进来吧，门没有上锁。"于是大卫扭动了一下扶手，打开了彼得房间的门。

那一刻，他怔住了，只见翠翠穿着一件臃肿的中式大棉袄，泪眼婆娑地坐在彼得的床上。而彼得低着头，默默地坐在翠翠的对面,一副心事重重的沮丧模样。昨晚那副兴高采烈的劲完全没有了踪影。

见大卫打开了门,彼得站起身。但大卫见状就朝门外退了几步,彼得随即跟了出来,大卫将他拉到走廊上悄声说话。

大卫连连追问怎么回事?彼得吞吞吐吐地道出了原委。

原来,今天一早,翠翠哭丧着脸找到彼得说她怀孕了,已经五个月。期间她多次催促美国石油老板男朋友结婚,结果,"石油老板"扔下一封信就跑路了。信上说自己名片上的 Oil Company(石油公司)其实就是一家加油站,加油站的设备还是贷款买的,他爸爸是总经理,他是副总经理,但加油站的收入仅仅只够还贷款和养活弟弟妹妹,都赚不到他上大学的学费。听说远东上海是冒险家的乐园,也有很多富家女,才过来碰碰运气,希望发财了能补贴家用,也奢望找到富家女让自己一夜成为富贵阶层……他请求翠翠原谅,若翠翠能把孩子养大他有朝一日发财了会来感恩她,若翠翠不想要孩子,他能理解,总之,他们之间关系结束了。

翠翠当即就被气晕了,但也怪不得谁。是自己爱慕虚荣专傍老美酿下的祸根。原以为老美白人个个都财大气粗。而她的肚子已掩饰不住,实在无奈之下,她想起彼得的实诚与痴心,满怀歉意与忏悔给彼得打了电话求救,岂知彼得好像上辈子欠她似的,二话不说,一清早默默地把她从车站接到家里安顿。

彼得说,如果我不管她,她不敢回家,也无脸上班,只有跳黄浦江与苏州河了。那毕竟是人命啊,况且,翠翠是我钟情的女人。

大卫问,那你现在怎么打算?

彼得无奈地说,只有我娶翠翠了。

"可是你想过吗?翠翠怀上的孩子是白种人的,你和翠翠结婚,别人一看那孩子马上都知道怎么回事了,孩子一天天长大,这个秘密能瞒住吗？"

彼得大吃一惊，怎么会？真的吗？彼得是个单纯的小伙子，出生于基督教家庭的他，从来没有接受过生理教育，也没有和任何女人发生过性关系，即便那次醉酒误闯妓院后依然保留着处子之身。

彼得与大卫走进房间，他怯怯地问翠翠，你如果生下这个孩子，真的是黄头发白皮肤蓝眼睛的混血儿？

翠翠点点头，然后，一把眼泪一把鼻涕，哭得死去活来。

"别哭鼻子，翠翠，你一哭我心都快碎了，我豁出去了，大不了我娶你罢了。"彼得安慰道。

"但孩子怎么办？"大卫问道。

彼得直摇头，他的眼睛茫然地看着窗前，空洞而迷惘，仿佛看到自己母亲获悉后暴跳如雷的神情。

两个小伙子手足无措，搓手摇头，面面相觑，不知如何是好。

还是大卫说，姚慧君足智多谋，不如问问她这种事情怎么处理。她的人品我信任，绝对不会外传的。于是，大卫连夜给姚慧君打电话，说了翠翠的事情。

姚慧君在电话里咯咯地笑个不停，最后说办法是有，那就是手术引产堕胎，但因为怀胎五个月了，风险很大。尽管如此，医院也是个传播是非之地，医疗费很贵不说，还人言可畏。最好是他们先结婚，再流产，对外就说是意外流产，掩人耳目。不然，连彼得的家人也都瞒不住了。这样来看，结婚的事情，就宜早不宜迟。

大卫连忙把姚慧君的话转告给彼得。

"哎，也是一条人命啊。"彼得感叹道。他头一次碰上这种尴尬事，显得忧心忡忡。

从中午到晚上，翠翠不想吃不愿喝、神色痴呆，彼得从大卫房间到自己房间走来走去，商量来商量去，还得外出给翠翠买面包牛奶，哄她吃下去，事情处理到了深夜，翠翠情绪才稍微平复，在彼得的床上安心地睡了。

彼得在隔壁大卫房间的沙发上躺下，两个小伙子迷糊了一会儿就去上班了。

这是1941年12月7日早晨7点多钟，大卫和彼得两个人骑着自行车上班。他们发现今天租界里的气氛不对，平常日军只在租界的边界处设立检查站，今天似乎在英美公共租界区里也发现日军的坦克和汽车，每个十字路口都有日军把守。

到了公司大门口，还发现有日军在站岗。

公司里的外籍与本地员工都站在大门口不知道发生了什么事情。一会儿，日军从公司大楼里带出了公司的美籍和英籍的员工，第一个就是鲍德，第二个是总工程师麦尔斯。他们被押往上海的崇明岛日军集中营。在那里，羁押着几乎所有的英美交战国的精英人士。

但是，员工们没有人知道究竟发生了什么。

从清早到上午，人们只见戴着日本华中电气股份有限公司胸牌的人在清点设备，登记人员。

大卫发现公司的高层几乎都被抓走，只剩下他一个副总经理。

他愤怒地质问："你们是什么人？为什么要把公司高层抓走，他们犯了什么罪？谁让你们来清点美商公司财产的？"

姚慧君在他身后悄悄拉着他的衣服，将大卫推到办公室，悄声地告诉他，今天早晨，日本袭击了美国的珍珠港，太平洋战争爆发了，日军与美国、英国成了交战国。我们美商公司已经成了日本的战利品。

大卫惊愕不已。

不一会儿，一个身穿西装、气场强大、显得级别很高、年纪大约五十多岁的日本人把大卫叫到鲍德的办公室。

日本官很客气地握着大卫的手说："小伙子，没想到你这么年轻就当上了副总经理。"他继而很感慨地说："这在日本公司完全不可想象，美国公司之所以发展如此之快，创新力之所以如此之强，就是不拘一格地提拔人才。"他自我介绍说："我的名字叫福田耕，是大日本华中电气通信有限公司的总经理。从今天起，美商公司的一切财产和运营，就由华中电气来负责。"

大卫摇摇头，他还是不懂。一场战争，难道可以把美商公司辛辛苦苦经营的财产，就在这一瞬间无偿地被你们日本公司占为己有？

人生太无常了，他的价值观大厦与理想的帆船在那一刻被风浪吹得左颠右簸，顷刻间快要倒塌了。

福田耕让秘书将一张中英对照的告示，递给大卫看。

美商上海电话公司（SHANGHAI TELEPHONE COMPANY）自1941年12月8日起处于军事管制之下，在此期间，应服从军事当局派遣的监督（或其他官员）的指示和命令。

必须遵守下列事项：

1. 不得擅自处理资产；
2. 利润必须妥为存放并不得分掉；
3. 各项指示的内容将另行下达。

日本帝国陆军上海地区最高司令部
日本帝国海军上海地区最高司令部

> 由冈本已翻译并查核证明无误
> 冈本已律师（盖章）四川路299号

白纸黑字，清晰分明，大卫的心不断地往下沉，沉没在那一片死海里。

福田耕对大卫的态度还是很客气，说今后上海电话局的业务还希望大卫先生多多关照。

大卫觉得莫名其妙。他说："美商上海电话公司从今天起，已是你们日资企业，也是你们华中电讯的子公司，与我还有何相关？"

"美商上海电话公司已经不存在了，从现在起叫上海电话局。如果大卫先生愿意的话，我们上海电话局欢迎您加入，并委以重任。我们知道你是犹太人，脑子特别精明，智慧大大的有，所以对你寄予厚望呢！"福田耕带着欣赏的语气说。

"我是美商总部任命的高层。我想我对现在的一切和贵国的所作所为，并没有决策和发言权。我最好的态度是静观其变，等待总部给我的命令和指示。"

福田耕哈哈大笑，"我极度欣赏你对主子的忠诚。我们大日本的男人最信奉对老板的忠诚。但是，你要顺应时势。现在整个上海的公共租界，当然，除法租界以外——他们只是我们半个盟友。本地所有的公共汽车、电报电话、自来水、上海电力、沪西电力，都已经被我们大日本帝国接管了。所有的美国人与英国人，无论是从商还是从政，都被抓起来送到集中营了。你不信我可以带你去看看你的BOSS。只有你这位幸存者，因为是来自俄罗斯的犹太人，才逃过这一劫！如果你擅自与美国总部联系，还想从美国那里接受什么狗屁指示，那就是间谍行为了，懂吗？"

福田耕说的是日语，被翻译翻成英语传达，但是，他的大声呵斥还是引来了一直躲在门外关注事态的姚慧君。

姚慧君会一点日语，她推门走进了鲍德的办公室，她先是向日本官鞠了一躬，用敬语说了一些打招呼的话，博得了福田耕的好感。然后，她对大卫悄声细语地说："大卫，听长官的，你要弄清状况。现在是日本军占领了整个公共租界，美国和英国被打败了。"

"美国被打败了？"

"是啊，至少是在上海被打败了。所以，你不要一根筋啊，要随机应变，为了生存，想想朵拉吧。"

大卫忽然惊出一身冷汗。他冲出公司大楼，是的，他无法接受这里转眼成了日本公司，他飞快地跑向美国领事馆。

在美国领事馆的大门口，大卫看见美国领事馆的人员被迫撤离！他们在日军的押解下，爬上一辆敞篷汽车。看样子，美国领事馆的人是外交人员，有外交豁免权，也许只是被驱赶，不是被逮捕进集中营。美领馆的总领事大概也处在懵懂中，很不舍地望着即将告别的领事馆大楼。

大卫试图接近美国领事馆，但被日军拦住。他望着总领事，大声地喊："你们到哪里办公？我的签证怎么办？"

领事官员们觉得大卫是个疯子怪物，他们苦笑着摇头，一个个默不作声地爬上押解的汽车。

旁边的一个犹太人小声地告诉大卫：只能到重庆的国民政府临时首都，找美国大使馆了。

大卫问，重庆？重庆在哪？远吗？

犹太人讪笑着耸耸肩膀，对这个年轻人的无知感到遗憾，说，在中国很远很远的一个角落,我估计等你找到重庆的时候,美国大使馆没准就搬回美国了……

大卫想:我的签证计划完了!我和朵拉的婚事没戏了!我承诺艾萨克的诺言成空了!

路过外滩时,大卫看见英美银行和商业机构的美国人和英国人也被逮捕了,他们衣冠楚楚,但却惊慌失措,甚至不知道发生了什么,就被日本人关进了集中营。而这些人,大部分属于两个犹太商团:以犹太人沙逊、哈同家族为主的巴格达商业集团。

沃尔夫是奥地利犹太人,不属于英美国籍。但是,作为犹太人的社团领袖人物,沃尔夫也忧心不安。都说时间会让苦难过去,上帝会把光芒带给犹太人,但为什么时间给犹太人带来的是无止境的失落、痛苦和绝望?该死的太平洋战争!该死的日本侵略军!他在心里祈求上帝能把平安带给犹太人,也带给这座包容的上海之城。

"香肠男高音"酒吧照常营业,佳代的歌声依然飘在夜空下的汇山路,酒吧多了很多日本长官,他们借酒消愁,听着久远前故乡的民谣,梦里依稀归故乡,佳代的《荒月之城》常常让他们泣不成声。

> 夜半荒城声寂静
> 月光淡淡明
> 昔日高楼赏花人
> 今日无踪影
> 明月永恒最多情
> 夜夜到荒城
> 今宵荒城明月光
> 照我独彷徨

荒城繁华今何在
欢声已沉寂
似水流光逐飞鸟
无语对愁眠

二十六

陆天河的牙医和美容诊所在租界里非常有名，是上海最豪华的医疗机构，几乎占了一栋大厦里的四个楼层，牙医来自世界各地，很多外国公司都为员工买了牙医保险。在这栋楼的大厅一侧，墙上悬挂着朵拉的巨幅照片，为诊所和美国牙膏做广告。最引人注目的是，这座综合的美容医院和牙医诊所的门楣上，雕着 U.S.A 的标志，到了夜晚，大楼上的霓虹灯广告也有美利坚的字样。

昔日光耀夺目的美利坚招牌，到了 1941 年 12 月 8 日，日军以交战国财产的理由，冲了进来，将里里外外的办公室，治疗室和医疗器械库贴上了封条。那几间牙医手术室则被日军当成了战地医院，美容师和牙医被迫当了外科护工和勤杂工，给日军伤兵换药以及端屎端尿。

陆天河也被日军的宪兵队以交战国美籍人士为由抓了起来，这一消息赫然地登在了当天的第二版本地新闻上，头版新闻是珍珠港被炸的照片和太平洋战争爆发的报道。

在上海的犹太人聚集在"香肠男高音"酒吧里，好久没有出现的朵拉与艾萨克，也来找沃尔夫打听时局与国际时事，他们面面相觑，更多的时候是默默无语地祈祷：各种广播与报纸给了他们太多的信息，他们一时不知道是好是坏，是看到了曙光还是陷入了更深的绝望。他们的脑袋一个个紧挨在一起，凑向了一台陈旧的收音机，收听来自英国伦敦BBC的最新消息：在8日下午，传来丘吉尔和罗斯福的声音：美国和英国向日本宣战了！

沃尔夫肯定地对朵拉和艾萨克说，必须通知所有的犹太难民，这是好消息！这意味着美、英和中国结成了反法西斯的同盟，开始与德国、日本和意大利轴心国战斗了！

那些天，随着犹太人蜂拥而至，往常来酒吧的日本客人一夜之间消失了，也许，新的战争把他们都召唤到自己的岗位上了。酒吧里的外国船员和犹太人，大家对英美提出的抗日宣战都掩饰不住地高兴，甚至还有人欢呼起来，吹起了口哨，唱起了圣歌。

只有艾萨克掩饰不住自己沮丧的心情，脸上布满了愁云，他对男高音说："亲爱的沃尔夫先生，您说的是未来，我想知道的是现在，陆先生被抓了，我们的房子还能住多久？儿女的前途在哪儿？全家到美国的梦想何时实现？这煎熬苦难的日子，还得持续多久？"

"荒漠里有甘泉，犹太人生来就是大地上的异乡者，把烦恼交给上帝吧！一切都是最好的安排。"

12月8日最忙碌最兴奋的是姚府。

姚慧君的父亲姚润笙长袖善舞，因为在早期联合日资伊藤家族企业对付中国民族企业和美英企业的时候，已与日本政府结下了不浅的交情。

日本占领上海，成立了日伪政权，姚家的几个公子又在伪政权里担任要职。太平洋战争爆发的当天，日军占领并没收了美商上海电力公司、自来水公司和出租车公司，让日资企业华中电信来监管运营。但是，华中电信毕竟人力有限，必须有中国的合作伙伴才行。于是，华中电信就接受了伊藤家族的担保与推荐，将姚润笙作为一个重要的合作对象。而姚府也在太平洋战争的战利品中，间接地获得了瓜分英美企业的分肥权。而上海大大小小的企业，特别是租界内的企业，纷纷到姚府求助保护。

陆天河的父亲陆府老爷就是一个。

陆天河父亲一进门就给姚润笙作揖，说只要是能够从杀人不眨眼的宪兵队里救出陆天河，如何瓜分陆家的财产和企业，姚家说了算。

陆家是上海早期的望族，财产和帮派势力不可小觑。姚润笙当然不能不动心。

但是，一征求几个儿子的意见，在日伪部队当少将旅长的三儿子姚慧海说不好办。因为陆天河是美籍，就算美国人。日军对美国人那是见一个抓一个，见两个抓一双。两个交战国已经杀红了眼，美国截断了日本的海路，日本炸了美国的舰队，这个时候，能以什么名义放一个美国人呢？

就在大家一筹莫展之时，大房、二房和三房的仨儿子互相递了一个眼色，想出一个招：何不趁机将他们的眼中钉、肉中刺，谁都治不了的任性妹妹姚慧君嫁出去？

于是，二房儿子姚慧江说，如果他以财政部长的名义出面，向日本人解释陆天河是他们家族的女婿、自己的妹夫，陆天河已经放弃了美国国籍，并且登报声明，或许能够保住陆家的财产和陆天河的命。

此计让姚润笙大喜。他原先就对陆天河印象不错，一表人才，美国哈佛毕业的，之前他就撮合过陆天河与自己女儿，只是不入小女之眼。几年过去了，眼看小女的岁数在递增，容颜在褪色，无论如何这次要软硬兼施逼她就范，老姚心里另有盘算，或许有一天美国打胜了，这是完全有可能的，陆天河立马恢复美籍身份，这也是自己的一条退路。

他决定把女儿嫁出去，了却自己一块心病，门当户对，强强联手，为保障女儿权益，他向陆父提出两点要求：第一，要把陆家丰厚财产的一部分在结婚之日归于女儿名下；第二，陆天河绝不允许娶妾。理由是：陆少爷的花名他也有所耳闻。天河与慧君都是留学美国的，一旦结婚就要从一而终，不能学你我这样中国男人妻妾成群的封建习俗。

对于这样的安排与要求，陆天河的父亲认了，甚至还求之不得，独生子的命比什么都重要，他掩饰不住自己的兴奋，并万分感激姚润笙。

当姚慧君被叫入自家客厅，从父亲的嘴里听到这个消息的时候，她发现几房兄长都带着得意的笑容和赞许，好像都通了气一样。她装作很生气，心里却笑了，你们这些人自以为聪明，被我蒙了都不知道。自己与陆天河早已行过苟且之事，说出来会吓了你们。

姚慧君装作很委屈的样子，向父亲撒娇，"姚家是不是就多了我一个呢？好吧，生为爹的女儿，一切都顺从爹的意思，反正嫁给谁都是嫁，让我嫁这个花花公子吧，日后有苦自己吞下去，嫁出去的女儿泼出去的水，日后我再也不踏进姚家大宅了。"

她知道自己这辈子爱的人只有大卫了，但他们根本没有可能会走到一起。反正早晚要嫁人，与其嫁给不知根底的土豪劣绅，还不如嫁这位受过美式教育的陆天河。要说情史，他们扯平了，谁都有过丰富男女私情的过往；最隐秘的还是陆天河的私生子事件是自己手中的把柄，仅凭这个就可以把他牢牢地把控在手心。

当晚，姚慧君喝了一杯红酒，想麻醉自己，她拨通了大卫的电话，她告诉他，姚府与陆府需要联姻，自己要嫁给陆天河了，所以他完全可以高枕无忧了，没人再敢骚扰朵拉了。

大卫问为什么，究竟发生了什么。如果是为了他，你姚慧君没有必要牺牲自己的幸福来成全我与朵拉。即便你不与陆天河结婚，朵拉依然是我的。

姚慧君说女人一生就如盛开后随风飘落的花，有的花瓣因春风沉醉、风拂帘帷而飘落在奢华的茵席上；而更多的花瓣则因篱笆的遮挡掉入泥潭。自己的心已如泥潭里的死水，根本不会再对谁产生爱情了。要说有，就是爱你大卫。现在，我成全你和朵拉，但记住，我心里只爱你。

"我们之间是另一种爱，它超越了民族，时空与男女之情，博大永恒，Yao，我很珍惜。"

"我不管，我站不到精神世界的制高点，更不能欺骗自己内心，你爱你所爱的吧，不用管我。成全与祝福是我能做到的极限了。"姚慧君泪眼婆娑。

"那我也祝福你。"大卫心中充满了歉疚与感恩。

几天后，陆天河从宪兵队里被放出来了。他整个人消瘦了很多，无精打采地签署了文件，正式放弃美国国籍，并登报声明。

上海的大小报纸，登载了陆天河的声明和消息。

陆天河牙医诊所的封条被撕开，日军的伤兵从手术室与美容院里搬了出来。陆天河带着一批人将大楼外墙上的朵拉广告和美国标志全部铲去。

日军占领当局把陆天河的财产如数奉还，还将陆家其他的财产包括租界内和租界外的十几个连锁药房一并归还。可见姚家的势力在日伪政权里非常之大。

在"香肠男高音"酒吧，在沃尔夫的见证下，大卫代表朵拉将订婚戒指还给了沮丧的陆天河。

陆天河冷冷地看着他。大卫说："希望你能对一位愿意嫁给你的女人负责。无论是出于何种原因，结婚了就应该忠贞如一。"

陆天河愤愤然地说："你这小子这辈子运气真好，不知从哪来的福分，居然让上海滩上最美丽的两位女人都喜欢上你……"

大卫打断了他的话，"在彼此相爱的人眼里，对方就是最美的公主与王子。对了，过几天朵拉一家找到房子就会搬出去住。"说完，他就离开了。

几天后，姚府举行了大型的酒会。庆祝姚陆两家的订婚仪式。

没有比姚府各房太太以及公子们对能够把慧君嫁出去更令人兴奋的事了。

姚慧君的美式做派和独立自由的"专横跋扈"，已让虚伪的姚府上上下下心惊肉跳、吃够苦头，也成为上海滩工商界的八卦源头。姚慧君的一举一动，吃个饭约个会，圣约翰大学时代的性丑闻以及留美时代的风流韵事，都成了八卦谈资。扒姚慧君的复杂身世和家庭背景，常常见诸小报的女性世界栏目。

这一切，苦了姚府的人。别的富家公子欺男霸女无人关心，但是，到了姚府，譬如二房之子姚慧江在跑马场摸了一下马童的屁股，却被人拍照上了八卦头条："沪上名媛姚慧君哥哥姚慧江跑马场娈童变态。"

在姚家人眼里，她的出色与美丽如一道日月霞光，几房太太们都很羡慕嫉妒，这有什么办法，老爷宠爱有加，宝贝棉袄冰雪聪明，英语堪比母语，裙下之臣遍布，给足了姚润笙在工商社交圈的面子。也因此，慧君的任性没人能管。若有一天，她提出嫁给黑道大哥或黑人船员，也无人能阻止得了，连姚润笙的话都不会起作用，而今，这个女魔头终于要出嫁了，而且嫁给门当户对的陆府少爷，堂堂的哈佛毕业生。

姚润笙高兴极了，他一开始就锁定陆家公子，现在终于如愿了。这是上天赐予的千载难逢的机缘，女儿不但嫁了，还能获得陆家不菲的财产当聘礼，当然嫁妆也是可观的。这样，他内心对姚慧君母女的愧疚和心病，也稍稍可以补偿与交代了。

他暗自得意，女儿是夫家的救命恩人，将来在陆家地位之高，可以预想。这场联姻等于是姚家控制了陆家，将其收于囊中，这让他窃喜。

他要给女儿和陆天河办一个体面的、声势浩大的订婚仪式，然后，两家约定，三个月之后，姚慧君与陆天河举行结婚典礼。

当陆天河再度身穿白色的礼服，表情僵硬地向姚慧君求婚，并给冷漠高傲的姚慧君戴上戒指时，他表现出受宠若惊、谦谦君子之神态，但心里却在揶揄慧君：装什么高贵矜持。

姚慧君依然不改秉性，当即嘲讽地问："这个戒指好眼熟，不是从朵拉那里收回来的吗？"

陆天河想点头，又摇头。他苦笑着对姚慧君说："谢谢你救我一命。我会买到比这枚戒指更昂贵的送你。"

"陆天河，我告诉你，钻戒，我想要多少可以有多少，并不稀罕。"

"那你稀罕什么？"

"稀罕得不到的。"

慧君脱口而出这句话后还是有些后悔,觉得订婚搞得像吵架一样。好在双方说话时都是柔声低语,面带微笑,旁人丝毫没有察觉。

不过姚美人心气很高,思维跳跃,她心里对陆天河还是憋屈得毫不解气,想到他向朵拉求婚时那副真爱的模样,恨不得抽他几个巴掌,别人不要你,让我来接盘。想到他那个在扬州的私生子小宝就更加浑身不舒服,当然这绝对要保密,否则等于自打耳光,自己不也是私生女出生吗?但有一点她决定了,结婚的前提是永远不能承认那是他的私生子,私下给点钱让奶妈抚养,但绝不能接到家里来。

姚慧君心里在说:哼哼,你这个陆天河,终究还是掉入我囊中了,江湖上你在女人堆里怎么混就怎么还,看我怎么整治你。

当晚,他们彼此很坦诚地交流了,他们确实非常懂对方,明白这突如其来的一场婚姻是战争中的一朵奇葩,只能被周围人欣赏,自己却不能当真。

"我知道你心里爱着朵拉,心不死;你也知道我迷恋大卫,却愿意成全,所以啊,彼此心里可以存有自由之花的绽放,但若你肉体上再敢在外放纵胡来一次的话,对不起,我姚慧君不穿绿裙子也不戴绿帽子,马上离婚,滚回到你的监狱里去!"

陆天河脸色铁青但只能堆着虔诚的恭维傻笑,他说:"大美人,放心吧,我现在就想好好经营一个家,这是从未有过的体验,说不定,我们是真正般配的佳偶。那些男欢女爱过眼云烟,那些荒唐苦恋一厢情愿,绕一圈之后我们还是绕不过对方,那就认了吧。另外我爹已经和你爹说好了,结婚之后,我的财产你拥有一半,算是陆家给你的聘礼。你的财产与嫁妆与我无关。"

姚慧君笑了,笑得那么放肆与恣意,好呀,婚姻生活还没开启，却已貌似掠夺到了财富，也征服了最难驯服的一头发情倔牛。这对于情史斑斑也不再年轻的女人来说，绝对是人生赢家啊！

她扭腰走进盥洗室，站在镜前摆姿嘚瑟，忽然，她看到了自己眼角旁的几丝细纹，笑容瞬间消失了……

二十七

沃尔夫的"香肠男高音"生意时好时差，不过维持生计绰绰有余。

自从他在马路上救下日本女孩佳代之后，他的居所让给她住了，每天凌晨等客人离开之后他就在酒吧大厅搁上一张床铺，睡上几小时，次日上午醒来再拆除。

起初他是让佳代来酒吧当侍应生的，可以暂时解决她的生存问题。没想到她的演唱表演潜能很大，甚至可以说她比朵拉更适合在酒吧这种舞台上展示自己的魅力。

一天午后，沃尔夫正在大厅整理座椅，邮差送来了一封厚厚的信，他看见上面写的收信人名字是佳代，他还留意了一下是从本地寄出的。

下午两点半左右，佳代来上班了，沃尔夫把这封信给了她。

佳代感到好奇，因为她没有家人与朋友在上海，她随意地打开了信。

亲爱的佳代，我日思夜想的女儿：

当你收到这封信的时候，我已时日不多。我被关押在崇明岛集中营里，日夜不停咳嗽，看管也不给药物治疗，眼睁睁看着自己死去。对于我，这失去自由的苦难，比起这18年来我所遭受的思念之苦，那真的算不了什么，弥留之际，我把所发生的一切告诉你，否则我死不瞑目……

佳代的双手在发抖，她继续往下看。

18年前，我暂别你母亲与你们兄妹，因公出差，回了一次英国，但两周后当我再度飞抵东京时，遭到了机场入国管理局以"已被列入国际通讯涉密名单"的理由拒绝我入境。我向他们歇斯底里地喊叫：我的妻子与儿女都在东京，他们是日本公民，我必须要见他们……

我反复解释我只是从事通讯设备，做通讯生意，负责日本的订单业务，不涉及内容、技术与运营，更与涉密无关。而且，我只是公司雇员而已。

但一切的挣扎与反抗都无济于事，我当晚就被两位日本边警送到了回伦敦的飞机上。

之后，我写了一封又一封信给你母亲，都石沉大海。我辞职了，因为已无法再继续为总公司做日本地区的商业推广，我应聘到一家当地邮政教育机构当了副总裁。

一年后我再次尝试从大阪入境，依然被拒绝，还是一样的理由。我对边境说我早已离开电信公司，现在任职于一家教育机构，但他们根本不理我，直接将我押送到刚抵达的同一架飞机飞回英国。那以后，我每年假期都会尝试飞日本的不同城市，带着侥幸的心态。同时我还两次长途跋涉坐船抵达神户与横滨港，结局还是一样。

这让我痛不欲生，纳闷不解，我以为是被日本入国管理局搞错人了，鲍德·史密斯重名的不少，尤其是史密斯的姓氏在英国很多。我有冤无处申，每天只能以拼命工作来麻醉自己。想念你们的时候，就拿出照片看看，但越看越难受，索性把你们的照片全尘封起来了。

某天，我的一位旧同事从东京出差回来，他约我喝咖啡时默默递给我一份当地小报，并宽慰我，让我忘却过去重新开始生活。

我拿来一看，目光停留在娱乐版面的一张照片上，熟悉的倩影，华丽的容颜，那不是我日思夜想的百合吗？但看完内容后我浑身发抖，瘫软在沙发上，原来，你母亲的情人是日本声名显赫的大人物。我这才恍然大悟，阻挠我入境的缘由找到了。

无论出于何种原因，无论他们的不伦之恋始于何时，妻子另有所爱并不妨碍我探望儿女的权利，但是，亲爱的佳代，我上哪儿去讲理？我又能到哪个法庭去争取自己一双儿女的抚养权与监护权？

后来，我被英国电信公司国际部录用了，提升当了经理，再后来，我应聘到美商上海电话公司任总经理一职。我想在上海工作与生活，至少感觉上海离你们兄妹近一些。到上海后，我去了日本领事馆相谈，把我所有遭遇与委屈都与他们倾吐，但一说出田中百合的名字，他们都保持缄默了……

亲爱的女儿，几个月前当我偶然与美商公司下属大卫先生一起去"香肠男高音"酒吧宴请客户时，无意中看到了正在舞台上演唱日本民谣的你，说实话，那一瞬间我压根不会想到穿着一身和服的美丽少女会是你，当时吸引我的是你唱的这首《荒城之月》，因为这是你母亲最爱的民谣，我们第一次见面她就唱给我听了，我现在都记得她唱歌时的神态。我迄今还记得这几句歌词：

夜半荒城声寂静
明月永恒最多情
荒城繁华今何在
似水流光逐飞鸟

但看着听着，我发现你的举手投足与你母亲百合太像了，我目不转睛地看着你，仿佛看到了童年的你从上野公园的草地上，从浅草屋的小巷里向我飞奔而来，我的情绪当即失控，我全身战栗，差点晕倒在地上，我借口身体不适提前离开了酒吧。当晚我就向人打听这位日本姑娘的名字，当证实是田中佳代小姐时，我的心狂跳不已。

我数夜未眠，想着以怎样的方式走到你面前，父女相认已不知多少次出现在梦境里，但要面对时却极度忐忑不安，18年的岁月磨难，让我们从何说起呢？你的母亲身体还好吗？你的哥哥该大学毕业了吧。

正当我准备好了礼物，想在12月8日晚上独自来你驻唱的酒吧见面时，白天发生了这一时局政变，外国企业的英美高层甚至职员都被日本军人押送到了集中营……

亲爱的女儿，我再也无法经受上帝对我的这次磨难与考验了，希望之翼已被折断。在临别前我只想告诉你，我离开你们之后没有一天不在想念你们，我没找女人，没有孩子，冷酷的现实让我成了一个孤僻者、工作狂。

永别了，佳代，请转告你的母亲，她是我此生唯一爱过的女人，我不会怪罪她的另有所爱，像她那样的绝代美人，一定会有很多人爱她，一个柔弱的女子怎么挣脱得了官商大人物的魔爪？尤其是在日本这么一个男权社会。当年她能嫁给我并为我生下你们兄妹，已是上帝的恩赐，我充满感恩。

请你回到东京后，代我拥抱你英俊的哥哥，告诉他，我非常爱他，他是史密斯家族的传承，这与姓氏无关。生生不息的是血脉流淌。想到你们，我心如刀割。

无论我生死在何时辰，我都永远活着，在你们兄妹前行的脚步里，有我深深的爱和祝福。

请你凭这封信联系大卫，朵拉姑娘的未婚夫。他因为是俄罗斯犹太人，逃过了这场日本占领军发起的灾难。我有一包物品由他保存，让他给你。里面有我全部的身家与财富。请携带着这份父亲的嘱托，尽快逃离上海。这儿局势紧张，还是躲到日本你外婆那儿安全，北海道雾中的摩周湖，是我当年向你母亲求婚的地方，让我的爱魂也能飞向那片纯净的水流……

别了，亲爱的女儿，我在天国会保佑你们！

永远爱你的父亲
鲍德

没等佳代看完这封信,她已昏倒在地,信笺四处散落……

"你怎么了,佳代。"沃尔夫一个箭步抱起佳代,她静无声息,失去了知觉。沃尔夫马上把她抱出店,拦了一辆黄包人力车,朝着虹口犹太医院而去。

经医生的诊断与检查,除了发烧、血压升高心跳加快外,并没查到实质性的疾病,护士给她吊了点滴。

"很显然,这女孩受到惊吓与刺激了吧,神志不清、情绪不稳,让她安静下来,会慢慢恢复的。"医生问沃尔夫,"这是你女儿吗?她遭遇到什么了?失恋了吗?"

沃尔夫一时感到尴尬,连忙否认道:"不,不是,她是我店里的员工。"说这话的时候他才想起刚才急于救人,没留意佳代打开的那封信内容。

究竟是谁的来信?导致她受到这么大刺激,他向大卫求救,借用医院急诊室的电话拨通他所在的公司,但电话处于无人接听状态,他心急如焚,佳代在发高烧,说着梦呓,他离开不了。

等佳代睁开眼睛,神志恢复清醒后,沃尔夫在她耳边低语了一番,然后就在医院门口坐上黄包车返回酒吧,他打算先安排好酒吧晚间生意,关照厨师与侍应们播放什么音乐以及深夜关店的注意事项,然后回医院通宵陪夜。

他返回酒吧,捡起散落在地上的那几页信笺,忙不迭地一口气读完,他几乎也差点晕倒。天哪,世界这么小,小到天各一方18年的父女可以在一个异乡小酒吧里重逢,但擦肩而过之后,竟是永别。

在去医院之前他先去了大卫的公司,当他把鲍德的来信给大卫看时,大卫说他也收到了一封鲍德的来信,是通过一位犹太人客户转交给他的。确实如此,鲍德有一大包物品被大卫寄存在他的私人工具箱里,他马上拿好送到医院交给佳代。

"救人要紧。"沃尔夫心里只有一个声音,一定要让这对父女得以相聚,全力以赴救出鲍德,用这箱财富去引诱集中营的日本兵,用佳代的歌声去感染那些同样饱受战争中与父母妻子生离死别之苦的日本军……

二十八

在陆家与姚家为姚慧君和陆天河举行订婚仪式的时候,朵拉一家也在张罗搬家,离开陆天河廉租给他们的别墅。

朵拉的弟弟妹妹眼眶里含着泪,艾萨克与他的妻子,恋恋不舍地看着那些与他们朝夕相处的居室和家具,那些他们打理了差不多两年的别墅花园。树苗都长高了,草地都青翠了,人却得走了……

大卫和彼得各自骑着一辆三轮板车,热情地帮他们搬家。在全家都沮丧与失落的那一刻,从大卫和朵拉的眼睛里却丝毫看不见悲伤和不快,他们似乎豁然明了上帝所降临的苦难只是为了考验他们的意志,苦难的尽头就是光明。战争给他们带来了磨难和艰辛,甚至还会有饥饿和疾病,但是,却给他们带来了爱情与终成眷属的机缘。

陆天河与姚慧君订婚后,就不敢再来纠缠朵拉,这让朵拉安心与放松。生活可以苦一点,沐浴在父母祝福下的爱,充满温馨与甘美。

在朵拉眼里，只要与大卫携手共进，再艰苦的日子也过成了甜面圈。

此刻，大卫和彼得把朵拉全家接到租界里一处相对价廉的出租房里。他们忙前忙后，等全部安顿好了才离开。

次日，大卫和彼得也一起搬出了原来的老公寓，他们各自租了一个居室，就在离朵拉家不远处。当然，条件更差。因为没配备卫生间，大卫只能使用弄堂口的公共厕所。彼得与翠翠都是上海本地人，买了马桶与痰盂放在家里，每天清早拿出去倒掉。

大卫其实压力挺大，觉得对不起朵拉一家，他恨自己有着满腔的热血与力量，满脑的智慧和才干，却怎么也使不上劲。他非常于心不忍，让这一家老小从高档幽静的别墅搬到了普通老百姓的居所。

艾萨克好像一下子变了一个人似的，也许受到太多的磨难，他沉默寡言，棱角完全被磨平了。

然而，黑暗之夜依然在不断弥漫。

一天，大卫走到朵拉家门口时，听到朵拉母亲在尖叫："艾萨克，粮食不够吃了，我们儿子发育会受影响的。"

"朵拉，你听见你母亲说什么了吗？"艾萨克平静地说。

站在门外的大卫不知如何是好，走也不是，敲门也不是。他默默地向上帝祈祷：亲爱的天父，请赋予我力量与机遇吧，感恩你赐予我的爱，但现在我的境遇不仅没有好转，而且糟糕透了，时局的变化让井然有序的事业节奏打破了，让一切成功在望的理想毁于旦夕，这与我当初承诺朵拉与她父母时的状况完全违背了。我该怎么办？请告诉我怎么办？

他闭上眼睛，仿佛听到上帝在对他说：大卫，坦然地把你真实的境遇告诉他们，相信你不会被责怪的。当你获得大家体谅之后，包袱就丢了。

于是，大卫鼓足勇气叩响房门，开门的正是朵拉妈妈，她见到大卫，表情显得有些尴尬，她打了一声招呼，就低着头走到窗边一角。她知道刚才自己的抱怨大卫一定都听到了。

大卫站在门口不敢挪动步子。

"大卫，进来呀。"朵拉招呼道。

大卫干咳了两声，鼓足勇气跟艾萨克解释了自己的境遇，他说自从日本人接管了美商公司，除了几个原来的高级管理人员比如我还有另外几位工程技术人员，其他员工的工资都停发了。即便是我，现阶段基本主持着公司的运营，但工资从原来的200美元变成了200元日伪财政部下属银行发行的日本军票。而日本军票的实际购买力，完全不能与美元相提并论。最惨的是中国员工，即使是像姚慧君那样中英文流利的资深接线员，也只能是和绝大部分员工一样，将工资折算成粮食每周发一次。姚慧君当然看不上那点粮食，但是，她也不愿辞职在家当搓麻将的阔太太。于是，她把上班当作掌握时局的风向标，当作展示自己魅力的社交圈，更是通过接线，把姚府、陆家所涉及的生意与财富摸得一清二楚。当然，每月分发的粮食就让给翠翠领了……

"你提姚慧君，与我们有关吗？"艾萨克打断他。

"有关。姚慧君是个很讲义气的女子，值得信任。她与陆天河完全不是一类人，她与陆天河在一起有多种因素，其中就包括想成全我与朵拉的婚恋。对，她今天跟我说她愿意投资朵拉筹备中的服装店，她不仅出钱还可以介绍客源，她借助其父在工商界的江湖地位，想尽力帮助我们。"

"大卫，那就代我们谢谢姚慧君。另外，你也不用解释这些，谁都知道形势非常糟糕，但天无绝人之路，上帝一定会眷顾勤劳而又智慧的犹太人。"

大卫握紧拳头，给自己鼓励与加油。他上前一步拥抱了艾萨克。

翠翠偷偷地在姚慧君的安排下，去医院做了人流引产术，她在手术台上痛得翻滚、哇哇直叫，差点没命了。

怕这件事传出去被别人说三道四，她去南汇娘家休息了两周躲避风声。见没任何风言风语传出，就回去上班了。

一上班，翠翠和彼得向同事们派送了糖果，说两个人已结婚了。是在乡下老家办的婚礼。回城就不办了。同事们虽说有怀疑，但是，战争时期都自顾不暇，也没有人说三道四。翠翠每天拖着病恹恹的身子，坚持上班。为的是能够有粮食吃饱肚子。

曾几何时，在美商上海电话公司任职是一份人人羡慕的美差，如今，好日子早到头了。原本每天踩着高跟鞋、涂抹红唇，风一样趾高气扬走进美商公司的慧君、翠翠们不见了。如今，她们进出都走边门，一脸素颜，头发凌乱，不想惹是生非，日本人的好色谁都知道。

命运悲催，但生活得继续。所有的人该干什么干什么，没办法不上班。因为战时的上海即使你有钱，也买不到物资。尤其是粮食。所有的物资，都被日本占领当局拿来当战备物资应付战争的消耗了。

好在日本军票的货币价值比起泛滥成灾、真假难辨的法币好多了，因此，大卫的200元军票，可以在供应日货的商店里买到药品和粮食。那么，拿出50元军票就可以租一套两居室带阁楼的房子。另外，再拿出50元补贴朵拉一家的生活。

大卫对朵拉一家的无私帮助，让艾萨克和朵拉母亲非常感动。

于是，他们商量好在犹太人的节日逾越节的时候，让犹太教会的拉比来家里为这一对在颠沛流离中历尽苦难的情侣举行简单的订婚仪式。

"大卫，你是上帝给我们一家的恩赐和礼物。你们尽快订婚吧。"艾萨克说。

大卫热泪奔涌，孩子般地哭泣起来，来上海这么久了，什么苦没碰到过，但此刻，这句话从艾萨克嘴里说出来，大卫感动极了，这些年他不就在等艾萨克这句话吗？有了他的应诺，先前所有的委屈都不算什么了。

朵拉也在一边呜呜地哭了，想到自己的坚持，想到两人在车厢邂逅开始，一路走到今天，经历了多少的悲欢离合，终于获得了父亲的祝福，她越哭越伤心……

"你们两个傻孩子，都哭什么呀？再哭下去，那索性不订婚了。"艾萨克怒斥道，但声音里泛着无限的柔情。他望着自己的妻子，没想到她的眼眶也是红红的。

朵拉破涕为笑，大卫也停止了哭泣，他走到朵拉面前，掏出手绢为朵拉擦去泪痕。

艾萨克走到朵拉的床边，从她枕下拿出《希望之乡》那本书，然后走到他们跟前。

"孩子们，还记得你们当时在列车上的承诺吗？如果获得美国签证，那一天就是你们的结婚日！"

大卫、朵拉不知所措，面面相觑，他们原以为马上就可以结婚了。

"来，来，把你们的双手放在上面！"艾萨克命令道。

两人只好把手伸出去，放在《希望之乡》上，如同把《圣经》贴在胸前，他们闭上眼睛，在内心祈祷：无论去不去美国，他们将永远在一起……

公历 4 月份的时候,犹太人最重要的时节——逾越节到了。

逾越节,希伯来文 Pesach 是"越过"或"遮盖"的意思。由尼散月(春月)十四日黄昏时开始,为期七或八日。逾越节与五旬节(Shavuot)和住棚节(Sukot)是犹太人每年三次最重要的朝圣节日。

逾越节通常在阳历的四月。据说上帝在领以色列人出埃及前,给埃及人降下第十个灾难时,灭命的使者在击杀头生的孩子和牲畜时会"越过"那些在门框、门楣上涂了羊血的家庭。因此,在逾越节,犹太人会重述这段历史,吃无酵的食物,以纪念先祖由埃及为奴中被救赎出来。

在旧约时代,耶和华为拯救以色列人出埃及,在埃及人面前行了很多神迹奇事,耶和华之名由此传颂。逾越节这天是上帝将以色列百姓从埃及俘虏生活中解放之日。到了新约时代逾越节不仅是从灾殃中得到救援的唯一节期,也是从罪中获得赦免的"受难节"。

那天一早,艾萨克招呼孩子们围坐在他身旁,他说:"我们都是犹太人,即便流浪在外,这一民族习俗也得传承。来,朵拉,你把《圣经》中关于逾越节的记载给弟妹念一下吧。"

"好的,爸爸。"朵拉熟练地打开《圣经》,读了起来:"摩西召了以色列的众长老来,对他们说:你们要按着家口取出羊羔,把这逾越节的羊羔宰了。拿一把牛膝草,蘸盆里的血,打在门楣上和左右门框上。你们谁也不可出自己的房门,直到早晨。因为耶和华要巡行击杀埃及人,他看见血在门楣上和左右门框上,就必越过那门,不容灭命者进你们的房屋,击杀你们。这例你们要守着,作为你们和你们子孙永远的定例。日后,你们到了耶和华按着所应许赐给你们的那地，就要守这礼。你们的儿女问你们说：行这礼是什么意思？你们就说：这是献给耶和华逾越节的祭。"

摩西蒙耶和华的召唤，到法老面前请求允许以色列百姓离去，到旷野里为耶和华守节。但埃及的法老不从，反而更加苛待百姓，以致引来耶和华的愤怒决定向埃及降下灾难。第一个灾殃是血灾，接着是蛙灾、虱灾、蝇灾……直到黑暗之灾为止，前后降下了九种灾难。

但法老的心愈发刚硬，不容百姓离去。于是，耶和华打算再降下一种灾殃：凡埃及地，所有的长子，以及一切头生的牲畜，都必死，在一月十四日（圣历）实施。但耶和华不希望以色列人的长子和头生牲畜也遭杀戮，所以，命令以色列百姓在所住的房屋左右门框上和门楣上涂上一岁的羔羊之血。

在《出埃及记》第12章里写道："这是耶和华的逾越节。因为那夜我要巡行埃及地，把埃及地一切头生的，无论是人是牲畜，都击杀了，又要败坏埃及一切的神。我是耶和华。这血要在你们所住的房屋上作记号，我一见这血，就越过你们去，我击杀埃及地头生的时候，灾殃必不临到你们身上灭你们。你们要纪念这日，守为耶和华的节，作为你们世世代代永远的定例……"

逾越节傍晚，艾萨克家里陆陆续续来了不少人，把两个狭小的房间挤得很满。除了熟悉的朋友，还有拉比带来的犹太教友们。

在这重要场合，大卫穿上了那件看起来很高贵的西服，让他整个人看上去气度不凡，他不说的话，谁都不会想到这件衣服是以几个面包的钱在二手店买的。朵拉也装扮一新，穿上了当时在"香肠男高音"演唱时最喜欢的那一身杏白色燕尾裙。

整个仪式由社区的拉比主持。原本他们想请沃尔夫来主持与歌唱的,但他的"香肠男高音"酒吧今晚有重大宴会,几乎所有在上海的犹太富豪们,都聚集在那儿来庆祝自己重大的传统节日。

晚上6点的时候,房间熄灭电灯,点燃蜡烛,拉比宣布晚餐开始。每个犹太人都在拉比的带领下,高声念祝祷词,然后喝四杯酒,每一杯酒,都有一个主题,一个复杂的宗教程序,重述犹太人在摩西的带领下走出埃及的故事,追忆那些曾经帮助犹太人的事迹和人。最后一个环节是念赞美诗和歌唱,拉比向教区的犹太教民们宣布大卫和朵拉订立婚约,大家歌唱来祝福一个新人幸福美满与永恒的契约。

逾越节上的祝福和订婚仪式,相当于一个宗教认证。在犹太人的心目中,拉比在逾越节上的祝福和宣布,比任何的社群宣示都重要,比政府的契约和结婚证分量都重。

在赞美诗环节过后,朵拉带领大家歌唱。歌声深沉悠扬,冲出窗外,飘荡在租界夜晚的大街上。随歌声飘扬的还有烤羊肉和无酵饼的香味……

就在这时,艾萨克家的门被急促地敲响,艾萨克打开一看,一位惊恐万分、衣衫褴褛的中年犹太女子出现在家门口,再定神一看,差点晕倒。

"天哪,我的上帝,这不是在做梦吧?喀秋莎,真是你吗?"

"哥哥……"她哭着扑倒在艾萨克怀里。

艾萨克紧紧拥抱她,眼泪断了线地下来。"喀秋莎,你怎么也来上海了?你怎么成这个样子了?我没有一天不在想你。"

"艾萨克,我亲爱的哥哥,我后悔当初没有听你的话。"她哭得泣不成声,"我遭到抛弃之后,就去哈尔滨找你,但啤酒厂的人说你们全家去了上海,我就一路找来了……"

"喀秋莎,你不用说我就能看出这些年你遭遇到的是什么样的生活，太可怜了。"朵拉妈妈也拥抱了她。

艾萨克夫妇与喀秋莎抱成一团，哭得很伤心。

"爸爸妈妈，小姑来上海我们全家应该笑才对呀，还这么巧，居然在我的订婚仪式上出现，太神奇了，这一定是上帝的安排，他给了我们最好的订婚礼物。"朵拉宽慰着他们。

"是啊，我们不应该哭，应该笑，应该感谢上帝，把喀秋莎带到了我们身边，从此一家人都可以在一起了。"艾萨克缓解了伤感的气氛。

"艾萨克说得很对，今天是喀秋莎回来，又是朵拉订婚，我们要欢笑。"朵拉妈妈说。

朵拉拿来热毛巾给喀秋莎擦去了眼泪。

全家人的目光都聚焦在喀秋莎的脸上。当欢聚的惊喜在全家人的眼中刚刚翱翔，便瞬息黯淡了，当年那个青春水嫩、美丽娇艳的喀秋莎竟然成了眼前这个颧骨突起，双眼无神，神情不安，还有几分风尘味的女子。这让他们感到陌生与震惊。

艾萨克沉默无语，独自叹息。

朵拉打破了这份尴尬，她拉起喀秋莎的手对大卫介绍道，"来，大卫，我给你介绍，这位就是我小姑，爸爸多年来一直在找她，在战争中失散了好多年。"

"姑姑，你好，很高兴见到您，一直听朵拉说起您，这下好了，全家人在一起了。"大卫很有礼貌地说。

"大卫，你好。"喀秋莎没有正眼望他，眼光却一直追随着朵拉的弟弟妹妹，嘴里不停在说："孩子们都这么大了，这么大了，要是我儿子在的话，也应该六岁了……"

艾萨克让她坐下，给她端来一盘羊肉。

"你的孩子怎么了？"

"我没奶水,也买不起奶粉,眼睁睁地看着他夭折了,才生下不到十天。一切罪孽都是因为那个男人抛弃了我……"说着说着又哭了起来。

"你什么时候到上海的?"

"已经有两年了。我从哈尔滨啤酒厂的工人那里,知道你到上海了,就一路找过来,吃了好多苦,住在难民营里,后来还遭遇到比生病与死亡更痛苦的事……"

就在他们兄妹诉说别后的悲惨境遇时,家里的门又一次被敲响,伴随着急促的叩门声,还有大声的呵斥。

"尼娜,尼娜,你给我出来!"

"我们这里没有尼娜,你们搞错了吧。"艾萨克把门打开。

就在这时,喀秋莎勇敢地用身体挡住了艾萨克。

"你们不用大呼小叫,我跟你们走就是。"她显得异常的平静与镇定。

她跨出了门,再次回眸看着艾萨克。

"哥哥,对不起,我当初太年轻,没听你的话,我知道错了。从今往后,你要多保重,今生能看到你,我已经很满足了。我爱你,哥哥……"

艾萨克使出浑身的力量试图从日本兵手里夺下自己的亲妹妹,但他们手握枪支,不停地在威胁众多的犹太人,其中一个会说英语的日本兵不断吆喝:"她是个妓女,是阿姆斯特丹老板花钱买下的妓女,居然还敢逃跑……"

然而,他的呵斥声被淹没在一阵枪声里,喀秋莎刚走出十几米,趁身边日本兵不注意,一把夺走他的枪,她发了疯一样,朝一群日本兵乱射,几个日本兵当场倒下,但不幸的是喀秋莎也遭日本兵射中,倒在了血泊里……

艾萨克像一头怒吼的狮子，双眼睁圆泛红，使出全力发出怒吼，像绝望的哀鸣，那一刻他的心碎了……

他朝着喀秋莎飞奔而去，却被他妻子死命地拦住。

逾越节，成了喀秋莎的"受难节"。

这时艾萨克看见几个日本浪人折回到他的家，他们喝得醉醺醺，冲着貌如天使般的朵拉，眼里冒出淫荡的光。

"这不是'香肠男高音'的百灵鸟吗？平时哪有福气见到她呀？"他们抹着嘴角的口水，露出贪色的眼神，二话不说就冲了上去，死死地将朵拉拉住。朵拉拼命挣扎，却被日本兵从一个怀抱推到另一个怀抱，愤怒的艾萨克与大卫一起冲了上去，将朵拉抱住，然后在艾萨克的掩护下，双双快步逃出家门。

日本浪人们没能抓到朵拉，就在他们家里搞起了打砸。尽管他们毫无顾忌地侮辱犹太人，但是，犹太人在拉比的带领下，没有一个人反抗。他们有尊严地站成一排，低头向上帝祷告……

日本人发泄完毕，觉得无趣，威胁说他们会再来，直到交出那个"百灵鸟"。

二十九

由于整个中国的大半地区，尤其是经济最发达的沿海地区和中原地区被日军占领，日军又在太平洋占领了菲律宾、新加坡、马来西亚和越南等岛国，因此，驻守上海大本营的日本海军和陆军更加骄狂，除了对法租界稍微顾及一点，英美的公共租界几乎陷入水深火热之中。

"香肠男高音"酒吧也不能独善其身，生意一落千丈，还不时遭日本浪人骚扰。

日军封锁了太平洋沿岸的港口，禁止甚至击沉英美等国运送战略物资的船只，到酒吧消费的外国海员几乎没有了，之前那些外国远洋轮抵达上海港的当晚，船长与大副们来到男高音酒吧，大家一起狂欢饮酒的场景再也没有出现过。另外，酒吧里的食品采购也成了问题。原来可以做面包的进口面粉，可以供应的各种酒品，乃至于德国的香肠和熏肉等，统统都因为战争断货了。沃尔夫只好从黑市采购高价的葡萄酒和从乡下收购牛肉、羊肉和江南米酒，还不时地从日本商社采购清酒。

佳代小姐从医院出来后再没有去酒吧唱歌，她神思恍惚，满心想着如何把父亲鲍德从日本人的集中营里救出来。

那天，大卫在沃尔夫的陪同下，把鲍德寄放在他工具箱的贵重包裹郑重其事地交给了佳代，佳代当着他们的面打开了层层叠叠的袋子，哇，所有的人眼睛都睁得很大，里面除了十几根金条、两万多美元外还有一张渣打银行定期存折，密码贴在背面……佳代平生第一次看到这么多美元与黄金，但让她心潮起伏的是她看到了自己儿时与哥哥、爸爸妈妈在一起的几张照片……想到妈妈与哥哥都已不在人世，而父亲又在集中营里饱受病痛折磨，她恸哭伤怀。

"要想尽一切办法救鲍德。"大卫说。

"大卫，不是我泼冷水，这几乎不可能，因为这不是个人的原因被抓进集中营，而是大气候。你看那么多外国公司里哪个英美高层不被抓起来？"沃尔夫忧虑地说。

"我已经失去了妈妈与哥哥，现在好不容易父亲出现在我的世界里，我就是舍命都要救他。"突然，她提出一个让沃尔夫没有想到也难以答复的问题。

"亲爱的沃尔夫男高音，我希望你在三天内娶我，举办一个简单的婚礼，我要让父亲看到我幸福地结婚了，并且嫁给了他认为可靠的人，这样万一他遭遇不幸，女儿有托付，他也放心了。"

沃尔夫虽然见过世面，也不知见证过多少对有情人终成眷属，但他这些年感情世界完全一片空白，他已经快四十岁了，一个正常的男人都会憧憬爱情，更何况是一位物质并不匮乏、感情丰富的歌唱家。

佳代突如其来的大胆表白，让他脑海一片空白，耳边嗡嗡作响，显得局促不安，而站在一旁的大卫使劲鼓掌，"太好了，沃尔夫！这是上苍的安排，鲍德要是知道他的独生女情定'香肠男高音'的话，一定会非常高兴的……"

其实，沃尔夫内心也非常喜欢佳代，从马路上见到她的那一刹那，他对她就来电，神不知鬼不觉地被她所吸引。这些年来，他经营的酒吧里美女见过太多，从上海滩的美女到犹太佳丽，他若是动点情、使个念，捕获女人的芳心是轻而易举的，但他视女人们为空气，飘过，而不留心迹。

就在他准备对佳代作出承诺的瞬间，他的眼前突然出现了凯琳娜的身影，她正呼唤着他的名字向他飞奔而来……

他陷入极度的哀痛之中，他很想与面前的佳代小姐在一起，他想搂她入怀，深深地吻她，每一个清晨，烤好面包与香肠，端到她的手上……

战乱与战争中，最需要的不是牛排与鲜花，而是爱情与亲情。

然而，然而……沃尔夫让大卫失望，更让佳代绝望。他成了佳代小姐眼里最不解风情的男人，一个傻瓜，一个毫无情感、冷酷无情的男人。

"佳代小姐，很抱歉，我不能接受你的爱。因为我心里还有我的初恋女孩凯琳娜，我承诺过爱她永远。我们在战乱与屠杀中失散、杳无音讯，她迄今不知是死是活？万一她还活着，万一我们还能重逢，我无法面对她。我已经等了她十多年了，我还将继续等待，直到死亡来临。也许别人无法理解，初恋对于我这样刻板的男人意味着什么。它是一朵含苞欲放的花，是世界开始的地方，是音乐在山间溪流里的回荡，是帆船经过茫茫大海的颠簸而停泊在港湾，是古老教堂里悠扬的钟声响起，是婴儿最初带着啼哭的诞生，是纯洁的修女最后回到天堂的路……所以请你理解，在我心里只能有一个人，除非那个人去天国了，那么就以另一种爱的形式永存于心间。佳代，抱歉了……"

怀着万般期待的佳代，等到的居然是这样的答复，她的心碎了。

大卫也没想到会迎来沃尔夫这样充满诗意的拒绝，他感到无奈与伤感。他看到佳代极度痛苦的表情，像一只失去方向的蝴蝶，往下坠落；像一只发疯的孔雀，拼命撕掉美丽的羽毛；像早春四月的樱花，在盛放时被狂风吹散……

大卫默默地离开了。

佳代不顾沃尔夫全力的阻拦，推门而出，飞奔在汇山路上……

沃尔夫在后面拼命追赶，他大声嚷道："佳代，现在什么都不用想，先救你父亲，一定要把他救出来！"

但是一转眼的工夫，佳代就在人群里消失得无影无踪。

沃尔夫气喘吁吁地站在路口四处张望，最后只好沮丧地回到"香肠男高音"酒吧。

他以为佳代只是一时赌气，也觉得她太年轻，结婚只是一时兴起，他怪罪自己的无情，在她最苦难的时刻，自己不能给她安慰与温暖。

但人的情感很微妙。

自从得到了佳代的表白，他的心就牵挂起佳代了。次日清早，他在舟山路一家犹太人经营的面包店买好面包，来到自己原先的住所——佳代暂住的家时，发现已人去楼空。

他一阵失落，也很担心一个这么年轻的小姑娘会去了哪儿？况且还携带着巨额的财富。他闪现的第一个念头，就是佳代一定是去营救鲍德了，这也是她当务之急的任务。

这些年鲍德也是酒吧的常客，他时常陪抵沪的、来自世界各地的客户来酒吧喝酒与品尝慕尼黑的香肠；有时自己一个人也会来这里喝几杯。他是一位把自己隐藏得很深的男人，沃尔夫只知道他一个人在上海，并不知道他的妻子是日本著名的艺伎。

他给大卫打电话，再次商量了营救鲍德的冒险计划，但他们没有任何日本高管的人脉，那个替代鲍德的福田耕是大卫认识的唯一最高层面的日本人，但求救于他，等于雪上加霜。

大卫想到一个人，没错，又是姚慧君。

但姚慧君说，她是第一时间就想营救鲍德的人，不久前她已经部署了第三次营救行动，动用了所有的关系，也冒用了她父亲的名义请日本占领军的高管网开一面，救助这位被她杜撰成"她的救命恩人"的美商上海电话公司前总经理鲍德。但日军压根就不放人。

"再高的职位也没用，我已打听到，在日本人眼里，只有一个人还有可能会让集中营放人，就是日本国外交大臣佐佐木智勇的独生子，那个毫无出息，非常好色，在虹口开着两家妓院的佐佐木一郎。"姚慧君说："这个人不把钱当回事，所以贿赂都行不通，他的家族在东京经营最大的不动产商事，富得冒油。"

这下，沃尔夫与大卫面面相觑。

晚上回到酒吧，沃尔夫一个人躲在大厅一角喝着闷酒。

仿佛是上帝对他的一次次考验。几天之后最糟糕的事情发生了。

一天清早，他去附近面包店喝咖啡时，他从店里一张犹太人发行的报上看到了一行醒目的标题与照片，"希特勒是条疯狗！！！"他从照片上居然看到了在人群里抱着婴儿、睁大惊恐眼睛、裹着围巾的凯琳娜，正被法西斯残忍地推入"死亡号"车厢里。她挣扎无望，望着天空祈祷，凄绝哀哭……

他连忙看文章，但又不敢往下看，因为每一行字都带着血腥。当他鼓足勇气看完后，觉得自己的灵魂正在摆脱肉身，一点点漂浮出来。

灭绝人性的法西斯希特勒将大批欧洲犹太人塞进了一辆辆通向焚烧场的列车，最后，化为烟囱里的那一抹抹浓烟……

他最后一次见到凯琳娜是在歌剧院后面的露天集市。

那天上午，他像往常一样来到格拉茨歌剧院练声。一周以后，在这座具有巴洛克式建筑风格的歌剧院将要上演一场歌剧《浮士德》。沃尔夫，作为名声赫起的青年男高音歌唱家，他将首次出演男主角浮士德（Faust）。

媒体进行了大幅报道。这个消息让沃尔夫的很多歌迷喜悦与期待，为了不负众望，他进入了封闭式的排练。歌剧《浮士德》是根据歌德同名诗剧的第一部分改编而成。为了更好地演绎角色，沃尔夫反复研读了歌德的原著。

这个故事是说："年迈的哲学家浮士德十分羡慕年轻人的活力，于是祈求魔鬼给他返老还童。魔鬼对他说：你若肯出卖自己的灵魂，不仅能返老还童，还会得到一位叫玛格丽特的少女。浮士德应允后，喝下魔鬼的药，果然变成了英俊少年。接着，魔鬼又施魔法，使浮士德得到了玛格丽特的爱情。然而，当玛格丽特怀孕后就被浮士德抛弃了。在一次决斗中，浮士德又将玛格丽特之兄瓦伦丁刺死。玛格丽特深受刺激而神经错乱，杀死自己孩子而被囚。浮士德深感震惊，进入牢房带她逃离。但垂死的玛格丽特已不认得他。这时，魔鬼抓住浮士德，拿走他的灵魂；天使引导玛格丽特进入天国的歌声，使浮士德获得了解脱……"

沃尔夫很想尝试在演出时融现实主义与浪漫主义于一炉，用他时而高亢时而低沉的歌声以及丰富有层次的表现力，去烘托出庄重与诙谐、鞭挞与颂扬、色泽之斑驳的内涵；他追求以灵魂对话的艺术境界。

但没想到，就在演出前他被告知这一角色被人替代了。

他找到剧院老板，责问为什么？剧院老板无奈地说因为他是犹太人，欧洲排犹浪潮已席卷到各个领域，他也感到遗憾。

沮丧的沃尔夫约了女友凯琳娜在国王约瑟夫集市碰面，他把自己的境遇告诉了她。

"看这局势，越往后我们犹太人在奥、德的生存与发展愈发艰难与危险，希特勒是个暴君，不如我们一起离开吧！"凯琳娜说。

沃尔夫一脸茫然地问："去哪儿？"

"上海。远东的上海有不少犹太人，连英国很多犹太人富豪都移居到上海了。"

沃尔夫被女友的话所动心，他当晚去向周围好友征求意见，没想到竟获得大家的鼓励与认同。既然在奥地利被他视为生命、灵魂与上帝的歌唱事业不能继续发展了，而且生命时刻都处于不安与恐惧之中，不如说走就走。

他们买了两张周日上午从维也纳出发的船票，中途会在神户停留一周时间。但临出发前，凯琳娜的弟弟匆忙跑来说他姐姐走不了了，因为他们的父亲病危了，但他再三关照沃尔夫，姐姐说让他一定要去上海，她安顿好家里的事以后就会去上海找他……

没想到，这一别竟成了永别。

沃尔夫的身体如一棵被暴风雨猛吹的摇摇欲坠的树，不断地颤抖与呼啸，他终于抑制不住强忍的悲伤，号啕大哭起来……

他的泪浸湿了大半张报纸，那张照片渐渐模糊了，他看到了凯琳娜朝他飞奔而来；听到了谁在她背后反复吟诵："God shall wipe away all the tears from our eyes, and there shall be no more death.

Neither shall there be sorrow nor dying and pain."上帝擦去他们所有的眼泪，死亡不再有，也不再有悲伤、痛苦和生死离别。

　　他转身一看，竟然是母亲。

三十

　　入夜。施高塔路 Scott Road（山阴路）上一座名为"京都的花嫁"的花园洋房灯影闪烁。门口黑白海报上是一位撑花伞、穿和服，梳发髻的日本女人背影。一旁用日语写着暧昧的广告词："樱之色，君之夜，花之娘，梦之旅。"

　　"娘"在日语中是女儿的意思。

　　这是一座法式老洋房，占地面积很大，原屋主是一位在上海做航运生意的宁波商人沈成山。三十年代日军陆续占领上海后，大部分都居住在虹口这一带。

　　佐佐木到上海的第三天，就看上了这座带有大花园的独栋法式别墅。他通过各种途径、软硬兼施想拿下这栋房子，沈老板出于无奈也对动荡的时局感到不安，于是，索性作出弃商回老家开私塾学校的决定，房子没议价，几根大黄鱼（金条）就转让了。一周后，他把居家物品装满几个箱子运回了宁波镇海。

　　刚开始，佐佐木将它作为自宅。但没多久，日本商人潮水般涌来，佐佐木看到了商机，他知道好色的日本人离不开夜生活，就把别墅做了改建，将一楼装修成酒吧，二楼与顶上阁楼划分成十来个房间。供客人寻欢作乐之用。

佳代找到这里的时候差不多已经是晚上八点了。

她推开门，探进脑袋。

"小姐，你找谁？"一位四十开外、身穿和服、浓妆艳抹的日本女子开门迎候。

"你好，我叫佳代，请问佐佐木先生在吗？我要见他。"

"他不在。你找他有什么事？我是美惠，这里的妈妈桑，你可以直接跟我谈。请进来吧。"

"谢谢。"

妈妈桑让佳代坐下。

"妈妈桑，对不起，我有很重要的事找佐佐木先生。"

"我跟你说了，他不会来这里，你有什么事找我谈吧。你是来应聘的吧，像你这样的年轻美人，我们京都的花嫁很欢迎，我可以给你高薪酬。"

"不，不，你误会了，我不是来应聘的。"

"那你来这里干什么？"

"我知道佐佐木先生是这里的老板，我有重要的事找他。麻烦你跟他说一下，让他来这里吧，今晚我一定要等到他。我有至关重要的事跟他说。我从东京过来，我母亲是田中百合，没错，就是当年京都的头牌艺伎，他一定知道。"

"哦，这样啊，当然知道，谁不知道呢，以前上过娱乐新闻头版的，真正的日本佳人，这么说来你们母女还真有点像呢！百合的情人——那个大人物，是一位顶天立地的男子汉，只不过，他的太太挺可怜……"

"真相并非如小报上渲染的那样，我妈妈是无辜的，详情我没必要说了，总之，即便爱也是无罪的，对吗？"

"是的，我没觉得你妈妈有错，美丽不是罪孽，只是女人总被情伤，那位大人物太太真傻，丈夫有外室很正常，玩几年，腻了，自然会回来，干吗要葬身富士山，那一幕太惨了……"

"妈妈桑，你好像看见了，是吗？"

"发生那件事时，我已在上海了。但我出生在山梨县，知道富士山是一座殉情的山脉，小时候还亲眼见过一对中年男女为情自杀、彼此拥抱着纵身一跃呢！所以呢，我才对那起大人物夫人从富士山的山崖上跳下去的报道印象深刻。"

"妈妈桑，我真的麻烦你了，给佐佐木先生挂个电话行吗？我很着急。"佳代打断了她的话。

"佳代，哦，是叫佳代对吧。我刚才说了，我联系不上佐佐木先生的，再说他好像最近也不在上海。"

"那他什么时候会过来呢？"

"不清楚。你把联系地址与名字写在纸上，我见到他时交给他吧。"

"好的，那谢谢，拜托了。"

妈妈桑递来一张纸与笔，佳代道谢后在上面写上了一行字："救父。重酬。田中百合之女佳代。理查饭店406房间。"

她将这张纸折叠后交给了妈妈桑，并起身告辞。

她刚走出门，一辆黑色轿车从她身边驶过，她的脚步放缓，回头望了一下。

车在门前停下，一位戴帽子的中年男人从车里出来，他朝她望去，两人的目光正好聚合在一起。

"小姐，你很眼熟，我们认识吗？我是佐佐木。"那位肥胖的中年男人率先搭讪道。

"你就是佐佐木先生吗？啊，我就是来找您的，你好。我是佳代，初次见面，请多关照。"她向他深深鞠了一躬。

"佳代？哪个佳代？"他一时想不起来。

"哦，我是田中百合的女儿，从东京来上海的。"

"久仰大名，佳代小姐。想起来了，你是'香肠男高音'餐厅的歌手吧，我还听你唱过北海道民谣，唱得太好了，让人怀旧啊。对，想起来了，之前我听说有宪兵队的侍从曾经在马路上对你行不恭，想逼你为娼，实在无耻。但那些小宪兵根本不了解，我们'京都的花嫁'是高端风俗店，客户除了大东洋的富豪，欧美商人也多，个个非富则贵，所以招聘要求很高，除年轻貌美外，都必须是日本女孩，更重要前提是：自愿的。"

"不提那事。宪兵队哪有好人？佐佐木先生，真没想到你还认识我。"佳代有些受宠若惊。

"你不是找我吗？佳代小姐，上车吧，我们去别处聊，否则，妈妈桑要是看见有这么漂亮的女孩来找我，又得吃醋，声称要去富士山跳崖了。"

佳代恍然大悟。

"佐佐木先生，我有很重要的事想请你帮忙，我要救人。"两人在附近的窦乐安路（多伦路）西餐厅刚坐下，佳代就迫不及待地对佐佐木提出了。

"救谁？"

"鲍德。美商上海电话公司的总经理鲍德。他被占领军押送到了崇明集中营。他是我的父亲。"

"鲍德？父亲？？"

"是的，他是我父亲。他当年去英国出差，再来日本时就被大人物安排拒绝入境了，他尝试很多次，都被机场海关拒绝了，无奈之下他守望在上海，在美商公司任职。"

"原来是这样啊。"佐佐木一脸色迷迷地盯着她看。

"我已经打听过了，只有佐佐木先生有能力把我父亲救出来，拜托你了，这个是我的心意。"说着，佳代从口袋里掏出一万美元要塞给他。

佐佐木笑了，"果真是富家女啊！这年代，在上海的日本人能拿出一万美元的应该没几个。这样，我尽力去营救，但希望真不大，因为这是国与国之间的战争，不是这么简单。"

"这个世界上我已经没有亲人了，妈妈去世，哥哥阵亡，只剩父亲了，你一定要让我们父女相见。我想跟他去英国，离开日本孤岛……"

"是这样啊，我明白了。这年代，每个人心里都有苦难。我还记得那次你在舞台上唱的那首北海道民谣，让我流泪了。"

  雾茫茫的静寂湖边
  唯有我噙满的泪水
  我在雾中轻轻唤你
  带我去那遥远故乡

三十一

一连几天，沃尔夫都在找佳代，他甚至去了几次崇明岛，在集中营附近四处寻找，因为他知道佳代一定会不惜一切代价去营救鲍德的。

他依靠信仰的力量让自己渐渐从巨大的悲痛中走出来，他每天早晚都祷告，但每一次，仿佛上帝都在对他说：学会重新去爱，从爱中战胜失爱的痛苦。

他每晚回到自己的居所，格外思念那位日本女孩，她温馨甜蜜的气息弥漫在狭小的空间，散发在被窝、床单与窗帘上。当他看到抽屉里自己的衣物被佳代叠得整整齐齐时，想到自己对她无情的拒绝，自责与懊悔就充满心间。

一天深夜，沃尔夫失眠了，在一场痛不欲生的大哭之后，觉得自己快崩溃了，佳代的失踪与鲍德遭到的牢狱之灾……两张非常相像的父女脸庞交替出现在他的眼前，他的脑袋快要爆炸了，一刻都没法待在房间里。于是，他从床上起身，闯进漆黑的夜色里。

他不知不觉在街上走啊走，不知不觉居然走到了大卫的家……

大卫的状况也每况愈下。

原公司的高管只剩下他一个人继续留用，让他负责技术维修和公共电话亭的拓展。因为公共租界的电话必须与整个上海的日占区连接起来，所以，大卫的工作还算稳定。但是，公司的财物被日籍管理人员死死地把控，每天的营业收入都被福田耕的人用宪兵队的车拉走。大卫他们辛辛苦苦发展起来的公共电话亭卖的投币收入，那可是真金白银的现金。当大卫试图找福田耕而被他的秘书阻挡时，大卫提醒福田耕的秘书说，租界内的公共电话亭事业是公众用债券发展起来的，你们不能把钱都拿走，一定要信守契约，给债权人一个交代。不管是短期的，还是长期的，每到一个季度都是要付利息的。

福田耕的秘书嘿嘿直笑，拍着大卫的肩膀说，我们大日本华中电信刚刚切断了美商电话公司通往旧金山的海底电缆，停发交战国的电报业务，我们的海军潜艇每天都有击沉美国和英国商船的记录。我们的陆军就要将中国政府最后的陪都重庆消灭了。你却要我们帝国给战败国的债权人付利息？

大卫觉得无形中自己欺骗了中国投资人，非常自责。

他哪里知道，当日军占领公共租界之后，大批的难民涌入租界和上海的华人区，原美商公司的发报与电话业务的收入，仅电话业务的收入从每季度9000元，猛增到17000元，跳跃式地增长，让华中电气通讯株式会社的社长福田耕兴奋异常。因为抗日战争的破坏，到处都是废墟和尸体，到处都需要占领当局恢复建设，花钱的地方多，赚钱的地方少。唯有上海租界的电话业务像一头从战争的废墟中冒出来的肥壮的猛牛，有9万多固定用户，几百万的公共客户，每年几十万银元的收入……

福田耕当即决定，让美商公司在租界建设的30条中继线，立刻与大上海地区以及大华中、华南、华北接通，这样，租界内的这头肥牛就会与整个中国的日占区相连接，租界内的客户，当然最重要的是日本占领军的各个驻租界内的机关，也能够与东京、香港和伪满洲国通长途电话和发电报。但是，如果让美商公司开发的电报、电话中继交换设备与日本的三路、六路载波设备连接使用，在技术上必须进行改造匹配。

这个工作只有大卫熟悉，也只有他精通英语和设备型号以及地下管道的埋藏路线。

当大卫知道他不但不会替债权人要回利息，同时，还要替日本人改造设备的时候，他不仅是自责，而是觉得是罪孽了。

大卫和朵拉商量的结果是，他们必须逃。逃出被日本占领的中国上海。

那夜，当沃尔夫在大卫家还没来得及倾诉自己的苦恼，就被大卫告知了他们的出逃计划。起初，他对此感到风险很大，但大卫的工作处境确实已到了最艰难时刻。既然大卫留下来是为虎作伥，当战争的同谋，而朵拉还整天东躲西藏、深受日本浪人的骚扰，甚至还有生命危险。如果能够找到一条奔向自由之路，逃到美国的话，是一个更好的出路。

大卫说，他知道一条线路：坐船到日占区的香港，然后从香港坐船到南美的智利或者加勒比海沿岸国家。这些国家现在与日本和德国都保持友好的外交关系。然后，再从这些南美国家转道去美国。

那么，谁有能力帮助大卫和朵拉逃往到香港转而到智利呢？

危急关头，大卫又一次想到了姚慧君。

姚慧君因为拒绝学日语，觉得日本人不发工资发粮食，不把中国人当人，就辞去上海电话局的接线员工作了。当然，日本华中电信的人不会把姚家大小姐怎么样。她的家族是亲日派，福田耕虽青睐她的美色，也不敢乱来。

大卫约她在理查饭店喝咖啡。如今的姚慧君虽已成婚，但婚姻无法羁绊她对自由的追逐，她的行为言语变得更加的放浪不羁，一副今朝有酒今朝醉，过了明天谁认识谁的派头。依然还是那个骄傲高雅、刁蛮霸道、得理不饶人的美式开放女姚慧君。

一见到大卫，姚慧君充满哀伤的眼睛就没有离开过大卫的脸。这让大卫觉得很是内疚。他总觉得是他造成了这一切。或者他有拯救她的责任。

大卫开门见山请求姚慧君帮他最后一个忙，他和朵拉想到香港然后转道智利去美国，因为朵拉和他没有签证，一时也很难搞到有效证件，希望姚慧君能够利用他们家与船运公司的关系，护送他们到香港。

姚慧君没有马上答应大卫，她知道这事情确实不难。每天都有很多到香港的货船，跟他们打个招呼，船东就会给他们姚家这个面子，她的不少宁波亲友都以这个方式去香港定居了。到了香港她更有把握托关系，因为当地的船王就是他们宁波姚氏家族的远亲。然后，直接坐船到南美加勒比海边的国家。

"但是，但是啊，我亲爱的大卫，你可知道？你是我姚慧君心中唯一一块没有污染的心灵净土，是我姚慧君活在这个绝望的世上唯一窥见阳光的窗口……你走了，我的阳光就没了，从此以后，我的世界除了黑暗就是污秽，除了欺骗就是虚伪。我不要啊，你这一走，我这辈子都看不到你了……"她在心中说道。

"大卫，你知道这世界上最爱你的人是谁吗？"她忽然大胆而唐突地冒出这句话，弄得大卫既害羞又尴尬。

大卫有意回避这个话题，因为不想伤害姚慧君的自尊。

"大卫，你知道我嫁给这个男人是为了什么？"

"我知道，你为了成全我与朵拉而牺牲了自己的幸福。"

"那你现在竟然要剥夺我经常看你一眼的权利了，我有多少伤感啊！"

大卫沉默片刻，然后对她说，他一直把她当成自己的姐姐。他对她尊敬、崇拜和爱慕，但是，他不能骗自己，也不能骗她。他爱的是朵拉。如果因为他的出走，给她造成痛苦和悲伤，他感到抱歉。有朝一日他到了美国绝不会忘记她，这辈子会把她永远铭刻在自己心里。但请她明白，逃离上海是迫不得已，是不想替日本人改造电信设备，他若在工作上背离日方要求，只有死路一条。

"大卫，你能好好陪我一天吗？我要带你好好看看上海，寻访所有我们曾经相遇过的地方，去照相馆拍个照，去舞厅跳一场舞，吃一顿最好的中餐，让上海留在你心里，也让你刻进我的记忆中。未来不管我活到什么年龄，也不管我有什么苦痛，只要我想你，我就会从我的秘密箱里把你取出来，和你说话，和你商量，和你一起度过漫长而孤独的岁月……"

大卫感动了，他同意好好陪伴她一整天，大卫知道自己绝对不会违背爱的信仰，姚慧君也绝不会有别的欲望，他想到了拯救，也为自己即将到来的自由欢歌。

姚慧君托二哥姚慧江安排运送大卫和朵拉的船只。上海与香港的船运繁忙，船运公司有一批散货要运到香港，然后散货再装到去智利的船上。那么，随船托运的大卫和朵拉也就顺便转运了。因为船运公司的业务都是运送日本的战略物资，所以，在日占区不会有任何问题。姚慧江把船期、航班和船东公司的接运方式，都写在了一个纸条上。

姚家会餐的时候，姚慧江将纸条交给姚慧君。姚慧君把纸条夹在自己的手包里。她神秘的样子，引起陆天河的怀疑。当姚慧君忙着与人干杯应酬时，陆天河颇有心计地偷看了一眼。从纸条上的内容看，他猜出了大概。但是他没有往心里去。

但是，接下来事情，他不能容忍，发飙了。

次日一清早，姚慧君穿戴时髦、红唇烈焰、幽香袭人，她出门时没与任何人打招呼，凭陆天河的直觉有点不太对劲，他从窗前看到她一人坐上了车，于是，他马上联络黑社会的侦探，派人私下跟踪。

没几分钟，侦探报告说姚小姐的车已经接上了那位犹太人大卫，大卫的未婚妻并不在，他们之间是单独约会。

这下，他暴跳如雷、醋意大发，站在窗前对跟踪的人大声嘶叫："听着，如果他们只是在公共场合，不要惊动他们，哪怕他们的举动再亲密。但是，一旦发现他们双双到宾馆与大酒店，马上给我劫持那男人。不准动姚小姐的一根发丝与汗毛。都给我记住了！"

三十一

自从定下到南美绕道美国的计划之后,朵拉一直想告诉父母和弟弟妹妹,希望他们支持自己。但是,每当她看见妈妈在弄堂里生炉子做饭,被烟呛得直流眼泪,看到爸爸穿着米色风衣、戴着黑色礼帽,捂着鼻子忍受着大街小道公厕边居民刷马桶的臭味,在一个个弄堂口跳来跳去地躲水坑和垃圾的时候,她就不忍心去告诉他们出逃的计划。好在他们家还有一点积蓄,此前她赚的所有的钱,都交给了父亲。而父亲又节俭。所以,他们家的日子暂时还过得去,不至于像周围波兰来的难民,当难民管理处的美国援助账户一被封,他们连吃喝都成问题了。

但是,大卫已经通过姚慧君搞定了船期和路线,朵拉不能再拖了。晚饭的时候,艾萨克抱怨妻子做的米粥非常难喝,为什么不做面包。朵拉母亲说,现在的市面上根本就买不到面粉,哪怕是玉米面粉。即使是这样的发霉糙米,也不是每天都能买到。

艾萨克大骂该死的战争!如果不是战争,上海本来是一个向全世界开放的城市和港口，连俄罗斯的鱼子酱都能够买到。如今，只能吃这些发霉的糙米。这样的日子什么时候能结束啊！

朵拉趁机说她有一个办法可以使全家脱离困境，那就是她和大卫先去到南美的加勒比海国家，那些国家现在和日本、德国都有外交关系，等她到了那里再想方设法到美国。

艾萨克问怎么去呢？

朵拉说，大卫已经安排好了。明天下午登船，晚上出发，到香港后再换南美的轮船。

艾萨克非常不满地对朵拉母亲说："我们的女儿和女婿已经开始背着父母谋划自己的未来了。他们的父母已经不顶用了。"

但是，朵拉的弟弟妹妹都问艾萨克："爸爸，你有更好的办法吗？既然你没有，为什么不让朵拉和大卫试一试呢？"

艾萨克说，这种行为叫偷渡，是违法的。如果他们被日军占领当局发现，会有生命危险。

全家人都不赞同艾萨克的观点。朵拉说大卫不愿意替日本人改造电信设备，所以他在上海的境遇会变得更加困难，而且姑姑那天的从天而降引致了日本浪人的骚扰，我们家门口经常有一些日本人出现，很可怕，所以走为上策。

"我支持朵拉出走，我讨厌日本人，难道姑姑的悲剧，爸爸您都忘了吗？"朵拉弟弟力挺姐姐的决定。

"我说，艾萨克，我们犹太人的日子越来越艰难，难民救济已经停止，我们的食物也难以保证。难道这样的日子就没有生命危险吗？"朵拉妈妈说道。

最后，朵拉一家表决的结果是：支持朵拉和大卫为了自由的梦而逃离上海。弟弟妹妹甚至很兴奋，希望也带着他们一起钻进货轮，他们想看看大海有多么宽广，海面有多么湛蓝。

家庭的支持给了朵拉很大的希望和兴奋，她盼望大卫能够今晚到她家分享这个快乐。但是，大卫却迟迟没有来……

姚慧君与大卫抵达"香肠男高音"酒吧时快到傍晚五点了。之前他们去了城隍庙、百乐门，他们上班的大楼以及对面的咖啡馆……

沃尔夫正喝着闷酒，见到他们来了，忙起身迎接。

那天，店里的生意冷清，没有什么客人。姚慧君告诉沃尔夫，她将酒吧包了，把门关上，任何人不许进来。有什么好吃好喝的都拿上来。至于付款方式，银元、日本军票还是法币都没问题。

"还付什么款？你们之前没少捧场与花销。只是对两位说抱歉了，店里的品种已经很少，但我尽力把存货都拿出来。"沃尔夫说。

酒吧里确实也没有什么进口的好东西。沃尔夫知道大卫的计划，也看出他们两个是末日狂欢的架势。于是，将藏在酒窖里的仅剩不多的葡萄酒和威士忌拿了出来，把收藏的烟熏羊腿肉也翻出一块，说以前我们都供应德国的慕尼黑牛肉香肠和西班牙羊肉火腿，现在只能用蒙古的烟熏羊腿肉将就了，稍微有点羊膻味。即便如此，羊火腿也仅剩几个了。如果局势再恶劣下去，就准备跟上海人学习用豆制品之类的东西伴以佐料来做成牛羊肉味道的素肉，用米酒代替白葡萄酒了，在米酒上添加些红葡萄汁，便成红葡萄酒……

姚慧君才不管不顾什么局势不局势呢。她活到三十出头了，尽管一直在战争、战乱和动荡的大环境下，她跨过横尸遍布的街头，照样把日子过得有滋有味，不缺任何物品，俨然是贵族小姐的排场与风姿。今晚，她要的是淋漓痛快和一醉方休。于是，在音乐的伴奏下，她想拉着大卫跳，大卫没跳几步就拿起酒杯干了。然后，说自己喝醉，倒在餐桌上就打起了瞌睡，姚慧君就一个人跳，跳完了就喝，喝完了再跳。她不时还拉上沃尔夫，但沃尔夫身体笨重，乱蹦一气，走起舞步显得很滑稽，引得姚慧君笑弯了腰……

大卫其实并没有深醉，有点晕乎而已。他在自己半醉半醒之间思绪游荡。他陶醉于自己的计划。他到底是年轻人，未来的冒险和逃亡的刺激，让他兴奋不已。这是一个敢于冒险的年龄，是一个把生死看成游戏的年龄，也是一个把命运绑在荷尔蒙战车的年龄。冲动和热血随时点燃自己，所以，当今夜离别的时光来临，他彻底地放松了。该吃的吃，该喝的喝，只是当姚慧君热辣的身体贴到他怀里时，他觉得这是上帝在考验他的意志与信念，看上去这是给他的最后一个可以为爱情为道义为了另一个孤独的灵魂堕落的夜晚。但他梦醒之中把握了自己的思想与灵魂。不错，他拒绝不了姚慧君的热烈，却不会接受她的热吻。虽然他的脖子上在没设防时被印上了姚慧君的口红……

"来，大卫，我的兄弟，世上没有不散的宴席，今夜离别后不知何时能再逢，干了吧，愿上帝保佑你和朵拉，到了美国给我写封信报平安。"沃尔夫给大卫与姚慧君斟上了满满一大杯威士忌。

"我亲爱的沃尔夫，我们会在美国相逢的。我知道你心中承受着巨大的痛苦，也祝福你平安快乐。我知道你心里喜欢上了那个日本女孩，去找她吧……"大卫说完便一饮而尽。

当他们夜半离开"香肠男高音"时，都喝得酩酊大醉，沃尔夫与司机一起搀扶着姚慧君，把她塞进车内。

谁都没有想到的是，陆天河一直在门外守候，当他一眼看到最先出门的大卫脖子上有鲜艳的口红印时，感觉像无数蚂蚁在自己身体上爬，浑身上下不舒服。

他立马闪开躲在一边。他原以为姚慧君仅仅是帮助大卫和朵拉，为他们安排了逃亡的船只和行程。没有想到姚慧君和大卫在离别之前，还在这儿搞了这样一个令他无地自容的约会。他的车跟着姚慧君的车，眼看着车驶进了酒店别墅。甚至看到了房间的窗子拉上了窗帘，姚慧君调暗了房间的灯光……

陆天河不能容忍了。他用公用电话给日军驻沪宪兵队打了告密电话。说明天晚上有两个英美间谍将偷渡香港。时间、地点和船只，一字不差。

但是，陆天河万万没有想到，大卫已经喝得不省人事，他刚跨出"香肠男高音"酒吧的门就呕吐了，沃尔夫又把他扶进了酒吧，他躺在沙发上，很快就酣睡了……

翌日。太阳已经高挂，大卫才缓缓地醒来。

大卫一看手表，已经快十点了，离下午进港口仓库，躲进包装箱，再被装船的时间，还剩下不到四个小时。大卫跳下沙发，拿了餐桌上的面包吃一口就离开了。这会儿，沃尔夫还没有来酒吧。

大卫赶到了朵拉的家，将早已收拾好的简单的行李拿上，朵拉母亲哭哭啼啼地告别，而朵拉父亲却将自己锁在房间里，独自承受着离别的痛苦。他认为，让自己的女儿去冒险是作为父亲的失职和无能。

大卫顾不了那么多了，带着朵拉跳上黄包车，就急急忙忙地赶往十六铺码头。在十六铺码头的仓库里，大卫找到了管事的头头，说出自己的名字叫大卫。对方一言不发，看看大卫和朵拉，就领着他们进入仓库，然后进了一个木板包装箱。

大卫和朵拉被装进逼仄的木箱里，他们紧紧地拥抱在一起。木箱一会儿被平板车咣咣地推运，一会儿被吊车晃晃悠悠地吊起，他们从木板缝里俯瞰着地面。开始的时候极其恐惧，但是，很快他们闭上眼睛，屏住呼吸，让心脏剧烈的跳动平缓下来。

"朵拉,别怕,我给你朗诵一首我写的诗,好吗?"大卫贴在朵拉耳边轻声地说。

朵拉点点头。大卫轻轻地读了起来:

当命运以苦难亲吻我
我流泪的脸上、疼痛的心间
依然能盛开最美的花

当世界以饥饿拥抱我
我吟唱童年时妈妈的歌谣
穿过俄罗斯广袤的平原
沿玛丽·安汀的《希望之乡》前行

当上帝以流浪赐予我
我在夜空下祈祷
神的恩典如幽谷中的江河霞光
让我的信念如荒漠甘泉

当生命与哀伤的乐曲缠绕
我依偎在爱人怀里
任长夜将尽,直到她美丽的脸庞消失

当破旧的竖琴只剩最后一根弦
人性已被撕裂
让我在那根琴弦上去弹奏音乐
赞美上苍的爱吧

如果我是最后一位幸存者
我会以微弱的声音、仅存的力量
唱出心中的歌

如果我的肉身也随那万千游魂
被推上"死亡号"车厢
那一缕缕冒出的浓烟一定在向天空
大地和人间呼喊：自由、和平与爱情

  大卫充满浪漫主义般悲壮的诗，每一句都进入到她的心灵世界。让朵拉从中获得了极大的鼓舞与力量，她不再惧怕。

  两个人互相安慰，他们做梦都向往的两人世界从这里启航。他们能够做的也就是这些，互相依偎拥抱，用彼此相爱的生命温暖着对方的心。耐心地等待船开到公海之后，他们就能够出来透气了。

  夜里，等船发出鸣响的时候，他们知道船开始松开缆绳，提起铁锚，要开走了。他们按捺不住起伏的心情，马上要启航，朝着自由港的方向前行了。但是，奇怪的是，他们的船没有开。黑暗中，他们蜗居的木箱被人挪开，木板被撬开。几束手电筒的强烈光柱，照在大卫和朵拉的脸上。

  日军宪兵队将大卫和朵拉逮捕了！

三十二

在日军驻沪宪兵司令部里,负责反间谍的特务课课长盐田一郎到审讯室里,一看见大卫和朵拉两张幼稚的面孔和急于坦白的慌乱,他就怀疑这两个青年男女不是什么职业间谍,而是想逃跑的犹太人。尤其是大卫的内衣上还有一枚美商公司的徽章,更暴露了他的真实身份。再经过询问,大卫说自己是美商公司也就是现在的上海电报电话局(日本华中电讯)的副总经理,而朵拉是他的未婚妻。

盐田当即给华中电讯上海总部办公室打了一个电话。电话那头的秘书让盐田等一下,说社长福田耕有话对他说。福田耕向盐田担保,这个大卫不是间谍,如果是间谍还用的着藏在货船的木板箱里吗?但是,这个人是技术人才,掌握着美商公司在上海的地下电缆和设备状况。大日本帝国需要他。当然,如果他不愿意为大日本帝国服务,那就随便盐田君处置。

由于大卫和朵拉不会日语。盐田和他们的交流只能用英语翻译。而英语翻译者是一个中国人。盐田通过翻译告诉大卫，他可以放大卫和朵拉回家，但条件是大卫必须回上海电话局上班，并听从福田耕社长的一切工作安排。大卫当然非常明白福田耕需要他，上海电话局也需要他，但是，当整个中国和美国都在反法西斯的时候，让他助纣为虐，为日本人提供通讯保障，他觉得不能接受。

但是，不接受，他和朵拉有可能就出不去，或下监狱或被拖走马上枪毙。在他的年纪对死亡虽有恐惧，但对失去自由与煎熬更恐惧，对失去亲人难以承受，尤其是朵拉。

所以，他只能说考虑考虑。回到牢房的时候，英语翻译给大卫和朵拉拿过来一条毯子，大卫说谢谢的时候，翻译悄悄地用英语说：鲍德先生问你好，并塞给大卫一个纸条。纸条写的非常简单：美商需要你。但重要的不是纸条的内容，而是鲍德的签字。鲍德的签字非常特别，像中国的龙，拐了好几个弯，在最后还甩了一个尾。对于这个签字，大卫太熟悉了。

大卫陷入迷茫：现在的美商已经是日本人的资产，鲍德为什么说美商需要他？鲍德已经被当作交战国的俘虏关押在崇明岛的集中营，他怎么能够知道他被捕，还给他传纸条？但是，不管怎么说，大卫知道现在可以答应福田耕的要求，回到美商公司也就是上海电话局上班，他和朵拉可以获救出狱了！

直到这时，大卫才想起来鲍德曾经对郁志坚大发雷霆，那个怪怪的郁志坚通过中美高层在 1938 年建立了三个电讯机构：设在外滩 18 号的美商通信社，设在广东路 5 号的环球无线电公司，设在福州路汉弥尔登大楼 901 室的美商新闻无线电公司。这三个公司的法人都是由美商公司的高层担任，但是，副总以下的员工都是原来的国民党政府交通部和上海电台的资深高级主管。大卫曾经记得鲍德和麦尔斯对此非常的不满意，作为老板他们不希望自己的公司和员工卷入战争，作无谓的牺牲。

现在看来，鲍德和麦尔斯被俘之后，郁志坚和他的三个秘密据点遇到麻烦了。他们一定是秘密地找到了鲍德。鲍德发出的是要求而不是命令。大卫也不会听任何人的命令，尤其是日本人的命令。但是，鲍德龙凤飞舞的签字，对大卫来说比命令更加有效。鲍德是他真正的上级和恩人。鲍德没有说为了战争或他国政府，而是为了美商。那么，美商是美国的。美国和中国是同盟国。为了同盟国的利益，大卫可以去做他应该做的事情：保护盟军的电信情报网，也就是郁志坚的地下电台。

第二天，大卫请盐田转告福田耕，他愿意在他手下继续工作，但薪水能不能高一点，因为他的负担很重。

盐田回复大卫说福田耕完全同意。

于是，日军驻沪宪兵司令部直接将大卫和朵拉送到福田耕的办公室。福田耕非常高兴，请大卫和朵拉喝茶，还倒了两小杯清酒，然后在大卫面前展开一张大地图说：现在的大日本帝国已经占领了大半个中国和沿海最发达的城市，也占领了东南亚。但是，我们的通讯却赶不上战局的发展。现在的问题是东北伪满洲国的电讯与华北的电讯、华东乃至于华南的电讯要连成一片，从哈尔滨到广州、香港，甚至到越南的西贡，都要成为大日本帝国的电讯版图！如果不能连成网络，那么，无论对战争还是对地区的发展，都成了问题。福田耕的计划是，现在最急迫的任务是把东北、华北和华东的有线电话和电报联网，尤其是将美商公司的设备与日产设备 M 型三路载波电话交换机互连互通；然后，再扩展到华南和香港。而连接这一切的运营中心就设在上海。

福田耕非常得意地宣布：他要恢复与重建被国民政府拆走的真如发信电台和刘行的收信电台！他盯着大卫说，据我们的情报，真如和刘行的电台设备还在美商仓库里？

大卫说，那个时候自己还没有进美商，什么都不知道。

福田耕哈哈大笑，说老天怎么那么眷顾华中电信，把完好无损的真如大功率电台设备放在美商的仓库里，等待他们来扩建。华中电信不但要恢复真如300亩地的发射站，而且还要征用更多的土地，将中国人隔离在发射站的一公里之外，确保大日本帝国的电台安全。因为都是美商的英文设备，所以，福田耕拍拍大卫的肩膀说拜托了！同时，命令秘书起草通知，让大卫的待遇和日本管理人员的待遇一样：每月500元军票。军票由日本银行发行，允许到指定的日本商行买限量供应的不发霉的面粉和大米。

终日提心吊胆的艾萨克与妻子忽然间看到朵拉和大卫回来了，大吃一惊。当他们得知全部经过，为他们安全脱险长舒了一口气，总算有惊无险。好在大卫的收入和粮食供应都有了增加，可以让朵拉一家的生活维持下去。

大卫的这种无私无偿的供养，让艾萨克觉得无地自容。除非大卫是他的女婿，是一家人。这样的话，供养妻子家人、赡养其父母就理所当然了。

艾萨克觉得大卫现任上海电话局的副局长，曾经美商的副总经理，无论如何在社群教区，有这样一个年轻有为的女婿，都是很荣光、有脸面的。于是，艾萨克提议，挑一个犹太人的节日，干脆把大卫和朵拉的婚事办了。

大卫和朵拉当然求之不得。"爸，你真好！"朵拉激动地拥抱了艾萨克。

大卫忽然回来，又重返上海电话局上班，且被福田耕任命为副局长的消息，很快通过电话局的小姊妹传到姚慧君的耳朵里。姚慧君万分疑惑，她当即打电话给大卫，问大卫你没有走？大卫沉默了一会儿说,他被出卖了,船还没有开就被日本宪兵当间谍给抓住了。

姚慧君疑惑不解,对她的哥哥大发雷霆。

三十四

1942年的夏天，也就是大卫被任命上海电话局副局长的第一天，大卫接到的工作就是清理美商仓库里原来国民党政府在真如和刘行两个收发大型电台的设备，准备再度恢复使用。不仅如此，日本华中电信株式会社鉴于在华北地区设备频遭抗日武装的破坏，他们打算将周边的村庄强行赶走，实行合并，将真如、刘行两个电台周边两公里之内，实行无人区管理。

因为设备型号都是美商的英文说明，所以，大卫也将彼得和先前的几个修理工招到自己的手下，按照英文的库存单子，清理设备。

有一天，彼得说自己馋了，非要请大卫到梅龙镇饭店吃中国大餐。大卫意识到彼得在找借口，其实是有事找他，否则，到那样大的饭店吃一顿，彼得一月的工资都不够。彼得说有贵人请客。

"不会是姚慧君吧？"

"怎么可能？姚慧君若找你吃饭，还需要通过我彼得吗？你们之间相约有哪次是通过我的？"彼得笑着否认。

"那是陆天河？"

"我才不会与那个贱人往来呢？"

"那好吧，既然有贵人请客，不妨把朵拉和翠翠一起请上，共享美食。"

"那不行不行。见面吃饭是谈业务，按照中国人习惯，男人的事老婆不掺和。"

"彼得，我发现你现在变得很神秘啊！还有你结了婚以后，好像不像以前那样唯唯诺诺了，气场开了不少，翠翠是否不再是以前的翠翠了，一切都顺服你？"大卫调侃彼得。

"那当然，妻子得顺服丈夫。在中国，女人一旦嫁了人，就生是你的人、死是你的鬼了。"彼得面露几分得意。

从彼得的神态里大卫觉得此饭局不平常，一定是有人要见他。果然，当他跟随彼得走进了餐厅，来到一个角落圆桌时，一位文质彬彬、儒雅温和、头戴礼帽的中年人，用流利的英文向他打招呼，并自我介绍叫郁志坚。

郁志坚是原来国民政府的交通部电讯局局长，也是真如电台的台长。

"我听说过您。您可是上海乃至中国电讯业的传奇人物啊！"大卫客气地向他打招呼，但是大卫掩饰不住自己的紧张，眼前的这个人应该是个危险的人物，会给他和家人带来麻烦。

郁志坚似乎看出了大卫的疑虑，然后用茶水在桌子上写了"美商需要你。鲍德"一串英文字。

而彼得也向大卫肯定地点点头。

大卫此时才恍悟，原先那个胆小如鼠、谨小慎微的彼得已经加入了抵抗组织。而他们的秘密抵抗组织是一个最隐秘最核心的电讯网络，直接与盟军的战略有关系。

郁志坚握着大卫的手，恳切地说："大卫先生，美商需要你就是美国需要你，就是盟军需要你，就是反法西斯战线需要你！"

"需要我做什么？"

郁志坚非常焦虑地说："当前最紧急的任务是，国民政府秘密控制的三个电信机构：设在外滩18号的美商通信社，设在广东路5号的环球无线电公司，设在福州路汉弥尔登大楼901室的美商新闻无线电公司，已经被日军占领。他们截断了原来三个公司与香港、美国旧金山和洛杉矶等地的海底电缆业务，解雇了原先大部分员工，还计划将设备通路与日本华中电讯联网……"

"郁先生，局势确实让人担忧，但我本人无法阻止这个改装工程。即使我不干，日本人也会派自己的工程师来干，只不过他们不太懂英文和美商型号，届时，工程师会与日本人的英语翻译一起来完成，工程慢一点而已。"

郁志坚说："这些我都知道。"

随后，他悄悄地告诉大卫，其实这个情况在战前他们就已经考虑到了，所以，三个公司都是幌子。尤其是外滩18号的美商通信社，营业场所是外滩18号大楼的216室，电台发信却设在南阳路的227号，收信台和报房设在南阳路的82号。之所以这样设置，目的只有一个：在收发电台的线路当中，接出一个秘密的收发线路，埋在水泥墙里，利用海底电缆转发中美两国之间的情报。现在日本人要改装这个通路，连接到他们的通讯网上，如果秘密接口被他们发现，那么，不仅是电台会遭破坏，还有那么多原来的电台员工都会被当成特务抓起来。如果是大卫负责这个工程改装的话，那么，就会将这个秘密的接口继续隐藏下来。人和设备都安全了。

郁志坚语重心长地说："这条线很重要啊！大卫。它关系到盟军在太平洋战役的胜利与否。"

大卫表示，他试试看，也许福田耕会同意他领着工程人员改造，同时他也向郁志坚透露说，日本人要在真如和刘行恢复电台，连接从东北到南亚的整个战区的通讯。而且还要强拆老百姓的房子，制造隔离区。现在他的工作就是将原来的设备再搬回去安装。

郁志坚说，这个情况太重要了！共产党的游击队和新四军在江浙一带有很强的抗日武装力量，或许他们会破坏日方的这一阴谋。

告别郁志坚之后，大卫狠狠地踢了彼得一脚，"你小子到底有多少秘密？你是红色抵抗组织的，还是蓝色抵抗组织的？"

在战时的上海，外国人分不清谁是共产党，谁是国民党，只知道地下抵抗组织有红色的，有蓝色的。但是，彼得的谈吐像红色的，有布尔什维克的味道。联系人郁志坚却是国民政府的，是蓝色的。

彼得神秘兮兮地笑一笑，说不告诉你。你只需要知道是抗日的反法西斯的地下组织，就行了。知道的越少越好，反正对你们外国人来说都一样。

不久后，大卫在清点美商仓库的时候，说有一些配件缺少，但是，美国肯定不会供应了。只能拆下原来的美商设备部分配件，用来替换。于是，顺理成章地带着彼得他们一帮中国的维修工，把美商公司的三个分公司设备，进行了拆解和改装，将美商的通讯网络接上了日本华中的通讯网络，将其中一条埋藏在水泥墙中的秘密接口再次地隐藏起来。

另外，真如和刘行的工程遭到了当地抗日武装的破坏。由于强拆并村，老百姓失去家园，日本人不给补偿。所以，当地的老百姓自发地将电线杆锯断，配合新四军游击队炸毁配电房。虽然大卫他们如期将真如和刘行的电台安装好了，但是，电力时有时无，电压也不稳定。使得整个工程无法验收。福田耕非常愤怒，要求日军驻上海的陆军和海军司令部出兵保护沿线的电力供应。日军由于发动太平洋战争，兵力严重不足，只好从上海城里派少量的宪兵开车巡逻，但是，巡逻车一走，老百姓又将电线杆拉倒。当然，每一次的破坏，都让宪兵队恼火与气急败坏。

福田耕坐立不安，问大卫怎么办？

"我们犹太人从来没有占领过别人的家园，所以，经典著作里没有这方面的智慧和记载。但是，按照犹太人的宗教观念，解决冲突的最好办法是妥协和双赢。比如，真如和刘行地区的农民失去了家园，没有了生计，死路一条，迫使他们认为反抗是唯一解决仇恨的途径。如果你能给失去家园的老百姓提供生计或者活下去的机会，制造一个双赢，那么，谁还会冒着杀头的危险去破坏电线杆呢？"

"哟西，大大的赞同。犹太小兄弟的脑袋瓜就是不一样！"福田耕对大卫竖起了大拇指。

于是，福田耕华丽转身，俨然以一位少有的日本企业家与慈善家的身份横空出世，他在报纸上宣称：博爱、仁慈、教育、道德。给人的感觉，他是一位远离政治与纷争、热爱和平的使者。

他在真如和刘行地区办起了以自己名字命名的"福田耕小学"；也创办了一所有规模的华中电气学校，让小学毕业生，考入中职学校，然后成为华中电气的员工。他承诺给员工高收入、享高待遇。

福田耕的这个政策，一下子将周边的紧张形势缓解下来，电力供应也稳定了，真如和刘行的电台也运转起来了。日本总部对福田耕大加犒赏，福田耕对大卫更为器重和钦佩了。

但是，彼得却对大卫不满："大卫，是你给日本鬼子出的洋主意吧？为什么？"

大卫不以为然，觉得自己没做错。他反驳道："至少周边的村民没人被杀了。他们的生计也恢复了。孩子们可以读书了。这难道不好吗？"

彼得将事情反映到了郁志坚那里，他却非常的高兴，趁机将好多有抗日思想的青年，通过大卫塞进了华中电气学校。郁志坚对彼得说，大卫的眼光很长远，将我们的人安排进日本人的学校，让日本人给我们培养人才。鬼子的日子快要到头，蹦跶不了几天了！包括你彼得，你的那点本事就是一个技工水平，要不是大卫提携你，你今天的饭碗都保不住。彼得啊，你跟了大卫这么多年，难道一点都没受到感染，认识到知识与智慧的重要性吗？难道你不想当一个真正的通讯工程师吗？

彼得一听乐了，随即也报名加入华中职工班。在上海这所海派文化的城市里，如果能够凭专业知识和本事，有朝一日捧上金饭碗，是很多市民不懈的追求！

别听彼得在外到处说征服了老婆，翠翠如何顺服他，那是上海男人在外爱面子罢了；其实他在家里，看到老婆怕得要命，事事都看老婆脸色。老婆一发怒，他得抖一抖呢！

那晚临睡前，彼得一句小不正经的话触怒了翠翠。

"我说老婆啊，我们也没少努力，怎么你的肚子还是一点不见动静呢？"

"都得怪你。你看看，我们都结婚一段时间了，还是住在这么小的单间里，隔音差得很，每次在自家的田里撒个种，倒像是在别人家的院子里偷鸡摸狗似的……"翠翠发起了脾气。

"可大家不都这样吗？人家都一个个生了。"

"那就得问你了，我又不是没怀过孕，说明我的田地是肥沃的。"

"你还好意思提那个丑事。"

"我又没逼迫你,更没隐瞒你。我已经受够了你母亲的嘲讽,说什么母鸡不下蛋。其实,我比你更希望自己一个接一个下蛋的。我还没嫌弃你呢,每天干活累成那样,像乌龟似的一步步艰难往前爬,什么鬼年头才能赚到换房的钱啊?真要生了一大窝,睡哪儿?"

"好了好了,老婆别生气了,让我们睡吧,今晚你肚子里就会有个蛋了。"

"那来吧,把枕头垫在我的腰间,完事之后别动……"

翠翠上床前把收音机打开了。但还没等到彼得的播种,邻居们就来敲门投诉了……

这是一个不安分的夜,翠翠那句"希望自己一个接一个下蛋"的话如荷尔蒙与催情剂一样,让彼得无法遏制的兴奋与刺激,他一次次地进入巅峰,直到筋疲力尽,东方欲晓。

三十五

  1942 年的上海冬天比往年来得要早。

  纳粹德国在夏季的 6 月发动了对苏联的巴巴罗萨战争计划，使得整个欧洲卷入二战当中，大批的波兰犹太难民从陆路、欧洲犹太难民从海路涌到上海。大卫和朵拉都参加到营救难民的活动中，先来的犹太人义无反顾地帮助那些后来的难民。但是，由于太平洋战争的爆发，美国与日本成了交战国，美国银行在沪机构关闭，其他银行也不能周转来自美国的难民救助款项，因此，上海的犹太难民陷入极度的困境当中。

  更令人不安的是，作为轴心国的德国，对上海犹太人能够安然无恙好好地活着十分地不满。几次提出了解决犹太人的"最终计划"，而日本当局出于战争资源的匮乏和恢复经济的需要，迟迟没有对犹太人，这一"美味的河豚"下手。

  朵拉一家的生活陷入谷底。战争时期的上海几乎没有艾萨克能够养家糊口的工作，而朵拉经营的服装店主要是为演员提供戏服，生意很是惨淡。

期间姚慧君先后两次想投资朵拉的服装店，说投资是客气话，其实朵拉知道她真心想帮助自己。但朵拉是个有骨气的人，她心里明白姚慧君对大卫的情愫，所以，她更不能接受她的恩惠。

"香肠男高音"酒吧里的一切供应几乎断绝，客源也寥寥无几。沃尔夫绝望地说："酒吧里的香肠味飘到大街上能引来成千上万的灾民，几乎就是给灾民的暴力冲动提供犯罪能量！"来自欧洲的犹太难民，无论多么富有，他们谋生的途径最初只能是用随身携带的首饰、金币和衣物换取食物。

朵拉一家的生活只能依靠大卫的接济。而大卫由于没有和朵拉结婚，几年来都只能与彼得一样，在同一幢旧公寓里租一个单间，即便当上了电话局副局长，实际收入也并非很高。他自己一个人吃了早餐没晚餐的，也非常拮据。他把所有的粮食和几乎大半的工资都用在了朵拉全家的生计上。朵拉妈妈将自己烤制的面包，让大卫带上，但是大卫整天忙着工作，自己又不会照料自己，经常蹭彼得小两口的饭吃，当然他没有一次空手去的，有时候拎一袋面包，有时候拿一块毛巾。

彼得虽然在家经常遭翠翠嗔怪与责难，但在外人面前，翠翠给足了彼得的面子，表现得极其贤惠与温柔。她经常夸大卫，也在他面前夸自己先生是个人才，只是怀才不遇，希望大卫继续多提拔。

上海电话局虽说是日资企业，比其他企业日子好过，不至于失业。但是，日本人对中国员工极其歧视，除了中层管理人员有一点工资外加粮食，一般员工只发霉米，没有工资。彼得因为是大卫的助理，属于中层管理岗位，所以有一点点工资，翠翠因为是接线员，又突击学习了几句日语，工作勉强保下来，但只有领一些粮食的份了。

即使这样,他们两口子还是无比地感恩大卫,是大卫提拔了彼得。大卫发现,彼得时而会悄悄地买只鸡、买条鱼,给翠翠保养因流产后一直很羸弱的身子;甚至翠翠的围巾也是看起来质地很好的开司米。他隐约觉得彼得好像另有收入。大卫越发相信,彼得不仅是郁志坚抗日抵抗组织的成员,或许还是红色抵抗组织的成员。郁志坚有国民政府重庆的背景,会给彼得经费,而他省下给老婆用了。

朵拉每天早出晚归苦心经营店铺,偶尔运气好的时候,电影公司会来订一批戏服,但这样的好运气并不多,有时候一个月的收入连支付店铺的开销都不够。

她再忙,都会在晚餐前回家,与父母弟妹一起共进晚餐,哪怕晚餐只是一个烤土豆与面包。她每晚回家时,多么希望见到大卫也能与他们全家围坐在一起。但大卫工作极其繁忙,她常常见不到他,这让朵拉有些惶惶不安。

自从他们从日军宪兵队里出来,又曾目睹姑姑惨死家门口,死亡的阴影,始终让她惶恐不安,觉得生命的脆弱和无常。

艾萨克和妻子随着岁月流逝,更觉得大卫就是上帝派给他们的礼物。大卫把自己的收入几乎给了他们全家,自己一个人在外面饱尝辛苦与压力。艾萨克知道在日本人手下干活,时刻都有丢命的风险。他常常自责,觉得自己又不是垂垂老者,一个男子汉却无法担当起家庭的重任。

"朵拉,选个时间与大卫赶紧结婚吧,让大卫搬到家里来,大家挤在一起会更温暖,他的租金也可以换不少美食。每天吃饭的时候,大家能够彼此看到,吃着上帝赐给人类的食物,享受着每天活着的幸福。"

艾萨克也不是第一次提结婚了,这是大卫求之不得的。只是他总想等自己改变命运的时候,给朵拉一个像样的家。虽说他们在逾越节订婚了,但是,他曾经答应过朵拉,他的结婚礼物是美国签证!如今,希望之乡远在天涯,等待遥遥无期,而死亡的威胁却随时可能降临。

他的耳边一直回荡着沃尔夫的话:"就因生活变得残酷,人更要抓紧幸福的绳索。结婚吧,亲爱的大卫,学会享受爱的每一天……"

在那年秋天的一个安息日,朵拉和大卫在教区教友与拉比的祝福下走进了摩西会堂,举行了婚礼。

大卫的婚礼因为宗教的原因,本应该只有教区的犹太人参加,由拉比主持,沃尔夫当证婚人。但是大卫还是将他最亲密的中国朋友姚慧君、彼得夫妇和周祥生老板请来了。福田耕作为大卫的老板,虽然不适合参加婚礼,但是也送了鲜花和极为罕见的法国红葡萄酒。

传统的犹太婚礼非常复杂,几乎要庆祝7天,直到下一个安息日。但是,处在战争时期的异乡,就一切从简了。唯独婚礼中拉比主持的环节一个也不能少:举行婚礼前新娘和新郎要沐浴、浸礼,表示结束单身了。婚礼当中一对新人要两次以酒祝福,根据犹太法典,祝福应当包含着感恩上帝创世、人类诞生、迎宾、耶路撒冷再生、重建圣殿、爱恋如亚当夏娃天长地久、乞求和平和安宁等等。

今天,当大卫与朵拉喝完第一杯酒之后,新娘和新郎互相围着转了7圈,他们说着祝福的话。当他们以各自为中心转圈的时候,仙女般的朵拉和王子般的大卫,两个人的眼睛含情脉脉,嘴唇颤抖,似乎只有歌声才能表达两个人心中的爱恋和渴望。在朵拉的歌咏中,大卫为朵拉戴上了戒指。朵拉歌毕,大卫宣布:亲爱的朵拉,按照摩西和犹太人的法律,当你戴上这枚象征着爱的戒指,你就许配给我了,至死不悔!"

朵拉点头,将戴戒指的手伸向大家,以示公证。然后,沃尔夫作为证人宣读了两个人的结婚证书。朵拉的父母将一点点灰烬,撒到新郎新娘的头上,以此哀悼圣殿被毁。

进入喝第二杯葡萄酒的程序之前,沃尔夫从橱柜里拿出他早已准备好的酒杯递给教会拉比,拉比用报纸将它包起来,让大卫踩碎……

"在这对新人缔结永恒之时,要提醒各位,我们的圣殿被毁迄今没有重建;也要警醒新人,婚姻里有坚固与易碎,现在新郎已经把象征着易碎的酒杯一脚踩碎,剩下的就是比金石更坚固的信念了。"拉比高声说着犹太人的婚礼宣言。

之后,古老的仪式之后,所有的来宾就可以和新郎新娘跳舞狂欢了。犹太婚礼的跳舞是男女分开,一堆人围着新郎,一堆人围着新娘,然后互相拉着手围圈跳舞。在摩西会堂内,虽然空间有限,但受邀者们都以跳舞来为这对新人喝彩与祝福。随即,在欢快的音乐声中自发地跳起了交际舞。

大卫与朵拉跳完舞之后,朵拉示意大卫邀请姚慧君跳一支舞。

没想到这时候陆天河出现了,他不请自来。他一眼看见了姚慧君和大卫跳舞,心中的醋意大发。

姚慧君在人群中舞动着,四周掌声响起,她流出了眼泪,这是她梦中的婚礼,哦,不,是她梦中的新郎,可惜自己没有福气。但她真心为大卫和朵拉高兴。没有想到,他们大难不死,居然碰到了好运气。

"谢谢你一直以来的帮助。"

"祝福你和朵拉。这是美好与难忘的时刻。"

"是啊，我们得感谢那个告密的人。"

"告密？这话什么意思？"姚慧君问道。

大卫说："如果没有人告密的话，日本宪兵队就不会在开船前，直接到船舱里，从一大堆木箱里找到我们……"

陆天河站在观礼台上深情地望着朵拉。他害怕姚慧君，所以，不敢邀请新娘跳舞。他娘的，如此神圣的婚礼本来是属于我的，这才是真正纯洁、温柔的新娘。都是这该死的战争，都是这该死的日本人，都是这个大卫阻挡了我追求的道路，还有自家那个娘们……

当他看见朵拉走过来向每一个宾客致谢时，陆天河对朵拉说："朵拉，你真美。祝贺你！"

朵拉看见不速之客的陆天河，面露不悦。

"我的运气不应该总这么差吧，谁知道未来呢……"他在朵拉耳边轻声说。

朵拉觉得遇到了魔鬼，吓得脸色苍白，赶忙远远走开。

只有彼得和翠翠，两人手拉手，又惊又喜，羡慕不已，彼得趁机向翠翠发誓，等我以后发了家，有了钱，我也给你补办一个这样的婚礼，要在大教堂里，像电影里看到的那样宣誓：不管贫穷与富贵、疾病与健康、逆境与顺境，我都将永远爱你……

"等到那天我都老了。"翠翠挣脱了他的手，娇嗔地说。

"老婆，我今晚回家会给你一个惊喜。"

"你能给我什么惊喜我还不知道吗？除了每晚给我吃点鸡、喝个汤，换个花样做那事，还有什么？目的不就是催我尽快生蛋吗？"

彼得哭笑不得，这个翠翠吧就是说话不分场合，还好周围犹太人听不懂上海话，否则他要钻地洞了。

"告诉你吧,我给你已经买了一件白色天鹅般的婚礼服,还带翅膀的。你不信回家去看。"彼得贴在翠翠耳边说。

"在哪儿买的?"

"犹太人经营的二手店铺,大卫的西装就在那儿买的。"

"别人穿过的,我不要。"

"我发誓虽然是二手店,但婚纱是全新的,店主说当年是为他女友精心准备的,但他女友死于法西斯屠刀下,所以他逃亡上海时为留个念想,带来了,然而,他睹物思人得厉害,决定将它出售。我也是顺便干活路过,从橱窗里看到,就让店主拿下来看,尺寸恰好是你的,我就毫不犹豫买下了。当然,说是买,其实与送差不多,店主说他的美好祝福在里面……"

没等彼得说完,翠翠扔下一句:"你脑子有毛病啊,这婚纱不吉利,想让我触霉头啊!"说完,就赌气地下楼离开了。

彼得刚想追赶,但突然想起什么事,连忙转身走到被人群包围的大卫跟前。

"大卫,刚才我没打扰你,这封信是鲍德通过他的秘密途径辗转到我这里的,让你按照上面的地址去找他的女儿。好像听说他本人病得很厉害。"彼得说着从口袋里掏出一封信。

大卫打开后,发现有两封信,还有一张船票。

他首先查看了一封给自己信的落款处,当看到那个像中国龙一样蜿蜒的签名笔迹,就确认了这是鲍德的信。他连忙走到角落处,打开信笺看了起来。

"亲爱的大卫,我病情严重、时日无多,最后时刻,拜托你做一件事,不再以美商鲍德的名义指示工作,而是你的朋友鲍德。请求你去找我的女儿佳代,因为你是我最信赖之人。请把我给她的信连同船票一起交到她手里,护送她坐明天一早从吴淞口出发去神户的船,然后转道英伦。这是佳代住所:外滩理查饭店406室。此事对任何人必须保密,包括沃尔夫。我只想让佳代尽快离开上海,回到正常的生活,我的母亲与姐妹在英国都会照顾她的。告诉她远离佐佐木,放弃营救我的计划,所有努力都将是徒劳……"

大卫神色凝重,他找到朵拉在她耳边说了几句话之后就匆忙离开了。

这一幕被沃尔夫看见了,他走到朵拉身边问大卫去哪儿了?

"他刚收到鲍德的信,让他连夜护送佳代小姐去吴淞口码头,然后坐船离开上海。"朵拉说。

"大卫知道佳代的住所吗?"沃尔夫心跳加快、血脉横冲。

"当然,否则他上哪儿给她送船票呢?"

"天哪,我找遍上海都没找到她……"沃尔夫二话不说,迅速下楼,快步走出摩西会堂。

他在马路上飞奔,他看见大卫上了一辆人力黄包车,他左右环顾,四周一辆黄包车都没有了,沃尔夫便快速跑步,紧紧追赶,不停地叫喊着:"大卫,大卫!"

但不知大卫是听见了不理他还是压根就没听见。

沃尔夫是个胖子,没跑几步就已经气喘吁吁了,但他一刻也不敢放缓脚步,生怕一眨眼的工夫,大卫就会消失。

他的眼前跳跃着佳代的倩影,那个身穿和服被日本宪兵队追赶的美丽少女,那个在"香肠男高音"声情并茂演绎日本民谣的歌者,那个躺在医院急救室里柔弱的女孩……

他以一种强大的信念支撑着自己:绝不能停下,绝不能倒下,再坚持一下,佳代就可以找到了。

他眼冒金星,脚下无力,像飘浮在空中,但眼睛死死地盯着前面的那辆黄包车。

　　但转眼的工夫，在三岔路口，那辆黄包车消失不见了……他停留了几秒，然后往右边跑，感觉不对，又折回来往左边跑，最后大汗淋漓，实在跑不动了，倒在了马路上……

三十六

新婚之夜，大卫却没能陪伴自己的新娘，这是他一生最大的遗憾。

之后很多年，当他想起那个夜晚，他依然处于惊恐与不安之中，他宁可彼得没有将这封鲍德的信及时给他；又或者，当他坐在黄包车里听到身后沃尔夫的叫喊时能停下来、与他一起前往；更希望当晚朵拉不是一个知书达理的新娘，而是缠着他说：你有天大的任务都得在新婚之夜后去执行；他更怪罪自己，这一次为什么没有像之前凡事都想到让姚慧君去帮忙，而她就在他跟前、时刻关注着他，若让她去办，就不会引发沃尔夫关注，结局就完全不一样，佳代也许就如她父亲所希望的那样：远渡重洋，在英伦嫁人结婚，生一堆孩子，享天伦之乐……

但命运与苦难、世事的无常，在它发生前的一分钟谁都不会知道。"至少，我完全遵循了鲍德的最后嘱托。"这是唯一能让他安慰自己的。

新婚之夜，大卫按照鲍德信中的地址找到了外滩理查饭店，他向酒店预定一辆车，然后，走进一台老式电梯直达到406房间。

他轻轻敲门。

"大卫，你怎么来了？"佳代打开门，吃惊地问。

"让我进来说，我有鲍德传达的信件给你。"

"那请进。"

大卫进房间后，第一时间从西裤袋里掏出了信件，连同鲍德给他的信件一起全部交给了佳代。

佳代打开了父亲给她的信。

佳代，我亲爱的女儿：

我知道你一直想方设法在营救我，孩子，谢谢你！但我健康堪忧，死亡已向我招手。在这个时刻，最让父亲挂念的，是你的安全。你在上海，非常危险。所以，我已让人安排你乘坐明天清晨的船到日本神户，上岸后你会被护送到另一条当晚启程去英国伦敦的远洋轮上，抵达伦敦时，找你的祖母安娜与叔叔威廉。他们都见过你照片，非常喜欢你。

永别了，我的女儿……

永远爱你的父亲

鲍德

"不，不，不，我要营救父亲，我知道佐佐木不是个好人，更是个色鬼，但他答应我的事一定会办到，我爸不了解，日本男人视信誉与承诺重于生命，一旦诚信摧毁，会剖腹自杀。"佳代看着大卫继续说："只要我爸还有最后一口气，他活着的一天，我就不会离开上海，因为一旦离别那就真的永别了……不，不，我不能放弃这个营救计划，周日晚上就会有人去把他救出来，然后直接送到日本医院治疗，集中营的三位日本官已经收下我的美元与金条了，你转交给我的那些财富，除银行里的没法取，其他的我都已经为营救计划铺路打点了……"

"佳代，你真单纯，你被佐佐木他们骗了，你怎么能把鲍德一生的财富拱手相让呢？他是怎么艰难打拼的你知道吗？"大卫太生气了，觉得佳代没珍惜父亲的财富，很不应该。

"大卫，我迫于无奈，凡事总要付出代价，我把父亲的生命看得比他财产更重要而已，哪怕他恢复自由只有几天，让我陪伴他，尽一下孝，也就心满意足了。"

"佳代，你仔细再看下你父亲的信吧，什么是他希望的？哪些是他的忠告？可别太让他心寒与绝望了。在这个时刻，你只要确认这是你父亲的信，就不该再犹豫不决、一意孤行了。"

"大卫，你永远无法理解我的痛苦，你在美国有父母妹妹，在上海有朵拉全家，亲情围绕着你，可我呢？失去了妈妈与哥哥，也没有伴侣，仅剩的这份迟来的父爱，也要失去吗？"

"佳代，时间已经不允许我们再争论关于命运的幸与不幸了，你必须走，这是鲍德的命令，请把自己的物品整理一下吧，拿好船票，我到楼下等你，车我已经安排了，你半小时之内下楼。听话，想想吧，如果佐佐木们答应鲍德真能在周日获救的话，你在不在上海都不重要，但重要的是能让鲍德安心。"说完，大卫就离开了佳代的房间。

半小时后，眼睛哭得红肿的佳代提着行李袋到了大堂，她在前台结了账，归还了钥匙，就跟大卫坐上了酒店的车，驶向郊外的吴淞口码头。

在短暂的沉默之后，佳代开始与大卫说话了。

"大卫，吴淞口离开崇明不远，我们能先去集中营附近看一下吗？"

"到吴淞口码头是凌晨，漆黑一片，等小渡轮到的时候，远洋轮要开了。让我们在码头边朝着崇明岛的方向，在心中默念与祷告吧。"

"那我把父亲托付给你了，大卫先生。他若被营救出来，会被送到虹口施高塔路上的日籍医院。周日晚上你一定要去那儿看他。"

"佳代，你放心吧。鲍德是我的亲人。"

"谢谢。对了，大卫，这些年你与我爸在一起工作，他都没找女朋友吗？"

"是。鲍德先生没有任何女人，他也从不提及家庭的事，偶尔会看几眼孩子们的照片，夹在文件中。有次掉了下来，正好被我看见。"

"大卫，最近见过沃尔夫吗？他还好吗？"

"今天就见到了，他是我们婚礼的证婚人。"

"啊，你与朵拉结婚了？祝贺。对，刚才提到沃尔夫，他有提起过我吗？"

"我与朵拉都不敢触及他的伤心处。他后来在报纸上获悉，他初恋的女孩死得很惨，被法西斯杀害了，而且连她襁褓中的孩子都没放过。"

"太惨了。啊，襁褓中的孩子？那说明他女友遇害前已经结婚了？"

"应该是的。"

"那我现在就去找他，我不去码头，也不想离开上海，我要与他在一起，求你了，大卫。"佳代一下子情绪失控，几乎带上了一种乞求的神情。

"不行，他境遇并不好，现在这种局势下，鲍德的安排是最理智的，对你最负责任，也是最安全的。你姑姑已经亲自从伦敦去神户接应你了。"

"我不，我爱他，我哪儿也不想去，我要与他在一起……"

"你处境危险，得赶紧去英国。你们若有缘，一定会再次相遇的。他早晚也得回到欧洲或美国吧。"

沃尔夫努力地从地上站立起来，他跟跟跄跄地继续朝前走着，他看到了几十米之外有一处闪烁着灯火的大楼，就往那方向走去。

走到大门口才发现是外滩的一家酒店，名字叫理查饭店，他左顾右盼，但大卫踪影全无。于是他问了酒店保安："请问，您刚才有看到一位白人小伙子来过吗？"

"是叫大卫吗？"

"是的。"

"他订了酒店的轿车，连夜护送一位日本女孩去吴淞口码头，五分钟前出发的。"

"是佳代小姐吧？她一直住你们酒店吗？"

"先生，你跟我来。"

沃尔夫跟着保安走到前台，这时大堂经理走过来与他打招呼，问需要什么帮助。然后确认那位叫田中佳代的女孩在酒店 406 房间已住了好多天，刚刚退的房，坐明天早晨的船回日本。

沃尔夫出了一身冷汗，他的心脏因跳得过快仿佛要停止了。"那怎么办？你们酒店还有车吗？我也要去吴淞口码头。"

"不好意思，都这么晚了，酒店现在派不出车了。"

"那怎么办？我需要车。"

"这个点，祥生出租也叫不上了，我们这里倒是有一辆运货的卡车，也是去吴淞口码头的，如果你不介意，可以坐后厢，这趟车去码头是运酒店食品的。"

"那太好了，货车何时出发？"

"马上。"

沃尔夫被带到了酒店后门，在司机与搬运工的搀扶下爬上了后车厢，刚一屁股坐下来，他就闻到了一股恶臭的味道。是那种烂菜与羊膻味夹杂在一起的气味，让他简直受不了，但一想到等会儿就能见到佳代，他就强忍了下来。

他自己也是餐厅老板，凭经验他知道这辆货车是专门去吴淞口码头运载崇明蔬菜与羊肉的。崇明岛盛产的就是新鲜蔬菜与羊肉，他也多次去过，但却是第一次被当作羊一样塞进货车里。他没觉得卑微，而是一种有趣的体验。他的心按捺不住激动，但更多的是惴惴不安。他能理解鲍德让大卫守秘，作为父亲是不想节外生枝，希望自己女儿安好地离开上海。但令沃尔夫不安的是，自己真把佳代挽留下来，让一位日本女孩跟着他这位流浪的犹太人生活，是不是太自私了？

货车在颠簸中穿过漆黑的马路，穿过荒芜的郊外，在漆黑的夜空下向前驶去。沃尔夫由于刚才一路奔跑，从摩西会堂跑到外滩理查饭店，实在太累了，随着卡车的晃动，他渐渐进入了梦乡，他梦见自己正走向奥地利格拉茨歌剧院的舞台中央，出演歌剧《浮士德》中的浮士德。他看见观众席上那位美丽的少女，起初是凯琳娜的脸庞，渐渐成了佳代，他朝她微笑，她也报以微笑，然后他饱含深情地唱了起来……

然后，他又梦见了自己拉着佳代姑娘的手，在国王约瑟夫露天集市逛啊逛，买了很多农夫们自产的蔬果花卉与鲜花……

当沃尔夫醒来，发现自己的腿脚全都发麻了，而车已停在了某个僻静处。他慢慢地站立起来，看到驾驶员与搬运工都睡着了，还发出了鼾声，他只能再坐下，等天色欲晓……

他又一次迷迷糊糊打起瞌睡，直到搬运工打开后厢准备装货时，他才被叫醒。

"还以为你早下车了呢！还不下来吗？这里就是吴淞口码头，我们装完货要回外滩了，你想去哪儿？"

沃尔夫一看天色已透亮，"糟了！"他赶紧从车厢里跳下来，朝着远洋邮轮的方向飞速而去。他熟悉吴淞口码头这一带，旅客进、出口就在货运前面300米处的一个空旷军事基地旁。清风拂面，他恨不得自己能长出一双翅膀飞到佳代身边，但笨重的身体让他步履很沉，即便这样，他还是使劲地开启了体内最大功率的马达……

天哪！码头上的游客几乎都上船了，只有稀稀落落的送行者依然站立在岸上向他们挥别。沃尔夫冲进了码头，他听到了远洋轮巨大的汽笛声，他不顾一切地呼唤着佳代与大卫的名字。

"佳代，大卫，你们在哪儿？"

沃尔夫终于跑到了岸边，但远洋轮随着几声汽笛声马上要启动了，他忽然看见身边一个男士朝他转过头来。

他猛地朝他肩背狠狠捶打了一下："大卫，佳代在哪儿？你给我找回来！你还是我兄弟吗？你明知道我一直在找她，找得有多么艰难，却背着我把她送走。告诉我，佳代在哪儿？她在哪儿？？她在哪儿？？？"

大卫默默不语，眼眶却已经红了。他用手指了指左前方，顺着他指引的方向，沃尔夫找到了站在船头甲板上的佳代，她长发披散，双手倚在栏杆、望着茫茫大海若有所思……

有那么一瞬间，沃尔夫被画一般的美深深怔住了，在晨曦与大海之间，少女的侧影沐浴在银色的光晕中，散发着一种温柔而神秘，以及不可战胜的力量，他喘着粗气，思维一片空白……

等远洋轮在最后的鸣笛声中渐渐驶离码头时，他才像一头刚被唤醒的狮子，发了疯一样地大叫起来："佳代，佳代……"

同一时刻，站在甲板上的佳代也正好转过身子，朝着大卫挥别，但她的眼神却落在了大卫身边的沃尔夫身上。

他们的目光轻轻地相遇，就再也无法收回来了。刹那间，佳代仿佛也跌回了梦的隧道，她在梦中无数次见到过心中的男高音，那位一直在收割着自己麦田的男人……

沃尔夫以自己嘹亮的男高音呼喊着佳代，凄绝、哀鸣，那是一种惊天动地的生命之声在穿透与呼唤。

她都听到了，听到了，那些呼唤都在她的灵魂中像暴风雨一样倾泻，又像樱花纷纷飘落。甲板上所有的乘客也都听到了，他们举起手臂，朝岸边的男高音挥别……

忽然，佳代穿过甲板上的人群，绕着邮轮的舷梯往下直冲，她不顾船员水手的阻拦，执意撞着已经关闭的舱门……

大副闻讯赶来，紧紧地拉住她："小姐，很危险，请立刻远离闸口……"

"不，不，让我下船，我不想去日本，我要留下……"她披头散发，疯了似的。

"已经晚了……"一头卷发的水手在一旁耸耸肩说。

佳代折回甲板，一种失落甚至是绝望的感觉占据她整个生命，她的胸口被阵阵死一般的绞痛堵塞了，她仿佛看到了父亲从半空中朝她挥手,然后冉冉升了上去……她情绪崩溃了,向岸边的沃尔夫大声喊道:"沃尔夫,我爱你!"

忽然,佳代勇敢地越过船舷,纵身扑向江水。远远地看去,像是从巨大的轮船上掉下的一个黑影。黑影落水后,久久,久久地才浮上水面。浮上水面的佳代,恍如一抹白花花的光点,起伏着,跳跃着,似乎正挣扎着往岸边游来……但是,轮船的尾舵搅起的水花,又迅速地淹没了佳代。

岸边的沃尔夫大叫着佳代,他迅猛地跳进江水,试图向佳代游去。但是,他肥胖的身躯一进水里,就不断往下沉,只剩下扑腾扑腾的自救,根本分不清佳代在他的什么方向。

大卫急忙呼喊码头上的救援。

码头救援早就发现了险情,等他们调来救援汽艇,将沃尔夫和佳代救起的时候,佳代已经没有了气息。她是在跳下轮船的时候,被尾舵搅起的旋流呛死的……

同一时刻,被关押在集中营里、已奄奄一息的鲍德,听到了吴淞口码头远洋轮最后的鸣笛声后闭上了眼睛。他的眼前出现了笑着向他走来的爱妻百合,耳边回荡着女儿佳代初生时那不停的啼哭……

  荒城声寂静
  永恒最多情
  繁华今何在
  流光逐飞鸟

三十七

婚后，大卫把自己简单的行李和用具搬到了朵拉的家里，算是一家人团聚在一起了。

生命中最黑暗的那个清晨，大卫不知道是怎么走过来的，在很长一段时间里他闷闷不乐，脑海里全是佳代和鲍德的影子。好在妻子朵拉给了他很大的温暖，他渐渐地从惊魂未定中的悲伤中，慢慢地走了出来。

但是，现实生活的压力接踵而来。

太平洋战争发生之后的上海日占区，经济凋敝，盟国封锁，大批的犹太人从波兰和俄罗斯涌到上海，生存都成了问题。

朵拉原先的戏服店因生意冷清，已经关闭。她在犹太教友的发动下，作为一名志愿者，在上海火车站接待一批又一批来沪的犹太难民。

战前来上海的犹太人，尤其是欧洲犹太人，以及一小部分波兰犹太人，他们中还有不少生活过得富足的，有些是带着全部的家产和存款，来到这座被称为远东的"巴黎"的城市。那个时候，富裕的犹太人很容易找到工作，甚至是投资的机会。但是，1942年底来沪的犹太人，几乎是经历九死一生和万般磨难才逃到上海的。他们带来的只有一颗渴望自由的心。除此之外，几乎是一无所有。他们衣衫褴褛，饥肠辘辘。许多人的双脚踏上上海的土地，还心有余悸，目光慌乱而呆滞，恐怕自己随时都会被抓到集中营。

朵拉与几位教友热情地接待他们，让他们一一登记，然后，将他们分别安置在犹太人组织临时提供的几处难民安置点。

一天下午，朵拉接待完一批难民后，发现几位妇人提着皮箱，一个个围着朵拉不肯离开。有一位女士夸朵拉的身材婀娜，另一个说朵拉的气色红润、像贵妇人。她们说如果朵拉能够穿上几款欧洲流行的紧身大衣或者貂皮外套，那就成了欧美舞台上与电影中的女主角。

朵拉面露苦涩的笑。她明白，她们是想让自己买她们的衣服。这些主妇们知道，即使会有难民安置点提供基本食物，但是，除了食物，每个家庭几乎都需要一些钱买急需的药品或者婴儿用品。她们能够兑现现金的，除了身上或者箱子里的衣服，几乎一无所有了。

朵拉压根不需要所谓的高贵服饰，但她心软，那些饱尝流浪与苦难的女人们求救的目光，让她下意识地摸着自己的口袋。她使劲地全部掏出来了——那是早晨大卫出门上班前，给她留下的一点钱。那些钱能够买一周的粮食。

她的这个动作，让主妇们的目光全盯在她的手上了，她们没有议价的能力，一个个打开箱子将自己的女式大衣、围巾与自己丈夫的西服、毛衣塞给朵拉……

"小姐，这些衣服都是我先生的，你拿去吧，钱你随意给，我的孩子在生病,我们好不容易逃到上海,决不能让他在生命刚出现希望的地方,再发生意外……"

"小姐,听你的口音是俄罗斯人吧,我母亲也是,这条水貂大衣还是她当年结婚时买的,后来我结婚时她送给了我,你拿去吧。我儿子明天十岁生日,我想给他买个蛋糕。"

"这是晚礼服,我18岁成人节时只穿过一次,面料是意大利真丝的。我妈妈正在发烧,她在火车上感染了肺结核……"

"这是苏格兰羊毛围巾,冬天很保暖,我不怕冷,但我怕饿……"

朵拉无法躲避这些妇女的眼神,把钱全部分摊了,但她觉得不好意思,拿到手里的这些衣服都非常有质感,而且高级,她很想支付更多的钱,但她把仅存的钱都给了。

晚上,朵拉抱着一大堆衣服回到家,无奈而歉疚地看着父母。

"今晚的食物呢?我们吃什么?"

"昨晚还剩几个面包。"

"你怎么了,朵拉,这一大堆衣服是怎么回事?"

"我把大卫给的生活费换了衣服。"她低垂着眼帘。

"当然,这些衣服都是好衣服。如果是和平时期,会很昂贵。但现在这些衣服能当食物吃吗?"艾萨克的胡子几乎被气得吹了起来,头摇得像拨浪鼓。

但是,大卫并没有生气,他安慰着朵拉说:"朵拉,我知道你绝不会是因为喜欢这些衣服而去买的,你一定是在帮助那些难民,对吗?你做的对!你们看,这些衣服多好。虽然不适合我们家人。但如果能够改一改,或直接挂在店铺里,一定很有价值。朵拉,重新开办一个服装店吧,专门收购难民们的衣服。然后在店里展示出来，再按照顾客的身材改一下。眼下租界里来了不少有钱的中国乡下地主，他们需要拥有几套欧美体面的西服，或者买下貂皮大衣送给老婆，在租界里进进出出拉拉风、提高自己的身份和地位。如果你这样做了，一是救济了犹太难民，二是满足了本地人对洋货的市场需要。"

一个几乎爆发家庭纠纷的话题，让大卫化解成一个令人兴奋的商机。

朵拉在法租界很快找到了一个店面，这次店面规模比起当初的戏服店差不多大了两倍。服装店只收旧衣服，然后陈列出来，供顾客挑选。朵拉因为有早前卖服装的经验，这次经营二手服装，定位准确，生意出奇得好。

朵拉的资金不够，于是她想到一个好主意。她鼓励犹太难民将自己家的衣服送来，在她店里寄卖。卖出去了再给他们钱。店里只收取一成薄利。

来买服装的，大都是从江浙一带逃到租界里的地主。他们不愿意穿着长衫棉袍，在灯红酒绿的上海滩丢人现眼。但是，他们又不知道买什么样的西服好，西装对他们是时髦的新鲜东西，但他们知道要买舶来品，价格又不想太高。于是，朵拉的服装店就是最好选择了。可以试穿，改裁。连彼得和翠翠都各自选了一件中意的衣服。彼得选的是一套双排扣的羊毛西服，翠翠选的是一件她很早就看见姚慧君穿的法式女大衣，穿上去袅袅婷婷。当然，不合身的衣服都可以修改。然后，朵拉每天会将几件要改装的衣服拿到家里，让妈妈和几位犹太大婶也因此有了一份工作……

艾萨克感叹大卫是商业的天才，比自己强多了。一个主意就创造了十几个人的工作机会。

但当着大卫的面，他夸奖的是女儿。"大卫，你看，朵拉是个多么出色的女孩。她的善良与助人，让上帝看到了，所以给了她机会，让她能帮助更多的人。"

大卫笑着赞许。

转眼就要到了中国1943年的春节。

由日本人和上海伪政府控制的报纸，天天登载着大日本皇军南下太平洋的胜利消息。整个东南亚几乎被日本人占领，日本人还通过缅甸，剑指印度。

战争的消耗是巨大的。粮食、木材、煤和桐油以及棉花和橡胶等全成了战略物资。当然，大卫他们的上海电话局，以及日本华中电讯公司，就更成了支撑战争的资源了。依附在上海伪政府的奸商们像吸血的苍蝇，但凡手头有资源的都发了大财。

姚家和陆家就在这样的背景下，迎来姚慧君和陆天河的盛大的婚礼。

姚家在上海乃至整个日本占领区的势力越来越大。他们家几乎垄断了整个华中最富裕地区的粮食、棉花和其他战略物资的收购和加工，以及专门供给日本战争所需的各类器械。而陆家因为早年与西洋企业的关系，除了正房的独生子陆天河学医，经营诊所与家族投资，其他外室所生的几个儿女都在办工厂，经营进口贸易。而如今，陆家的进口贸易被战争截断海路，只能靠姚家的诸多关照，将大量的加工粮食和布匹的订单接下来。尽管如此，陆家在姚家的帮衬下，在上海工商界也是赫赫有名的。

他们两家的婚礼，自然是上海政界、商界乃至军界的大事。因为谁都知道，姚家掌握着伪政府的财政大权，汪精卫的内阁任命，都要和姚家打招呼的。所以，姚慧君和陆天河的婚礼就成了日本人扶持的伪政权的年度派对。谁能参加，谁不受邀请，谁的座位在前,谁的排后,居中还是两侧,都大有讲究,也颇费脑筋。

在请不请大卫和朵拉,谁来请的问题上,陆天河和姚慧君吵了起来。

陆天河说不请,理由是他们结婚并没请他;而姚慧君坚持说要请,理由也是大卫和朵拉的婚礼请了她。

"为什么不能请?你心虚什么?你的良心受谴责了?"

姚慧君的讽刺挖苦让陆天河恼羞成怒,他脱口而出:"你别以为我不知道你与大卫在别墅饭店厮混了一夜!你请大卫来,是想勾起他对你们浪漫的回忆吗?是想再演一场激情大戏吗?我实话告诉你,大卫不死是他命大捡着了!如果我再发现你和大卫来往,他就不会有第二次的幸运了!"

"陆某人,你内心阴暗,才会污蔑人!我与大卫之间很清白,男高音可以见证!"她大声呵斥,气愤至极。

直到这一刻,姚慧君才猛然醒悟,怪罪自己老爹瞎大眼了,找个这样的低等货给自己当丈夫。原来陆天河就是那个告密者,一个毫无廉耻、出卖朋友的人,企图置大卫朵拉于死地。

姚慧君冷不防地、用尽全力抽了陆天河一个响亮的耳光。"你居然能对自己爱过的女子,做出这种伤天害理的事情!你还是个人吗?"

陆天河举起手臂想狠狠地回击姚慧君,但是,当他看到姚慧君倔强而蔑视的眼神,他放下了手。他知道,他的这一巴掌下去虽痛快,却会毁了他们陆家的基业和他自己的一生。他感受到了一个男人毁天灭地的耻辱!他是一个医生,一个受过美国顶级高等教育的男子汉,曾经也是一个呼唤自由与平等的美国公民。他把无数泼辣的、放荡的、风情万种的女性玩弄于手心。然而,在财产和家族名誉的掣肘下,他居然在姚慧君的面前像个阉人太监……他心里在发狠，总有一天，我会报复的。我会让你这个臭女人跪下来舔我的脚趾头。一根一根地舔，舔完了从头再来，直到把埋在心底的怒火全部释放出来。

而姚慧君也气得脸色苍白。完全没有想到陆天河会盯她的梢，跟踪她，恶劣到要告密的地步。

她冷冷地对陆天河说："我们已经有约在先，我们的婚姻是狼狈为奸的商业配、政治配，我们没有爱情，也没有感情！你过你的，我过我的。记住了，我的床不许你靠近，你不配！"

你还真以为我对你有多稀罕吗？女人过了三十就不值钱了，你姚慧君早被我玩过，要不是为了保命，才不想娶你呢！害得陆家损失了这么多财富，这聘金下得冤啊！

但这席话，陆天河没有胆量说，只能在心里想。

"慧君，我记得从第一次在你们府上见面开始，我们之间的争吵与攻击就没完没了；你看咱们都要成夫妇的人了，能不再吵架吗？不管我们为了什么原因走在一起，也是缘分，对吗？只要婚后你给我生个儿子，我保证从今往后不再上你的床。"陆天河无耻地说。他打着如意算盘，岂能让陆家吃亏，只要你生下儿子，不仅陆家的聘礼如数奉回，姚家的财富也都归于姓陆的了。

"你想得美，滚吧！"姚慧君破口大骂。

姚慧君和陆天河的婚礼在腊月28日在百老汇大厦Broadway Mansions（后来的上海大厦）举行。

这是一座由英国著名设计师佛兰赛设计的被称为外滩明珠的建筑。

因为婚礼名单上有日伪政府的高官参加，下午三点开始，围绕百老汇大厦周边100米的地区就实行了戒严。大卫和朵拉晚上6点钟到的时候，饭店门口已经是车水马龙，酒店的铜管乐队已经在演奏迎宾曲。

大卫和朵拉本来对参加陆天河和姚慧君的婚礼很犹豫。尤其是朵拉。她不愿意再见到那个伪君子。但是，两人看到请柬上只有姚慧君的签名，并且夹了一张手写的纸条，说让大卫和朵拉务必来。显然，这是姚慧君自己的盛情邀请，他们就没有理由不来了。

婚礼的场面是隆重的，也是死板无聊的。对大卫朵拉来说，犹太人的婚礼载歌载舞，按犹太教的仪式进行，充满神圣与热烈。

但是，姚慧君和陆天河的婚礼不中不洋，先是介绍各位来宾就占用了大量的时间。姚陆两家心里明白，哪些贵宾是自家请的，以显示地位和势力。然后，就是日军占领当局首脑的讲话，伪政府的官员讲话，然后是姚家和陆家两位商界大佬对各位来宾的致谢。当最后程序证婚人宣布：新娘和新郎交换戒指、两人结为夫妇的时候，倒是没有人在意了。因为来宾都冲着来认识人、交换利益和沟通关系，所以，场面一直是乱哄哄的。

没有人留意与关注大卫和朵拉。在婚礼的宾客中他们是最另类的人：两个无权无势的犹太人。倒是姚慧君的目光一直追随着他们。当他们两个吃得酒足饭饱的时候，姚慧君走到他们面前，大卫和朵拉刚说祝贺时，就看见姚慧君眼泪汪汪地拉着朵拉的手说："我对不起你们。原以为你们被宪兵队抓住是个意外，可我终于获悉正是那个虚伪的家伙告的密……"姚慧君恨恨地指着在宾客中周旋的陆天河说。

"我们早知道了。"大卫说。

朵拉安慰着姚慧君说事情已经都过去了，今天是你大喜的日子，不提它了，反正我们都幸运地活下来了，现在也过得不错。

但是，姚慧君的眼眶几乎盈满了泪水。她说不能原谅自己，在这个世界上，只有你们是我赤胆忠心与高尚的朋友。告密者一定会受到惩罚……

　　大卫与朵拉也知道他们的婚姻是为了两家人的局势需要，捆绑财富与背景资源。但他们还是难以理解的，因为在他们心中，圣洁的婚姻只能是为了爱。

三十八

1943年2月18日,就在大卫和朵拉参加姚慧君与陆天河的婚礼后不久,上海的日军占领当局突然发布公告,要求"无国籍难民",也就是大批从欧洲逃难来的犹太人,在5月18日之前,迁进虹口的难民隔离区。

其实,早在1942年7月的时候,绰号"华沙屠夫"的纳粹头目梅辛格受德国盖世太保头目希姆莱的委托,就到了上海,要求日本占领军作为轴心国的朋友,应该和德国的立场一致:对犹太人进行最后的毫不留情的处理!他的处理方案是:要么把犹太人放逐大海自生自灭,要么在关押英美集中营的崇明岛建立犹太人集中营,要么把犹太人统统塞进安徽的盐矿熏死他们……

日本占领当局虽然表面答应,但是,迟迟没有动作。因为日本最高当局有一个关于利用犹太人搞建设的"海豚计划"。最后,只同意在虹口建立一个隔离区。到5月18日,隔离区里大约住进了一万五千多人。

幸运的是，大卫和朵拉一家没有被圈进去。

大卫持的是苏联护照，不能算无国籍难民，况且，苏联和日本还签有日苏和平条约。大卫还有一个身份就是日本企业——日本华中电讯——雇佣的高级管理人员，享有特殊的补贴和食品供应证。当然，这个证仅仅是能够填饱全家肚子而已。

朵拉一家是哈尔滨早期的白俄移民。哈尔滨的日本当局给哈尔滨的犹太人发放了证件。因此，朵拉一家也躲过了灾难。

最惨的是德国和奥地利以及波兰的犹太人。他们很快就失去了工作和收入，也没有了可卖的衣服来换取好的食物。大约有九千多人陷入了饥饿的困境中。

大卫和朵拉一家都投入到了拯救难民的活动中。尽自己的所能，给难民提供一顿饭，一件衣服，或者收留几天他们的孩子。然而，犹太人的处境太难了。随着日军在太平洋战区的战事吃紧，节节败退，被占领区的物资供应极度紧缺，通货膨胀几乎榨干了老百姓的血。

实际上，在远离上海的华中地区，像江浙沪的广大农村，也有农产品可以供应上海。但是，长江以北地区大多数被共产党领导的游击队和新四军控制，长江以南大部分地区被国民党的军队控制。最富裕的沿海地区和铁路线被日本人控制，全部物资财富被搜刮一空，用于支持战争。

1943年日占区的大米是400元法币一石，但是，如果能够突破封锁线到了国统区就是200元法币一石；如果到了江北的新四军控制的解放区，那就更便宜了。因此，不少黑道帮派都通过自己的地下通道来"私运粮食"发财。

但是，大卫和犹太人难民组织几乎想尽了办法，也很难救济隔离区的难民。他们既没有黑道势力，也没有白道的权力。饥饿和疾病威胁着隔离区的难民们。更加让大卫和朵拉忧虑的是：朵拉怀孕了。

朵拉开办的二手衣服店铺，红火过那么一阵，但随着欧洲难民衣物的匮乏，生意每况愈下，再度面临倒闭。

大卫希望以自己努力工作来改善家人生活条件的愿望遭到毁灭性的打击。日本华中电讯也就是上海电话局虽然给大卫涨了工资，但是物价比工资涨得还快，这使得他们一家陷入困境。不过，总是比虹口隔离区里的犹太难民要好过些。

有一天，彼得急匆匆地来找大卫，说有人想见他。大卫无精打采，说谁也不见。

彼得在大卫的耳边偷偷地说："大卫，来人提一口袋粮食给你。"

大卫眼睛一亮："在哪？为什么要给我粮食。"

彼得带着大卫，穿过弄堂，在一拐角处，走了进去。

他见到了一位个头矮小的中国人正坐在方凳上，见来了人，便礼貌地站了起来打招呼。他将一口袋粮食提到大卫面前，说感谢他，因为之前帮我们安装过地下电台。

"地下电台？"大卫迟疑地问。

"是。"

"你是？"

"没错，我是重庆政府方面的情报人员，今天又来求你帮忙了。"

大卫问："有什么事。"

重庆情报人员语气急促地说："郁志坚被捕了！"

大卫大吃一惊。郁志坚是上海电台的老台长，也是地下电台的负责人。他的被捕不仅可能使地下电台遭破坏，万一扛不住宪兵队的酷刑，暴露自己这一秘密身份，会给大卫和上海电台原留守职员带来危险，连同彼得也有可能牵连进去。

重庆谍报人员好像看出了大卫的担忧，他说郁志坚是个硬骨头，他丝毫不会出卖任何人。按照上级的指示，这些年他一直坚守在上海，负责地下电台的运作。但是，近日在出入上海火车站时，被宪兵怀疑是可疑分子抓进了牢。郁志坚一口咬定自己曾是华中电讯的员工、上海电台的一个技术人员、电气工程师，曾经为大日本帝国服务。被辞退后，自己就做点小生意、帮人修理电气。这次到外地是为了搞一些农副产品给家里老人孩子吃……但是，华中电讯公司指派日籍员工指认，他们都不认识，因此他还被羁押着。希望大卫出面，通过华中电讯的日本人把郁志坚放出来。

"大卫先生，我知道，这对你来说一定会有种种困难，但重庆政府恳求你一定想方设法把他保释出来，因为他的重要性，你与我们一样清楚。另外，你有任何需求可以提出来。"

"我不敢保证能把郁志坚营救出来，甚至不排除保释不成，将自己搭进的可能。我的考虑是：郁志坚的家人必须得到照顾。另外，也请安排一批食物与粮食给犹太难民，他们正处于最艰难与饥饿的时刻。"

"郁志坚家人的安置我们早做好了。犹太难民的援助计划也已经启动，一场前所未有的大规模增派粮食、食物与药品活动会在隔离区进行，表面看，是出于上海居民自发的帮助，而背后，是有地下组织在推动与援助。"

"那我代表犹太人谢谢你们。"

"这是应该做的，在上海的天空下，我们同呼吸共患难，犹太难民是我们的兄弟姐妹。"

大卫的眼眶湿了。

次日上午，大卫打电话给老板福田耕，跟他说，他有一个美商公司的老员工、一个出色的工程师，因为出城搞点吃的被宪兵队抓了，请福田耕先生以日资企业的名义出面保释。

福田耕态度冷淡，他说如果是你的手下员工，就更要懂得遵守帝国的法令。

大卫说，现在懂技术的员工太少了。我们在真如和刘行的国际大功率电台太需要他这样的人才了。他不仅懂设备，还曾经参与了真如电台的建设和设计。如果有了这个人，大日本帝国的电信事业、华中电讯的网络建设会突飞猛进。

福田耕问这个人这么重要吗？他究竟是谁？

大卫说是原真如电台的台长郁志坚。后来美商公司的一个工程师，现在的一家电气修理铺的小老板。

没想到福田耕一下子变得热情起来，连说知道这个人的，他是中国南洋大学（上海交通大学前身）培养的人才，是留学美国和德国的著名工程师。有在西门子公司和美国西屋公司的工作经历，才华大大的！

大卫一阵欣喜。

"大卫，我这就派自己的助理，他也是日本帝国大学电气工程毕业的高材生，马上去宪兵队甄别，考核他的电信技能，确认他就是郁志坚后马上保释出来。当然，条件是郁志坚必须为华中电讯工作，为真如和刘行的国际大功率电台的建设出力。"

"好的。"大卫镇定地说。

"你一起去辨认。"

"是。"

于是，大卫跟随福田耕的助理到了宪兵队的审讯室，见到了郁志坚。

郁志坚是个见过世面、内心强大的人，他知道任何的掩饰与含糊其辞都会被拆穿，招致无法挽回的损失。因此，他镇定、冷静。当他看见大卫的时候，心里已经有数了。

福田耕的助理英语、德语都会点，尤其对设备的名字和电讯的专业词汇了如指掌，他的提问很专业，英语、德语交替进行。被提问者只要有一点对电讯设备与技术不熟练，压根就没有混过去的可能。郁志坚对专业的回答非常流利，也对上海、南京乃至苏州、武汉的电讯网络回答得非常准确和清晰。福田耕的助理大喜过望，赶紧给福田耕打电话确认：此人就是大名鼎鼎的交通部属下的上海真如电台台长兼总工程师郁志坚；同时，大卫愿意以自己职位担保，郁志坚没有参与任何危害大日本帝国的活动，是一位良民。

日本宪兵队队长听说抓到了原国民政府交通部电台台长，认为应该拘押起来。但是，大卫提醒福田耕"技术无国界"，工程师和医生一样，都是给人类提供文明和生活方便的。

"对。技术无国界。"福田耕亲自给宪兵队司令打电话，说帝国的电信事业需要靠郁志坚这样的工程师来贡献才华。他熟悉美国电气标准和德国电气标准，是我们建设真如电台和刘行电台目前最需要的专家。

郁志坚被释放了，而且名正言顺地加入了日伪上海电台，成为一个工程师。郁志坚的确为真如和刘行以及华东、华中地区的电讯网络建设出了很多力。

初期，大卫有些不解，觉得郁志坚是为日本人的侵略服务。但是，郁志坚告诉大卫：日本人在太平洋战争中节节败退，在中国战场也是受困在湖南长沙和衡阳，第二次世界大战就要结束了。我们今天的建设不是为了小日本，是为了我们抗战胜利后的中国。

郁志坚的释放，大卫立了很大的功。郁志坚内心对大卫充满感激,他派人给大卫家送去了一些粮食和奶粉,朵拉回赠了厚礼,她从倒闭的店铺拿回一件粗花呢米色格子西服,英国货,让人转交给他。

大卫是后来才知道的,郁志坚在火车站遭宪兵逮捕那次,是为了去外地查看一条运送给上海犹太难民粮食的通道。因为重庆救援情报人员觉得通过长江南面的封锁线运输会非常困难。后来,重庆政府仅出了象征性的一部分经费,主要靠江北的新四军从水路上运进一批又一批粮食,上海的地下党组织在隔离区外的几个居民弄堂里,设立一些据点,热心的市民们烙成一个个热腾腾的大饼与馒头,分批发给隔离区的犹太人。而从中牵线的,竟然是彼得!从此,彼得在大卫的心目中坐实了红色抵抗组织的身份。

在援助犹太难民这件事上,上海的什么帮派、什么黑白道上的人,倒没听说过有搞破坏的,在上海市民眼里,他们是从遥远的部落走来的高鼻子落难者。

大卫和朵拉的第一个孩子呱呱落地,是个小王子,取名迈克……

三十九

大卫与朵拉的日子虽艰难困苦，但因迈克的降临而苦中有乐。

虽说孩子的营养不是很充分，但是，有全家人的共同抚育，你喂一口他省一口，小家伙并没有挨到饿，加上朵拉的奶水也比较充足，小家伙长得白白胖胖。日子过得其乐融融。

转眼，又到了中国人的春节。

大年初一的时候，郁志坚来给大卫拜年。他带了好多的礼物，都是市面上罕见的食品。郁志坚能够大难不死，还能够继续潜伏下来、负责国民政府的地下电台，全靠大卫的掩护和背书。

今天的郁志坚气色格外红润，春风拂面，眼睛灼灼生辉。当他与大卫握手拥抱时掩饰不住内心的激动，显然有好事要相告。大卫将他带到了小阁楼。

门一关，郁志坚就紧紧地抱住了大卫，泪流满面。

"大卫，我们苦难的日子快要到头了。你知道吗？我们的电台收到了美国、苏联和英国召开雅尔塔会议的消息，同盟国已经向法西斯发出了最后的通牒,还要成立联合国。中国成了联合国的常任理事国,和列强大国平起平坐了。小日本就要完蛋了,挺不过几个月了。"

大卫也兴奋地告诉他:"公司的无线电报居然收到了美军潜艇在中国东海和日本海的电波呼号。大家都在私下悄悄地传着,都说太平洋马上就要打开盖子,上海要成为自由港了!"

郁志坚最后说,重庆政府给了他们一个任务,就是要在日本通往上海的海底电缆上接上一个暗线,监听日本的电话电报情报,一旦听到他们的船期和货运航线,就派美国的潜艇提前潜伏在航路上,将日本与上海和其他占领区的海上运输通道彻底地截断。

"大卫,在哪里才能将窃听的线接驳到日本电缆上呢?"郁志坚希望得到大卫的帮助。

"给我几天时间,我去了解。"

大卫在美商公司的施工档案库里埋头查询了几天,又到现场观察了几天,终于找到了一个方案:早在1913年,日本通过北洋临时政府的批准,从日本的长崎铺设了一条海底电缆,简称水线,在上海宝山石塘村上岸,修了一个电报水线房的中继站。然后,从宝山石塘的中继站到虹口区的日本电信局又铺了一条线。这条线路经过一条叫蕰藻浜的河。日本人在河边修了一个水泥站房,一般老百姓不知道干什么用的,都以为是一个抽水机房。实际上,是电缆线下沉河湾的一个管槽站点。站点里没有日本人值守,只有一个中国员工陈老伯看管着来往的船舶和水牛,防止不知情的农民损坏设备和偷盗电线。如果在蕰藻浜河站点的外边,秘密地接驳出一条线,沿河道布线拉到远处的村庄里监听,几乎是神不知鬼不觉!

大卫将自己的方案告诉了郁志坚。

郁志坚高兴极了，说你为中国的抗战立大功了，一人顶一个军。说吧，你要什么奖赏，我都替你向蒋委员长申请！

大卫说，我本人什么都不需要，但希望能继续给隔离区的犹太难民捐款与援助粮食，他们的日子太困难了。眼看着每天都有人饿死、病死……

郁志坚说，我会努力的。但是，我很想让你的犹太同胞们知道，是他们中的一位，用智慧与文明为这座城市作了贡献。

大卫说，每一位犹太人都把上海当作了自己重生的故乡。

郁志坚说，大卫，你的身上传承了鲍德的美德。记得当初鲍德也曾把自己的奖金当作美商员工的抚恤金。看起来，有信仰的人真的很不一样。

"鲍德一直是我前行路上的楷模……"

郁志坚将大卫的方案通报了重庆方面的情报人员，他们很快就从蕰藻浜河站点中秘密地接出一条线，顺着河流，在河上游几里地的一个村庄建了一个监听站，将每天日本各大海港与上海港以及转发广州、香港的商业电报，抄录下来。凡是与军事物资的有关的货船一律通报盟军司令部。

1945年3月至5月，日本的商船在航道上频繁遭遇美军飞机和潜艇的截击。一开始，他们认为是美军掌握了制空权和制海权，侦查来的情报。但是，奇怪的是，一旦有纯粹的民用物资和人员来往的客船，美军就放过；装运军用物资的货船或者客船，即使再伪装，美军也毫不留情地消灭。后来，华中电信从日本本土用游轮运了一船的通讯设备，都是战场急需的通讯器材。结果，在东海被美军炸沉了。

而这批电信物资对日本占领当局太重要了。整个华中、华南和华东乃至华北地区，游击队和民众对电线、电缆和交换设备不断进行破坏和损耗，更多的是由于战线拉长，设备跟不上，日本人就把很多民用的设备拆下来，换到他们的主要军事线路上。这使得像上海、南京这样的大城市，电话的接通率不足70%，蓄电池、干电池，甚至旋转式交换机的机油都严重缺乏。

福田耕意识到华中电信内部出了鬼！

所有的中国员工尤其是高层的管理人员都遭到审查，郁志坚再次被抓进监狱。因为是大卫替郁志坚做的担保，所以，宪兵队的人闯进大卫的办公室，将大卫也拘押了。

最先放出来的是彼得。他是大卫的助理，实际上是外勤修理工的头。根本就接触不到什么帝国秘密。因此，最早解除了审查，放了出来。

彼得一出来，就马上跑到朵拉家报信：大卫被抓进宪兵队了！

朵拉一家慌了。

艾萨克和朵拉对这类事情毫无处理的经验，只能乞求上帝的保佑。倒是彼得机灵，他告诉朵拉，如果能找到姚慧君，或许会想出解救大卫的办法。至少能够打听到大卫的消息。

朵拉清楚大卫在姚慧君心中的位置，不到万不得已，她是不会去麻烦她的。

朵拉想方设法给姚慧君打电话，约她出来面谈。

姚慧君的第一直觉就是：大卫遇到重大危机了！她满口答应见面，只是提出希望朵拉能带上儿子让她见个面，她的见面礼都已准备很久了，却一直没有机会亲自戴在小孩身上。

确实如此，当她知道朵拉生下儿子后，就按照上海人的习俗，去银楼买了刻有"长命百岁"字样的24K纯金锁片与项链。

她很好奇大卫的儿子长什么样？像爸还是像妈？这是一个女人奇怪而隐秘的心理。她爱大卫，渴望与他行鱼水之欢，恨不能上天入地。但是，很遗憾她没有这个福气和运气……

在萧条冷落的"香肠男高音"酒吧里，朵拉抱着孩子和姚慧君见了面。

姚慧君提着进口奶粉和西式点心，刚放下来就急于打量着襁褓中的孩子。那是一个活脱脱的小大卫。

"他叫什么名字？"姚慧君问。

"迈克。"

"来来来……小大卫，哦，迈克，阿姨给你戴上这个，可以保平安。"说着，就从包里取出了一个盒子，打开后给他套在了胸前。

姚慧君抱起孩子显得很兴奋，她说让我看看你长得像谁。姚慧君看看朵拉再看看迈克。说孩子哪个地方长得像妈妈，哪个地方长得像爸爸。朵拉感受到姚慧君对迈克一种特殊的爱和不舍，便打趣说，他长得还有点像你。

姚慧君诧异地睁大眼睛，忽然哈哈大笑：要是这样那更好了。朵拉，我说了多少次了，我最羡慕的人就是你，谁要有你的福气，那才没白活。

朵拉半开玩笑半正经地说，我知道你喜欢大卫。一个在爱情中的女人，当然希望融入对方的身心和灵魂中，我参加你婚礼的时候，你就盯着我微微隆起的肚子看。朵拉咯咯地笑个不停，说圣母玛利亚是感受神的圣光而孕，而我是沐浴着你的祝福之光而孕，我们都那么爱大卫，有时候我也觉得大卫要是一位中国人，像你父亲那样，也不是一件糟糕的事啊！哈哈，你别说，还真神奇，你仔细看呀，迈克的小鼻子长得就像你……

姚慧君发现朵拉当了母亲以后，整个人变得开朗幽默与快乐了,以前她是一个多么安静的女孩。

"要是大卫是中国人,也绝不能像我父亲那样妻妾成群,他只能有一个女人,不是你就是我。"姚慧君笑弯了腰。

"大卫要是中国人,那就归你,我一个犹太人不跟你争。"朵拉的风趣让慧君心情舒畅。

"好。"

"你给迈克当教母吧!"

姚慧君乐得不行,急忙答应下来。她说在中国信上帝的人不多,所以基本没有什么教父教母,拜干爹干妈倒是习俗,但不是简单叫一声这么简单,需要隆重的仪式感。我们不妨找个好日子办一个,我事先要准备大礼。

朵拉说好的。

"但是,"朵拉小声地对姚慧君说,"你们家那个人最好不要参加。我们都想躲避他。你看,你是阳光下的爱,而他属于黑暗中的恨。"

姚慧君绷起脸说不许提他。他们在公开场合是夫妻,关起门来各过各的。那个人是变态狂。一场暗恋失败后,好像整个世界都欠他的债,所有人的眼光都盯着他干瘪的口袋。

"不过,朵拉,你别生气,我说句真话,他对你的感情是前所未有的。他是个被命运与父母宠坏的年轻人,得不到自己所爱,就怀恨世间的一切,连天空都成了灰色。"姚慧君刚说不提的,却主动提起了陆天河。

"慧君,一个女人永远不会恨爱她的人,即便他是个魔鬼。但对之仰望还是鄙视,取决于对方的人品。"

"朵拉,你说得对。一个男人也永远不会恨爱他的人,即便她是个大妖怪。"姚慧君略带自嘲,话中有话,朵拉听得懂。

"慧君，我今天找你是因为迫不得已需要你的帮助，大卫被宪兵队扣留了，可能受到郁志坚的牵连。"朵拉说。至于郁志坚到底为什么抓起来？具体的原因她也说不清。她希望姚慧君能够通过关系，搭救大卫。

姚慧君说她已经知道上海电话局在清理审查员工的事。现在的时局是日本人快要完蛋了。他们携带战略物资的货轮和商船，在东海和日本海，被美军频频袭击，连他们家族到香港和广州的船，都要挂南美国家的旗子，用英语、西班牙语发电报和信号才能躲过美军飞机和潜水艇的攻击。

"大卫的事情，我会尽力的。但是，到日本人那里说情、托关系，肯定是行不通了。因为战争打到这个分上，日本人已经疯了！"

告别了朵拉，姚慧君直接去找她当财政部长兼银行行长的哥哥。试图通过哥哥的关系打听大卫的消息。

姚慧君在哥哥的家里发现了一个重大的秘密：日伪银行要把在中国掠夺的 50 吨黄金和一部分价值连城的文物运回日本本土。而且，为了不引起注意和躲避美军的侦查，黄金和文物装在一艘运送日本侨民的客货混装船上。

姚慧君想，既然日本华中电信上海电话局是因为怀疑有内鬼，才下令抓中国人审查，那么，如果在被抓期间，这一批从上海出发到日本的黄金船再次被炸的话，就能证明泄露日本海上秘密的，不是上海电话局里的人，而是另外很高级别的间谍组织。

姚慧君被自己这个大胆的想法吓了一跳：她的家族深陷日本占领当局，说不定那艘轮船上的黄金就有他们的一部分。因为他们家族也意识到日本就要完蛋，也在考虑外逃和转移资产。作为日本军政府的帮凶，日本人许诺他们可以到日本定居。但是，姚慧君一直觉得自己是说英语、受美式教育、追求正义与自由的人，和疯狂残暴的日本人不是同类。即使在姚家，虽说她刁蛮骄横，但她毕竟是姚家的外室，骨子里父兄不会把她当回事。无论是情感、价值观和出身背景，姚慧君都觉得自己和姚家不是一个阵营的。

她在想：怎么才能把这个情报传递到盟军的手里呢？

姚慧君深信郁志坚不是个简单人物。他不仅是一个懂技术懂业务的工程师，还是负责原国民政府交通部里的技术官员。当大部分官员都跑到重庆躲避战火的时候，郁志坚能够坚持留下来，一定是替重庆政府做事。如果这个推断不错，那么，大卫为郁志坚担保，说不定大卫也卷了进去。

姚慧君找到彼得，说你跟大卫是穿一条裤子的哥们。你想不想救大卫和郁志坚？

彼得说你没看到我都为此事急得团团转了。姚慧君看着彼得，从他的目光里读出了信任与可靠。于是，就将自己获悉的一手情报告诉彼得，让彼得寻找和郁志坚联系的重庆方面的人。彼得说，我的上线就是郁志坚主任，我也是郁志坚主任与大卫之间的联系人。其他的就不知道了。他说大卫肯定不知道什么情报部门。只能到宪兵队里找郁志坚，他能联络重庆。

怎么才能见到郁志坚？

姚慧君的兄弟不愿意蹚浑水，到日本宪兵队里捞人见人什么的。他也知道自己的妹妹与大卫之间的暧昧关系，帮大卫就等于得罪陆天河。

但是，彼得有办法了。

第二天，彼得找到上海电话局的副总工程师，说咱们的维修器件严重缺乏。连虹口区的日本占领区的电话通讯都不能保证。很多都是海军和陆军的高级军官的电话。

日本副总工程师说我也没有办法，我们的船被炸了，所有设备的零部件都缺乏。

彼得说，郁志坚原来在上海的法租界里开了个电子零部件商店，他听说郁志坚有个小仓库，说不定里面有库存。为什么不找郁志坚要呢？日本工程师大喜，立即向福田耕汇报。福田耕也是一个技术狂人，一听说郁志坚有零部件库存，马上让日本工程师和彼得到宪兵队提人，一定要找到郁志坚的仓库。

在宪兵队的监狱里，郁志坚看见彼得一愣。

彼得说："郁总，我知道您的仓库里有一些零部件。贡献给大日本帝国吧，那些东西搁在那不用，就这又潮又湿的天气，那电容和线包都得坏了。"

郁志坚确实替国民政府看管着重要的设备，但是，那都在美商的秘密仓库里。至于他自己为了店铺的经营方便，也确实有一些欧美各国产的旧零部件。于是，他做出万般无奈的样子，领他们去找。在找的过程中，彼得偷偷地跟郁志坚说，姚慧君得到一个重要情报，既可以救你们出狱，洗刷罪名，又能阻止国宝流失。郁志坚命令彼得去南阳路92号，找一个姓宋的商行老板。彼得立即明白了。

1945年5月中旬，从上海港出发的一艘客货混装船到了东海上，被美军潜艇发现。当美军用无线电询问你们是什么船时，船长答复说我们是大和丸号客货混装船，船上还有三百多个老百姓呢。

美军听说是大和丸号，核对无误，连发两颗鱼雷，当场炸沉！船上除了黄金宝贝之外，还有一个日本天皇的侄子和几个外交官、将军级的人物。

消息传到上海，福田耕确信自己的华中电信公司也就是上海电话局，不是泄露机密或者截获机密的源头，他没有理由拘押中国员工和大卫了。

大卫和郁志坚被释放出来之后，姚慧君请大家吃饭压惊。

郁志坚问姚慧君要什么奖励？

姚慧君说什么奖励都不要，如果战争结束了，她想回电话局做一个普通的接线员。

四十

最先听到日本投降消息的是华中电信"上海电报电话局"的接线员们。她们被迫学习日语，放弃英语。翠翠就是其中一个。她挺着超大的肚子，用日语问候客户："你好，先生。请问转哪里？"

对方突然不客气地骂了一句："狗娘们。"然后说："日本人都投降了，还说什么摩西摩西日语！"

翠翠听出是本地口音，就用上海话回应道："侬不要哈缸啊。"

客户说侬不相信就听广播，然后，听筒里就传出日本天皇的宣布投降的讲话声音。

翠翠吓得急忙摘下耳机，左右看看。她发现接线员们都面面相觑……

忽然，一个日籍的高管冲进机房，大喊道："假的！谣言！我们大日本帝国是不可战胜的！"

这时，她们确信是真的了。但是，她们被日本人压迫太久了，不敢声张和庆祝。只能快速地将消息悄悄地告诉家人和朋友。

翠翠第一时间把电话接到彼得的工房：

"老公，我有重大的事告诉你。"

"是不是你肚子里的两只蛋快要生了？我家的母鸡厉害，要么不生，要生就生双黄蛋，真给公鸡长脸！"

"你脑子有病啊，到这个时候还寻我开心。"

"怎么了？"

"日本宣告投降了！"

彼得赶忙告诉郁志坚，郁志坚说他已经知道了，让他立即找大卫，发动全体员工保护所有的电信设备，防止日本人破坏。同时，也要保证整个电话局的线路畅通。于是，彼得跑去大卫的办公室。发现大卫不在。有人说，大卫和所有的高管都到福田耕的会议室里开会去了。

福田耕的办公区一向是有人站岗的，低级别的员工特别是中国员工根本就进不去。但是，今天的彼得好像是吃了熊心豹子胆，冲进了福田耕的会议室。他看见会议室里的高级员工都在叫喊和痛哭。只有大卫一个人在一旁站也不是、坐也不是，极其尴尬但暗自得意地看着这些昔日里得意忘形的日本高管们在捶胸顿足……

彼得将大卫拉到会议室外，说郁志坚指示要保护设备和线路畅通，决不能让电话线路在抗战胜利的时候断了。

大卫说那是一定的。他们又走进福田耕的办公室。

福田耕一个人对着天皇的画像泪流满面，他的面前是一张巨大的华中电信的网络图。当他看见大卫重又出现在他面前，愣了一下，马上又沮丧地垂下头，向大卫和彼得鞠躬。

"拜托了，我在中国经营了十几年，从伪满洲国到华北再到华东和华南，全部的所学，全部的精力，全部的心血，都献给了电话通讯事业。希望你们美商公司和中国人，珍惜这些设备和线路。他们也是有生命的……"

"是的，技术无国界，设备也没有善恶，我们会珍惜的。请你下命令，所有的日籍员工不得破坏设备和中断服务。盟国的政府和军队会善待大家的。"大卫说。

福田耕按照大卫的建议下了命令。

姚家本来是准备乘船到日本的。但是，从日本本土不断传来美军轰炸的消息，东海到日本的航线也时常遭到美军潜艇和飞机的截击，所以，姚家的庞大的家眷队伍和金银财宝就滞留在了上海。国民政府接管上海的时候，戴笠的军统特务率先洗劫了姚府，将姚府里值钱的金银财宝分给大小特务以后，将姚家的人通通抓了起来。

姚慧君当然也被军统特务们给抓了起来，关进从前日本宪兵队关押中国人的地方。

大卫和彼得因为要接管日本人留下的产业，忙得四脚朝天，根本没想起保护姚慧君的事。但是，朵拉却惦记着姚慧君，希望迈克生日的时候，请她一起来家里聚聚。

朵拉找不到姚慧君，就坐车亲自到姚府。发现姚府已经被查封。姚府的外面聚集着不少债权人，他们吵吵嚷嚷，对站岗的士兵说要进姚府索债，能拿一样算一样。姚府的水龙头据说都是镀金的。

朵拉打听到姚慧君也被抓了，非常地着急。她又找到了姚慧君与陆天河结婚后独居的法租界别墅。别墅里的大门也被查封，院子里长满了野草。显然，已经很久没有人住了。

陆天河和姚慧君婚后几乎是从不在一起住的。陆天河来住的时候，姚慧君就躲出去，落个耳根清净；姚慧君在姚府待得不舒服或看不惯兄嫂时，就回法租界的别墅来住。来之前，会电话通知陆天河。他也识趣，一接到姚慧君的电话就以回陆府为借口，趁机在外约会几次美女。所以，姚慧君与陆天河的别墅与其说是婚房，不如说是两个人的临时旅店。就是这个旅店，因为是陆天河的房产，也被当成敌产查封了。

朵拉抚摸着大门的锁头，看着院子里的荒草，回想起自己在这个院子里和姚慧君聚餐的画面，唏嘘不已。她没有留意到别墅外的马路边上，蹲着一个蓬头垢面的叫花子一样的男人，当她想叫一辆黄包车回去的时候，那个叫花子忽然一跃而起，将朵拉的嘴捂住。法租界的别墅甬道上人烟稀少，没有人发现一个蓬头垢面的叫花子把一个漂亮的外国女人拖进别墅的后门，然后进到了别墅里面。无论朵拉怎样地挣扎和叫唤，都没有人可以听到。

直到这时，朵拉才发现，绑架她的居然是陆天河。

陆天河阴郁地说："没有想到吧，我会落到这个地步。"

朵拉惊恐地问："你想干什么？我是来看望你们的。"

"你放心，朵拉，我不会伤害你。你是我唯一喜欢的女人。我现在的财产没有了，和姚家一样，我们家族的财产也被国民政府没收了。我现在是穷光蛋一个。你是不是很开心？"

朵拉哭泣着说："不，不，我很难过，我每天都在为自己、家人与所有的朋友们祈祷，希望大家平安与幸福……"

陆天河也泪流满面地说："是的是的，我知道你是好姑娘。而我却不是什么好东西。为了保全陆家的财产，放弃美国护照，迎娶姚大小姐，目的就是为了不想被抓到崇明岛的集中营。可是现在呢？我什么都没有了，而你却心愿得偿，和那个犹太小子终成眷属，幸福美满，还生了一个大胖儿子！"陆天河越说越愤怒，大叫着："上帝为什么给你那么多？却把原本可以属于我的都给了大卫，让我什么都得不到，还在我的心口插上一把刀?!"

"你可以振作起来，苦难都会过去。我们的苦难之水可以流满整条河流，不都是咬咬牙走过来的。"

"但朵拉，我都成了一个叫花子，讽刺吗？这是什么世道？让一个哈佛医学院的毕业生居然掉进这黑暗的幽谷。"

"陆先生，能拯救你灵魂的，除了上帝就是自己。"

"不，原本你可以拯救我，只有你可以拯救我……"

"放我走，请放我走，我家里的孩子在等着我回家给他喂食。想想你儿时吧，是不是也非常依恋母亲……放我走吧，我请求你。"

大卫利用自己掌管通讯电话的方便，千方百计地与在纽约的父母取得了联系。列侬·麦德沃先生听说儿子大卫过得不错，还出任了上海电话局高管，并已结婚生子，十分地兴奋，当即决定要一家人飞到上海。亲自去美国驻上海领事馆公证，让大卫一家甚至是朵拉全家获得来美国的签证。

大卫听到这个消息，乐得蹦高。他终于可以见到父母，终于盼到了到纽约的希望……

晚上，大卫刚迈进家门，艾萨克就告诉他朵拉出去了一天还没回来。一家人急得团团转，迈克吃奶时间已经过了，孩子饿得哇哇直哭。

朵拉母亲说不应该啊，因为每天朵拉给迈克的喂奶时间是很准时的，不管她怎么忙。朵拉一定是出了什么事情，她说她要到姚慧君的家里，请她来家里做客。

大卫给姚慧君家里打电话。电话没有人接。大卫让彼得查姚府的通话记录，彼得查的结果是，姚府一共注册了四部电话，已经很久没有通话了。再查下去，说姚府被国民政府查封了，姚家的人都被关进了日本宪兵队先前的监狱里了。

大卫马上意识到朵拉出事了！

四十一

朵拉是找姚慧君失踪的。要找回朵拉，就必须见到姚慧君。

大卫急急地找到郁志坚，说姚慧君和姚府的其他人不一样，她不仅救了大卫和朵拉，也为盟军提供了日本大和丸号偷运黄金的情报，从而使上海电话局的中国员工和大卫等人解脱获救。

"姚慧君是我们的恩人，是抗战的明星！"

郁志坚对姚慧君的事迹当然了如指掌。第二天马上就找到上海军统站的负责人说姚慧君是地下电台的外线特工之一，为抗战作出了巨大的贡献，必须马上放人。军统核实了消息，把姚慧君释放出来。

姚慧君从暗无天日臭气熏天的监狱里一放出来，就看见等在会客室里的大卫和郁志坚。她忍不住抱住两个男人放声大哭。大卫和郁志坚劝着姚慧君，安慰着说一切都会好起来的。接着，大卫便说，是朵拉的失踪，才使得他和郁志坚知道她被逮捕。

"朵拉失踪了，她是去找你的。"

"大卫，别着急啊，我一定会找到她。"

尽管有大卫和郁志坚陪她出的监狱，但是，小报记者还是抓拍了姚慧君走出监狱的照片，在第二天的报纸上登出"大汉奸姚润笙之女沪上交际花姚慧君昨被保释出狱"的消息。

因为姚慧君太出名，太漂亮了，所以，走在街上很快被人认出来。大卫和郁志坚他们又不敢在报纸上发声明，说姚慧君是抗日明星。因此，姚慧君的出行安全就成了问题。她的家也被查封。大卫只好将姚慧君先领到自己的家安顿下来。

"朵拉出门时说去找你，就再没回家。"朵拉妈妈说。

姚慧君连声说抱歉。

她与大卫分析道：虽说抗战胜利了，但是，社会秩序还没有恢复，街上三教九流和逃难的难民多的是，一个单身女子还那么漂亮，有可能出事。但是，即使出事，无非是劫财劫色，而朵拉是一位白人女子，万一出事了，警察会很快与家人取得联系。不会两天过去了还没有任何信息。

大卫和姚慧君到外滩姚府豪宅和法租界的别墅，都看了一遍，它们都已被查封了。

姚慧君忽然想到陆天河家。她到陆府一看，发现陆府也被查封了，门口有站岗的。然后，姚慧君给站岗的警察一点钱，问陆府的人都关在哪？警察说，陆府被当局定为敌产，被重庆政府的接管委员会接管了，人也被关押在监狱里。据说，只有陆府的公子陆天河溜了，没有抓住。

姚慧君有一种不祥的感觉：陆天河可能与朵拉的失踪有关！

晚上，姚慧君把自己的怀疑告诉了大卫和朵拉父母。

朵拉母亲号啕大哭，捶打着艾萨克："都是你这个自私鬼、吝啬鬼，当初把那条恶狼引进了我们的家！"

艾萨克则眼含热泪地望着基督耶稣受难的十字架祈祷：万能仁慈的耶和华神啊，请您保佑我的女儿朵拉……

姚慧君在一旁感到内疚，朵拉是为了找自己才落入陆天河的虎口。陆天河对朵拉一直贼心不死，由爱到恨，都与自己长期对陆天河的鄙视有关。她要想办法找到陆天河，找到朵拉。

大卫心急如焚，但他必须在全家慌乱中保持镇静与坚强，他一边安慰朵拉父母，一边承担照顾迈克的职责，等自己静下来时才几乎崩溃抓狂，他完全不能入睡，偶尔打个瞌睡也会被噩梦惊醒；同时，他的父母即将要飞到上海。他已经在电话里、在信件中用最美的言语赞美了自己的妻子、他们的儿媳妇。是的，当年从哈尔滨到上海的列车上，那个安静看书的小女孩已经是他们孙子的母亲，麦德沃家族得以传承了……

战争已经结束，苦难快到尽头，犹太人正在接受联合国的安排，奔向新的生活。可是，就在这个时候，朵拉却不见了。一时间迈克失去了母亲，他失去了妻子，艾萨克夫妇失去了最懂事的大女儿。大卫心如刀绞，他动用所有的关系，包括警方和周祥生老板的黑社会关系。一定要找到那位叫朵拉的、有着一头棕黑卷发、高鼻梁、蓝眼睛的白人姑娘！

大卫每天从早到夜，走在街上寻找，在他最绝望的时候，姚慧君在身边不停地安慰、稳定着他的情绪。而在姚慧君陷入无底的失落时，大卫也忍不住将痛哭的姚慧君轻搂怀里。他们互相鼓励，忧虑与共，时刻呼唤着朵拉。

日子一天天过去。依然没有朵拉的消息。

饱尝痛失亲人的男高音沃尔夫，在教堂做礼拜时，让拉比为朵拉祈祷，所有的教友都在祷告中，祈求神的恩典，将这位婴儿的母亲带回到她自己的家里。

艾萨克对姚慧君的过于热心起了疑心，他怨怼和沉默。有一次，他甚至跟踪在大卫和姚慧君的黄包车后，看着他们是不是在真的寻找朵拉？而朵拉的母亲每天都紧紧地把小迈克抱在怀里，一刻都不敢放手，她生怕有一天朵拉回不来，迈克会被大卫与姚慧君抱走……

原来，朵拉被陆天河囚禁在法租界的别墅地下室里。

别墅荒芜着，即使有人来看，也是在院子里溜达一圈。大卫和姚慧君都来过，他们甚至还趴在窗子上，朝别墅的客厅看了很久，没有发现有人在的迹象。因为陆天河把朵拉是从后边的边门拉进地下室的，没有走正门，也没有走客厅。直接进了地下室。

朵拉挣扎过，打骂过，甚至以死威胁过陆天河。如果他敢侮辱她、试图强迫她与他发生关系，她就死给他看。但是，一切都没有发生。陆天河把朵拉当成"女神"，任她打，任她骂；当朵拉打累了，骂够了，陆天河就轻轻地、小心翼翼地擦干朵拉脸上的每一颗泪珠，梳理着朵拉每一丝散乱的头发。

他对朵拉说，他这辈子最后悔的事情，就是放弃美国国籍。这是不可原谅的人生失败。他很妒忌大卫、一个犹太穷小子，从他的身边夺走了世间最美的珍宝。从和姚慧君订婚的那天起，他的心里就充满了愤懑与委屈。不仅是姚慧君，也包括整个姚氏家族和上海的工商界，都觉得他陆天河是个吃软饭的，是卖身投敌的汉奸，是为了财产不惜出卖灵魂的家伙！他还说，他与姚订婚后从未和姚慧君上过床，甚至连接吻都没有。从她的眼神里读到的都是鄙视和轻蔑，让他失去了男人的雄性。

现在，上帝好像给了他一个机会，他不能再次失去她。他说他还有一笔美元现金存款，存在上海外滩的美国花旗银行。以前，日本占领期间，花旗银行关门了。现在抗战胜利了，他偷偷地看了一眼，发现花旗银行又开门了。如果他能够把这笔钱取出来，就可以带着朵拉到她想去的地方。

朵拉说这不可能，她哪儿都不去。她已经有了家庭和孩子，也有相爱的丈夫。她爱的人从头到尾就是大卫，她不想违背自己的内心，哪怕大卫是乞丐，自己也不会离开他。

陆天河说，他能够理解，但也请朵拉理解，爱一个人怎么都不应该是罪。

朵拉说前提是你可以仅存于心，但不能因爱生恨。

一天上午，他将朵拉锁在地下室里，自己又装成乞丐的模样，走向街头了。谁也不会想到，上海滩曾经鼎鼎大名的牙科诊所老板，美国哈佛归来的陆天河会成为一个叫花子。他从法租界走到公共租界的上海外滩，站在黄浦江的岸边，看着马路对面的花旗银行。

花旗银行已经重新开张了。

大概是顾虑战后的安全问题，也因为刚刚恢复营业，时局不稳，花旗银行的大门口有新政府的警察和宪兵站岗巡逻。看到这些，陆天河心里很恐惧。一是因为新政府把他和陆家当成了汉奸，全家被捕。只有他一人逃出来。他肯定是在政府的通缉名单里；二是朵拉的失踪，大卫和家人肯定报案。而他是最大的嫌疑人。他如果进到银行，报上自己的名字和账户，几乎就等于自首。

回到法租界别墅的陆天河闷闷不乐，没有向朵拉神经质的抱怨和发泄，而是长久地盯着朵拉看，看得朵拉心里发毛。朵拉主动地问他，你在想什么？是不是良心发现，或者想做一个绅士和好人？是不是想起自己的童年和母亲？想起第一次走进教堂时所受到的圣灵感动？

陆天河摇摇头说都不是。他在想，他可不可以信任朵拉。因为迄今为止，陆天河说自己没有真正伤害过她。他所遭的一切罪都与爱有关。

朵拉心想，你把我囚禁绑架在这里，限制我的自由，让我的家人和孩子生活在恐惧之中。这是什么样的爱？太可怕了。但是，她不知道陆天河的心里怎么想的。只能小心翼翼地点着头，看着陆天河的脸色，不敢激怒他。

陆天河说，既然你也认可爱是无罪的。那么，你就不该怨恨我，在心里诅咒我，一遇到逃跑的机会就离开我，甚至报警逮捕我？是吗？

朵拉似乎有点明白，使劲地点着头，然后又摇着头。

"你点头，又摇头，到底想说是还是不是呢？"陆天河的脸色阴沉下来。

"你说的那些事我不会干，干吗要报警逮捕你？但是，如果你违背我的意志，侵犯我的身体和灵魂，按照我们的教义，我有怨恨的权利。"

陆天河的脸色松弛下来，说我知道你说的是真话。你们犹太人一直恪守着古老的教义。我也知道你是一个心灵和灵魂都很纯洁的姑娘。那么，好吧。让我们来做一个交易。我给你一个花旗银行的16位数字的账户号码、8位数的账户密码以及我的美国名字：FRANK TIANHE LU。你把账户和密码背熟，带上我的哈佛大学学生证，明天到花旗银行取出我的两万美元存款。我就在马路对面的外滩等候。你把钱交给我，你就自由了。

朵拉有些不相信，问："就这么简单？"

陆天河说："是的。"

"为什么？"朵拉反倒有些疑惑。

陆天河沉吟着、无奈地说，如果我取不到钱，就无法脱困，就无法开始新的生活。如果贸然去取，很可能钱没有拿到，人却被抓了。但是，如果你去取了，你就自由了。你不仅获得自由，还应该享受爱情与幸福的家庭。当然了，前提是，你不会向警察告发我——

朵拉坚定地说：只要你不出卖自己的灵魂，没有人会出卖你！

陆天河相信朵拉说的是真话。他也只有这一条路了。当然，为了怕朵拉报警和反悔，他也准备了一把枪……

第二天，陆天河首先到租界的律师行，找英国律师办了一个委托书。委托人的英文名字是 FRANK TIANHE LU；被委托人是朵拉。委托人 FRANK TIANHE LU 委托朵拉取自己的存款。委托协议真实有效。律师盖上自己的名章，签上字，写上日期与电话号码。

走出律师行，回到法租界的别墅，陆天河将委托书交给了朵拉。让朵拉背出账户号码和密码。朵拉因为有音乐素养，经常背诵乐谱，对数字有超强的记忆力，一会儿就将账户和密码背得滚瓜烂熟。

陆天河给自己简单地化了一下妆，粘了一圈小胡子，换了一身稍微干净的、从二手店里偷到的旧西装。尽管如此，他还是不放心，在离外滩花旗银行 200 米处就从黄包车上下来，嘱咐朵拉等下他就在银行对面、外滩岸边等她。如果她顺利的话，出来就会看见这辆黄包车。只要你上了车，跟着这个师父就是了。

朵拉点点头，她想陆天河对自己还挺信任的。她走到花旗银行大门的时候，还回头看了一眼隔了一条马路的外滩，看见陆天河若无其事的样子，在岸边的堤坝溜达。朵拉想，如果现在她大喊一声:"抓人啊!抓那个汉奸陆天河!"那么一切就将结束。但是这个念头,像耳边的一丝风轻轻地刮走,丝毫没有耽误她坚定的脚步。她甚至还有一种给陆天河还情债的大义凛然,自豪地挺起胸膛迈进银行的大门。看守在大门口的警察和堵截汉奸的宪兵,甚至都没有盘问这个高贵、漂亮的外国女人。

花旗银行的大堂襄理用英语接待朵拉,将朵拉领进一个经理的办公室。然后,朵拉从容不迫地拿出委托书。银行经理打了电话给律师,律师说了声 OK。朵拉背出了数字账户和密码。按照银行的规矩,他们给朵拉取出了两万美元的现金。

一切都很顺利。朵拉走出花旗银行大门的时候,她看见大门口一旁等候着拉她来的黄包车师父。马路对面的外滩上,陆天河还混在人群中偷觑着朵拉。

朵拉没有犹豫,径直走向黄包车。拉黄包车的师父朝同行车夫得意地咧了一下嘴,也不问到哪就颠了起来。跑了一会儿,朵拉回头,发现陆天河已经坐在另一辆黄包车上,紧紧地跟在后面。

黄包车车夫一直把朵拉拉到一个码头仓库才停了下来。朵拉对这个地方似曾相识。回忆了半天,才想起来这个码头仓库就是当年自己和大卫逃亡的码头。就是在这个码头,她和大卫被装进一个木箱,后来被陆天河告发。

朵拉刚刚下车,陆天河也到了。他镇静地挽着朵拉的胳膊,好像是一对视察码头货物的夫妻。他们走进一个偏僻的仓库,看见没有人了,朵拉将包里的现金交给陆天河。

陆天河很感动的样子,说了声谢谢,你可以回家了。朵拉倒是觉得迈不开步,想说什么又不知道该说什么。

陆天河说,在外滩等你的时候,时间好像停滞了,那一刻好像千年。我想好了,假如你告密我也不生气,因为是报应。至此,这个世界也不值得我留恋了，我就跳黄浦江，回归江河故土……但是，没有想到你那么快就出来了。真的谢谢你，朵拉，你让我觉得这个世界还值得我活下去。"

朵拉还想说什么安慰话，陆天河却催她快走。这个地方是黑社会帮派的码头，不安全。

朵拉走出码头仓库大门时，看见几个帮派的人与她擦身而过。朵拉有一种不祥的预感，边走边回头张望着仓库里的陆天河。

几个帮派的人见了陆天河，马上亮了自己的身份。陆天河客气地打开印有花旗银行"CITIBANK"字样的装纸币的袋子。从中抽出一千美元交给了帮他偷渡上船的帮派头儿。几个人看见陆天河将纸袋装进背囊，互相使了一个眼色，扑向陆天河。

陆天河的枪响了。

黑帮的枪也响了。

忐忑不安的朵拉听到枪响，又听到了一个声音在喊："抓住那个小外国娘们儿！"朵拉惊恐万分地跑向码头的繁华处，再回头看时，只见鲜血淋淋的陆天河死死地抱住一个追朵拉的人，他的身后躺着一个被他打死的人。

陆天河嘶哑着嗓子、仰头望着天空，用英语不断在嘶叫："朵拉，你快跑啊，快跑啊！对不起，我是个大混蛋，但我真心爱你啊……"

黑帮的人气得朝陆天河连开几枪，打得花花绿绿的美元在半空里飘洒起来……

朵拉跑到码头上的警察所，一通叽里咕噜的乱嚷。警察听不懂，朵拉就指着码头枪响的方向，说有人追杀她。警察在门口喊着："在哪在哪？"就是不敢出门追击凶手，等了好一会儿出来，凶手们早逃跑了……

四十二

大卫父母再有两个小时就要抵达上海机场了。

但是，朵拉还是没有找到。

艾萨克挥舞着手杖、抖动着小胡子，向神祈祷：希望之乡的曙光已经照耀上海，照耀着整个犹太人族群的时候，上帝一定能找到他纯洁美丽的女儿。

他们一家本来是想和大卫一家，抱着可爱的迈克去迎接爷爷奶奶的。而爷爷奶奶如果给自己的儿子、儿媳和孙子办理了团聚签证，那么，艾萨克一家就顺理成章地一起办理探亲签证。但是，现在乌云一下子笼罩了这个悲惨的家庭。连接着这两户犹太家庭、能让他们迈向远方的朵拉已好几天无影无踪了⋯⋯

全家人心中的阴霾越来越重了。

姚慧君借了一辆小汽车，在他们居住的弄堂口鸣着喇叭。

大卫只好一个人抱着迈克，从家中走出来，走向姚慧君的汽车。

姚慧君从驾驶座上下来，接过迈克，让大卫坐到驾驶位上开车。

这一幕被艾萨克从窗户里看到，他十分不悦。但是，他是有教养的犹太人。尽管心里有一千个不舒服，大卫是迈克的父亲，是小孩的抚养人和监护人。大卫带孩子去机场接爷爷奶奶理所当然，找个人看护迈克也无可非议。

而姚慧君接过胖乎乎的小迈克，抱在怀里，她油然升起一股母性的暖流。她亲吻着迈克，热泪盈眶，坐在后排的座位上，一直将脸贴着迈克温润的皮肤，不断地发出嗫吻的啧啧声，俨然就是一个母亲。

一路上，两人基本保持沉默，更不敢提朵拉。姚慧君在逗弄着迈克，哄他入睡，而大卫心情沉重地开着车。

到了龙华机场，大卫停好车后，姚慧君将迈克交给大卫的一刹那，才轻轻地说："大卫，陆天河是个畜生，不出所料的话，这次一定是他绑架了朵拉……"

"朵拉这么善良可爱的人，就是畜生也下不了手的。"

"她一定会没事。"

大卫父母的航班晚到了一会儿，当他们提着行李箱出来的时候，看见了大卫怀里的迈克，大卫妈妈抢先亲吻着迈克并抱在怀里，大卫爸爸则捧起儿子的脸，激动万分地说："大卫，你受苦了……但我们为你骄傲……你不但活得好好的，还帮助了犹太教区的人度过最艰难的时刻。你是男子汉了，还当了电话局的副局长！"

直到爸爸妈妈亲吻了儿子和孙子，才看到大卫身边的姚慧君。

大卫父母有点懵，怎么朵拉没有来？面前这位中国女子是谁？哦，也挺漂亮，气质不凡。

"大卫，这位女士应该是你秘书吧？"他父亲问他。

大卫不知怎么回答。就在他尴尬的时候，一个清脆甜润的声音从他的身后响起："亲爱的爸爸、妈妈，你们好。旅途愉快吗？"

朵拉出现了！

大卫转过身，激动不已，他紧紧拥抱着朵拉，喜极而泣。

姚慧君也扑上去，哭了起来。

大卫爸爸疑惑地看着大卫问："大卫，发生了什么情况？"

大卫拥着爸爸妈妈说："我的妻子朵拉，我们全家，刚刚经历了一场灾难……"

大卫安顿好父母之后，就和他们一同到刚刚返沪不久的美国驻上海领事馆办理签证和公证。由于战争刚刚结束，领事馆的工作千头万绪，百废待兴，申请美国签证的人又多。所以，大卫和朵拉一家的签证虽说问题不大，但是，必须等待。

由日本人控制的华中电信公司之上海电话局，又改回原来国民政府交通部上海电报电话局。郁志坚作为国民政府的接收大员，和重庆派来的官员一同组成了上海电信接收委员会。郁志坚当主任，重庆官员当副主任。

郁志坚上任的第一天，就把自己原来潜伏下来的地下电台的人员和外围特工人员，比如像彼得那样的抵抗组织成员，派驻到电报电话局的各个站点，迅速地恢复了通讯和电报电话。郁志坚也没有忘记姚慧君的功劳，将她重新录用当话房的负责人，但姚慧君不允，说她喜欢当个普通接线员。

大卫觉得自己从来没有这么轻松过，虽说自己还是副局长，薪水和职权都水涨船高。但是，因为自己就要和全家移民美国了，剩下的日子除了庆祝胜利，和彼得等人喝告别酒，去犹太教会唱赞美诗，与教友们探讨犹太人的未来，似乎眼前不再有什么大展宏图的期望了。

一天，大卫的办公室里来了一个瘦弱、苍老的人。他径直坐到大卫的皮椅子上，转了几圈。大卫一愣，仔细一看，是美商公司的原副总经理、总工程师麦尔斯。这是当年麦尔斯的座位。

大卫喜出望外，但随即伤感地问他："鲍德的事我后来听说了，特别不能接受，好在他们父女终于永远地在一起了。他最后的时刻，你们在一起吗？"

"你说什么？他女儿也死了吗？"

"是的。"大卫不想再回忆那惊恐的一幕。

麦尔斯黯然地说："鲍德没能挺过来，在集中营里被日本人折磨到最后，病死了。"麦尔斯摇着头说："哎，我是眼睁睁地看着他合眼的，他在最后时刻一直在呼唤他女儿的名字，他在远洋轮的鸣笛声中安然离去……"

他告诉大卫他们在集中营的时候，每天吃饭睡觉拉屎都在一个狭小的空间，窗户被钉上了铁杆，而且是好几个人一起住，臭气熏天。刚进去时他们被隔离开，随着被关押的人数越来越多，后来都挤在一起了。这让他与鲍德悄悄可以找机会交流，当时他们就判断，如果那些让你执行的任务，不是鲍德在字条上亲笔签名，你是不会听从一个外人的指示。谁知道传递任务的中国人，是归重庆的蒋介石，还是南京的汪精卫？外国人根本搞不懂中国内部的事情。

"每次鲍德的指示，都让我觉得精神振奋，觉得自己是一个战士。"大卫说。

麦尔斯回来了。他要给美商总部发电报，请求下一步的工作指示。然后，麦尔斯让大卫领着他，到鲍德生前的办公室。

鲍德的办公室里热闹得很，很多人出出进进。一个中国人在里面发号施令。大卫一眼认出这个人是郁志坚。

郁志坚非常高兴，他拥抱了大卫与麦尔斯，给他们沏了一壶茶。

麦尔斯不满地问："请问你什么时候搬出我们的办公室，将美商公司的经营权交还给我们？"

郁志坚不好意思地说："是这样的。我们的国民政府认为美商公司的财产被日本人占领之后，产权就归属了日本军政府，成了敌产；如果是敌产的话，国民政府的政策就是没收。所以，现在我们占领的，已经不是美商公司的财产，而是日本华中电信的上海电报电话局。"

麦尔斯摇摇头，对大卫说你看我们帮他们赶走了强盗，现在他们自己变成了强盗。

郁志坚无奈地摇头说："这可不是我的意见，是重庆政府下了文件的。"他拿出一张盖着国民政府交通部大红章的文件，指给大卫和麦尔斯看。

麦尔斯气得发抖，说鲍德当年冒着生命危险给大卫指示，让他帮助你们抵抗日本人。因为这个，鲍德惨遭他们折磨致死。如果不是美商的财产，不是美商的设备，鲍德干吗要给大卫下命令？你们又为什么一次次通过线人找鲍德帮忙？

郁志坚安慰着麦尔斯，说这一切他都很清楚。但是，重庆政府的人很霸道，接收敌产，分配利益，穷凶极恶，不由分说。

"但是，如果你们通过美国政府高层的人交涉，或许能够要回来。我也希望你们美商公司今后在中国发展，如果中国通讯事业仅仅靠国民政府拨款投资，实现中国通信现代化不知道要等到猴年马月。"

　　麦尔斯咳嗽着，忍住怒气，跟大卫交代，他老了，身体大不如从前。他会向总部申请回美国的家。但是，在走之前，他必须和大卫一起将美商公司的财产要回来，给总公司一个交代！

　　大卫很感动麦尔斯对美商的忠诚，他承诺一定鼎力相助。

四十三

1946年春节前夕，大卫与朵拉全家的赴美签证都已经下来了。为了庆祝这个美好的时刻，他们到了"香肠男高音"酒吧，与众多的犹太难民们分享"希望之乡"的前程。

沃尔夫的娘家因为是德国的望族，又是歌唱家，因此，他也得到了两位美国犹太人的邀请和担保，其中一位还是著名的指挥家，他也顺利获得了赴美定居的签证。

他迄今孑然一人，每晚都默默守候在酒吧里，无论生意清淡还是空无一人。

自从佳代在他的眼前死后，他的男高音酒吧再也没有传出过任何人的歌声，包括他自己也再不想唱了。

他想尽快离开上海，他对这座城市充满了复杂的感情，爱与痛的记忆交缠，让他永远不能平静。

经营多年的"香肠男高音"酒吧，已经贴出了转让的告示。但是，绝大多数的犹太人都在办理移民申请。只有少数几个早期的俄国犹太人表示出了兴趣，因为他们是名义上的"伪满洲国人"，持的是中国的护照。他们和来自波兰的犹太人差不多，都成了"无国籍犹太难民"。对于他们来说，在上海继续住一段时间也不错，将来比较现实的途径可以考虑到南美加勒比海沿岸国家，然后再想办法移民美国。事实上，在二战结束的1945年底至1946年底，很多犹太人急不可耐地坐船走了。他们不知道，此时的联合国正在酝酿成立以色列国，并在1947年的11月在联合国正式通过决议。

最终，一位俄国犹太人以象征性的价格拿下了这家酒吧，沃尔夫压根就没讨价还价，只有一个附带要求，就是必须沿用这个"香肠男高音"的名字。

买家求之不得，连声道谢，这可是现成的吸引客流的名片。

二战结束后的上海，犹太人的日子好过多了。首先是国民政府当局取消了犹太人隔离区，犹太人可以在上海的任何地方找工作，做生意。美国的犹太人难民救助机构也恢复了救助功能，大笔的救助款项通过美国银行到达了上海，购买了犹太人急需的粮食和药品。

重新开张的"香肠男高音"酒吧里，也迎来了顾客盈门的火爆。

大卫一家移民美国的喜讯，等于给犹太社区的所有人指明了赴美移民的途径。因此，他们的到来，让酒吧里充满了欢笑和快乐。当然，大卫的儿子迈克成了人见人爱的小明星，而朵拉被簇拥着登上了舞台，又一次唱起了犹太人的民谣。

当人们向大卫和艾萨克祝贺问候的时候，都忘不了跟上一句："你们什么时候走？"

而大卫的父亲和艾萨克都喜滋滋地看着大卫说："听大卫的安排。他身兼重要职务，有些事情还要收尾处理。"

当然，大卫的回答是："很快很快。我只要把美商的资产处理好了就走。不会错过纽约的春天。听说，纽约的春天里，鸟儿排的不是粪便是金粒儿……"

全家一片欢声笑语。

大卫万万没有想到，美商公司的财产归属，成了极为棘手的问题。

大卫和麦尔斯拿着美商公司在英美公共租界工务局发的注册文件和档案证明，找到了上海市政府。副市长说，现在的上海电话局归属中华民国政府的交通部，找我们没有用，到南京找中央政府吧。到了南京的交通部，交通部的部长说，关于是否是敌产，是否应该没收，是原重庆敌产接收委员会统一认定和接收的，我们是业务部门，只奉命管理和运营。

被推诿刁难，跑走了几圈政府衙门之后，麦尔斯连气加急，本来就被集中营摧残得不堪的身体就支撑不住了，他住进了医院。在麦尔斯的病床边，大卫请麦尔斯放心，他一定会想办法将美商公司的财产要回来。

大卫再次找到郁志坚，说我们的友谊经历过战争的考验，我们美商公司在关键时刻也帮助过你们地下电台，我本人甚至冒着生命的危险救过你们的命，请你告诉我，我怎么样才能要回美商公司的归属权？

郁志坚叹口气说，你说的我都知道，你的心情我也理解。美商公司的财产确实应该物归原主。而且，今后中国通讯事业的发展，第一缺不了美国的资本，第二缺不了美国的设备。如果美商能够在中国发展和壮大，对中国的通讯事业肯定有不可替代的巨大贡献。可是啊，亲爱的兄弟，中国的官僚们已经穷疯了，抗战期间，他们在西南的重庆吃了苦、受了罪，恨不得把失去的财富和好日子全都抢回来！我已经打了报告，也陈述了事实，但是，美商公司的财务与业务早就被贪官们分了赃。表面上是国有资产，暗地里已经被几个家族瓜分了。

大卫摇头，无法理解。

郁志坚最后说，大卫，我告诉你只有一个方法：国民政府现在最想抱的就是美国政府的大腿，希望美国政府能帮他们打内战。所以啊，你只有通过美国的政府，给中国政府首领沟通此事，这样才能够要回来。首领不亲自下令，那帮贪官污吏不会把美商公司交出来的。

大卫问，那怎么才能见到这位大人物？

郁志坚说：外交照会！

大卫和麦尔斯联合给美商总公司起草了一份电报文件，汇报了情况并要求总公司游说国会议员和商务部，请求美国驻中国大使馆照会中国政府最高首长，归还美商上海电话公司的全部财产。

美国政府对纳税大公司的要求很重视，很快，电报便被批转到美国驻中国大使馆。

美国大使馆通知大卫，希望他准备好材料，随时安排他觐见中国最高首长蒋介石。

1946年的春夏之交，美国大使馆的官员通知大卫跟随他们到南京去参加一个会议，会议期间，大卫将代表美商公司发言，直接向蒋总统陈述美商的诉求。

大卫第一次参加中美高级别的外交磋商会议。他将自己的发言稿熟读了几遍之后，还是觉得不够流畅自如，有点紧张。但是，一进入会场，他立刻轻松起来。他发现美国人不是客人，是主人甚至是主人的主人。美国大使司徒雷登和美国国防部的军事代表，在中国的领袖蒋介石面前，幽默轻松地喝着咖啡，指点着中国军事、政治和其他事物该怎么办怎么办。蒋介石和他的幕僚们几乎是一直微笑着点头，不管他们是听懂了还是没有听懂，都保持着虔诚的姿态，不发表任何反对的意见。

大卫还不是一个真正意义上的美国人。他还没有学会美国人的傲慢和居高临下，依然保留着犹太人的谦卑和礼貌，轮到他发言的时候，他还向每一个中国领袖和各位官员送上一个问候的眼神，然后打开自己的文件夹，念出一个敏感而又不愉快的题目："关于美商上海电话电报公司财产归属以及被上海敌产接收委员会无理霸占的问题。"蒋介石勃然大怒，问他身边的外交部长兼中美谈判首席代表宋子文："怎么回事？"

宋子文悄悄地递给蒋介石一个文件，低声地说了几句什么。

然后，蒋介石朝大卫礼貌地笑了一下，低头看文件。大概是文件上有关美商公司的情况介绍。蒋介石的意思很明显，即使中国人有错，也应该由中国人自己说出来，既保全了自己的面子，也照顾了友邦的不满情绪。

实际上，那份文件是郁志坚起草的。郁志坚在报告中说，抗战前国民政府的电信机构经营的电话电报线路约9.3万公里，长途电话线路4.7万公里，市内电话线路342公里；战后统计：战争毁坏了电报线路3.9万公里，长途电话线路（包括美商和日商）损失了5.8万公里，市内电话损失几乎98%以上。上海的法租界和公共租界是唯一幸存的市内电话网。现在的状况是，如果要重建和维修这些被战争毁坏的设备和线路，中国一没有这个生产能力，二没有这个资金，三是日本人占领期间将仓库备件消耗殆尽，连蓄电池和绝缘线都成了奢侈品！而美商公司如果能够参与到中国电信事业的规划和重建中来，那就会解决大问题。但是，遗憾的是上海的接收敌产委员会的大员们，不由分说地将盟国的财产当成敌产，引发了美商公司的强烈不满和抗议……

蒋介石低声地嘟囔了一句"岂有此理"，便在文件上签了几个字，然后抬起头对大卫说："对不起，小兄弟，这是一个误会。希望这个误会不会影响美国公司在中国的合法经营。以后美商公司有什么事可以直接找我。我会帮你解决。"

大卫又惊又喜。他没有想到，他只念了一个题目，一个涉及历史和现状的财产归属的复杂的法律问题，就让蒋委员长一个签字就解决了。更加令人喜出望外的是，中国的最高长官亲口答应他，"有问题就找他！"

大卫将中美高级别会谈的结果通报了美商美国总公司，也将这个好消息第一时间告诉了麦尔斯。麦尔斯向总公司建议，鉴于大卫在美商公司上海分公司的贡献以及他卓越的管理天才，提议总公司任命大卫为上海电报电话局局长，全面负责接收美商公司在上海乃至中国的财产，直至运营。当然，麦尔斯的潜台词是，大卫在中国有蒋介石的背书。

当大卫将自己升任美商公司上海电报电话局局长的消息告诉家人的时候，大卫的父母非常高兴，他们没有想到自己的儿子在犹太人的苦难境遇中，在第二次世界大战的生死绝望里，在十里洋场战乱的烽火中，年纪轻轻的就居然闯出一条干大事业的路！

但是，朵拉的父母却忧心忡忡，大卫什么时候才能够处理完上海的事情，安置他们全家到美国呢？

自从将美商电话公司的财产剥离之后，由郁志坚领导的中国国民政府交通部上海电信局和交通部国际电台正式成立。上海电信局设在士庆路171号，由郁志坚任局长，承担上海电报局和上海电话局的职责，经营国内电报、船舶电报、国内国际长途电话以及原华界、日租界的市内电话业务。由于战后的恢复和国民党当局的需要，上海的电信事业发展很快，购买和接收了大量的美军遗留的通信设备，增设英式 SAT，SAS 型号和美式 CU，CS 型号的三路载波电话机，大量开通国内和国际电话，同时，在驻华美军的帮助下，在上海与南京之间建立了军用无线超短波电路，生意火爆。

然而，美商公司自从收回上海市内的电话业务后，业务一度陷入停顿。

原因是，熟悉业务与运营的大卫提出要移民美国。大卫完成了美商总公司交给他的任务，他有权选择移民美国。

美商总公司虽然派来了总工程师，但是，他们对美商公司的老设备和电路一无所知。原来的图纸和设备，尤其是旋转制交换机因为缺乏保养和维修，已近全面损坏，电源设备也损坏到了极点，终端设备和中继设备也需要修理和更换。美商美国总公司纽约总部，派出了一个叫阿乐满的律师，带着新的合同与大卫洽谈，如果大卫继续留任，公司将会给大卫办理美国的绿卡，并按照美国总公司的级别待遇和工资水平，每个月给大卫 500 美元！而那时候的美国本土的一般工人工资水平年薪不到两千，年薪六千美元已经高级工程师和管理层的收入了！

大卫摇头不同意留任。因为他已经让自己的父母和朵拉的父母等待得太久了。他答应过他们只要忙完美商的事情，将美商交给美国人，他就和他们奔赴美国。

但是，阿乐满把郁志坚带到大卫的办公室，郁志坚将一个大大的中国电信发展规划图铺展在地板上，又拿出一张上海市内电话规划图，对大卫说：我已经申请市政府和交通部，我们电信局和你们美商的上海电话局联合公用局成立一个电信标准和规划委员会，实际上，就是由你和我共同决定中国的电信未来！大卫，中国是一个古老的农业国家，太需要美商的科学技术和资本，太需要您这样的人才了。留下吧……

阿乐满律师也以美商公司代表的名义对大卫说，美商总公司认为中国的电信未来，由于人口和国土面积巨大，市场潜力怎么估计都不会过分。中国有可能是除美国、欧洲之外的世界第三大市场。因此，中国的电信事业和市场不能没有美商的份额，中国的电信标准和规划，必须有美商的参与！你不做，那么美商就派别人来做。当然，您来做，最合适，这也是中国方面的要求！

郁志坚见大卫还在犹豫，干脆直截了当地说：说白了大卫，从我帮助你从蒋介石那里要回美商资产的那会儿，我就计划好了，我要与你们美商办合资企业，把中国的电信事业搞起来！

合资？

郁志坚和阿乐满两个人会意地朝大卫点点头。看上去，他们早就商量好了。

"大卫，彼得他们和姚慧君、翠翠，那么多的美商老员工都会追随你的。"郁志坚说。

大卫说这件事太大，自己做不了主，必须回家后与家人商量再定。

四十四

大卫带着美商总公司的期望和合同回到了家。

晚餐的时候，大卫的父亲和朵拉的父亲在讨论着犹太人的未来归宿，他们是到圣城耶路撒冷好，还是到美国，抑或是到没有反犹传统和宗教冲突的加勒比沿海国家。

大卫和朵拉的母亲们，则是在讨论着坐飞机还是坐轮船。她们认为坐飞机不好，因为可以携带的行李太少；而坐轮船最好，几乎所有的衣物都可以带走，甚至连中国的雕花椅子和餐桌都可以托运，尤其是带有艾萨克家族徽章的咖啡壶和茶具。

但是，当大卫告诉家人收到了美商公司的新合同，以及美商上海公司员工们对他的期望时，两家长辈都沉默了。他们知道，大卫的机遇是每个犹太人一生都在渴望和追求的。他年纪不大，就主持一个美国跨国公司的中国分公司，规划一个古老民族通讯事业的未来宏图，这是何等的荣誉和机遇！但是，他们也知道，相比机遇和金钱，犹太人最珍惜的还是和平和安全。

艾萨克和大卫的父亲小心翼翼地问大卫："你对中国的未来有信心吗？"

大卫说他不是政治家，不会洞察未来是战争还是和平。但是，他知道自己内心已经对这座城市有了深厚的感情，在他和朵拉最艰难、生命极度危险的时候，在孤独和饥饿折磨他们的时候，是上海的朋友们帮助了他，是上海的宽容和仁爱，才让他像《塔木德》经典给出的法则那样，把逆境转化成机遇。

他说了彼得的故事，说起他与翠翠之间有趣的称呼，说起公鸡与母鸡在一起后生下的两只蛋，惹得全家人都笑了；他又说起了姚慧君的故事，在危急关头当朵拉的替身，弄得艾萨克低下头、红了脸；他又说了出租车公司周祥生老板的故事，正是他给了自己信念与创新的机会；他还说了上海人还在为自己温饱挣扎的时候，却帮助犹太人输送粮食。他不会忘记这片"诺亚方舟"。

朵拉也很感动，她以充满深情的眼光看着他，然后，温柔地依偎着大卫。

朵拉告诉大卫的父母，在战争最困难的日子里，大卫与美商的职工们为了反抗日军的暴力，用鲜血和生命结成了友谊。现在虽说抗战胜利了，但是，那些员工的生活和归属依然没有着落，尤其是像翠翠那些接线员，她们都是双语接线员，代表着美商电话公司的品牌。如今她们都有了孩子，生活压力很大，很多人只能在弄堂里当传呼电话员，这无疑是将白天鹅放进了臭池塘！美商的服务，培育了美商的文化，也滋养了美商的骄傲。

朵拉表示，如果大卫决定留下来，她将与迈克，还有自己肚子里正孕育的宝宝一起，陪大卫留在上海。她觉得从刚到上海时连行李箱都不愿打开，到此刻，离别前又迎来了新的发展契机，这也是冥冥中的注定吧。

"当然，亲爱的爸爸妈妈，弟弟妹妹，你们大家可以预定去美国的船票了。我和大卫随时可以带孩子到美国看望你们。就任这个高管职位是大卫千载难逢的机遇，大卫如果哪天回到美国后，他事业的起点就很高了。"

大卫微笑着握住朵拉的手，双方父母也都点头、表现出赞同的神色。

几天后，艾萨克全家跟着大卫的父母一起坐轮船赴美了。

大卫留下来的消息，使美商公司管理层与员工的精神状态大为振奋。许多跳槽到其他公司的员工陆续回来，姚慧君等人又穿着旗袍出入美商电话公司的大门，到了下班的时间，各级官员和富豪们的小轿车又在大门口排起了队。

美商公司经过了一番整顿，服务质量甚至比战前都好。

美商上海电话公司的副总经理威尔逊先生，在1946年5月22日提交的报告中写道：

"从战争结束到现在，公司更换了约6万英尺的在用户房屋上的绝缘线路来维持服务；对5万部电话进行了彻底的调整、修理和替换；基本上，对所有的话机和交换机的线绳进行了更新；并且对各局所的设备进行了全面的检查、清洗和更新，解决了大量的对精密的电动和机械部件的调整和更换。这些紧急的修整工作使设备的性能恢复到中等水平。尽管在大修之前，大部分的设备仍处于不稳定的实际状态。"

由于美商管理层积极筹措资金，在美商公司内部实行赊账制，从美商法国公司进口了大量的新式设备，到1946年底，美商上海公司的内部管理、经营业务和服务质量很快得到了恢复并且大幅提高。

彼得向大卫报告测试结果：比较战前，在五秒钟内听到拨号音的机率，已由 72.1% 增加到 86.1%；报修的 36696 案件中，能够在 24 小时内修复的达 36111 件，占 96.4%；装机工作于三日内完成者占 72%。

财物部门报告：由于服务质量的大幅提高，业务量节节攀升，用户线路的呼叫数量急剧上升，全面超过了战前的水平，盈利水平呈跨越式的增长！以至于到了如果下列机构如政府机关、学校医院、军事和航空机构、公用事业机构、外国军事机构和航空航海公司……要想申请报装一部美商上海电话局的电话必须经各机关首长审核同意！

上海和江浙一带的沿海发达地区进入了战后的大繁荣。

美商美国总部对大卫的工作非常满意。与此同时，美商公司与郁志坚电信局属下的合资工作也在进行中，国民政府中央银行亲自出面拨付外汇，订购美商法国公司的电信设备，期限为一年。

翠翠到处向亲友们炫耀说：他们双双重返美商工作，全因所生的那两只蛋带来的运气，一对龙凤胎，哥哥叫歌旺，妹妹取名美旺。

彼得鼓励翠翠说，那就继续作战，再生两蛋。翠翠说你真当我是母鸡啊，我才不生了，保住饭碗重要。

"不行，我们红色战线需要后继有人。"彼得悄悄地在翠翠耳边说。

翠翠一脸紧张，赶紧用手指捂住彼得的嘴，"可别乱说啊，我们还在美商公司潜伏呢！"

"翠翠，你也一起加入我们地下抗战组织吧。"

"红还是蓝？"

"与我一样，蓝色封面，红色主题……"

但是，没多久美商的业务陷入了恐慌——上海乃至全中国进入了通货膨胀时期。

美商公司和其他电报电话业务的定价此前都是一年一定，后来就是半年、一个季度一定，最后变成每个月定一次价。国民政府的法币贬值到了无法控制的地步。

大卫几乎天天到美国大使馆和海员俱乐部打探消息。美国大使馆和领事馆人只能对大卫摇头：蒋介石先生坚持打内战，而他的国民党的政府已经到了腐朽的地步，美国在华的利益前途未卜，杜鲁门政府甚至不知道怎么样和这个贫穷的大国打交道……

到了1948年底，在一次美商公司的联谊会上，大卫将郁志坚拉到一个角落，问他未来中国的形势对美商业务的影响。郁志坚欲言又止的样子，悄悄地告诉大卫，中国的东北已经被共产党占领了。长江以北地区的战役，国军也不乐观，估计也就几天要完蛋了。失去了长江以北，蒋介石的政府就失去了大半个中国。

说话中，郁志坚似乎有那么一点兴奋的意思。郁志坚甚至明目张胆地告诉大卫，要管理好国家，就要实现现代化，发展电信事业。所以，请大卫务必保护好美商的设备和资产，即使将来美国人不承认新中国，这些设备和技术也应该服务于人民。

姚慧君又恋爱了，这位资深美女接线员在一次联谊会上，被一位家世显赫、英俊的美军军官狂追……

"约翰，你知道我比你大五岁吗？"

"那又怎样？我觉得很般配。"

"你知道我结过婚吗？"

"你这么漂亮，如果你告诉我你从未有过男人，我会连连后退逃走的。你有情史或婚史让你更具魅力与风情。我喜欢。"

"你这么确定我也爱你吗？"

"为什么不呢？"

春节之后，姚慧君带着新男友，一位身高1.9米、长得一表人才名叫约翰的军官，来到大卫家做客。席间，约翰希望大卫和朵拉能够劝说姚慧君接受他的求婚，然后跟他一起回美国结婚。

大卫和朵拉对姚慧君说，你不觉得这位约翰军官是上帝派来给你的吗？

姚慧君婉转地暗示自己对婚姻已经没有信心了。她的家人至今还在监狱里关押，她不可能独自远涉重洋。关于这个，你们犹太人不会懂。因为你们是一个浪迹天涯、四海为家的民族。

"而中国人看重祖先的根，祖籍这个词会与我们相伴一辈子。"

朵拉说，可是你的父亲、兄长们对你母亲生前不是很好，你对父兄们不是还有怨恨吗？为什么不远走高飞，开始自己新的生活？朵拉的潜台词是，既然如此，还有什么可留恋的呢？

姚慧君苦笑，她说自己其实并没有真正融入过姚氏家族，毕竟只是外室所生的一个女儿而已。但这是中国人骨子里的根，叫子不嫌母丑。再怎么样，姚润笙是我的父亲，我身体里流淌着他的血。父亲在世的一天，我不会远行。美国是你们的希望之乡，不是我的。

姚慧君把话说到这个分上，旁观者还能说什么呢？约翰一脸沮丧，但依然无法掩饰自己对她热烈的爱情。

1949年4月的一天，彼得慌慌张张地跑到大卫的办公室，说是有十几个国民党的特务跑进电话局里抓人。大卫立刻到机房，看到上百个员工挡在门口，不让特务们进去。但是，特务们手里有冲锋枪，一旦开火，手无寸铁的员工是挡不住的。

大卫的出现，让特务们一愣。大卫厉声喝道："这里是美国的企业！请你们出去！"

特务们不敢造次，唯唯诺诺地退出了美商公司。大卫问彼得怎么回事？彼得说，公司里成立了一个工会组织，主要目的是保护电话局的设备和财产，防止国民党特务的破坏。这些特务说是搜查共党，其实是来搞破坏的。

大卫发现彼得是工会组织的一个小头头，对员工们保护美商公司的财产表示感谢，还高兴地让彼得想法买些好吃的，犒劳犒劳工人们。

大卫不好意思地讪笑，说好的呀，心里却说，这些财产马上要变成公共资产了。彼得早在抗战时期，就加入了党组织，在即将解放的前夕，公开站出来与其他党员一起组织工人护厂。但眼下的紧急情况是，党组织要求一定要想方设法保护好这些设备，要利用好大卫的关系和美商的实力背景。于是，彼得赖在大卫的办公室，和大卫一起，想方设法保护设备机房。

大卫疑惑不解。他说这是美商公司的财产，当年日本人都不敢破坏只想霸占，为什么国民党的特务敢破坏他们美国主子的财产？大卫给郁志坚打电话，说你是交通部电信委员会的官员，为什么政府的特务要破坏美商公司的财产设备？你为什么不下命令让他们停止这种法西斯行为？郁志坚说他也在上海电报电话局里和员工一起保护设备呢，也请大卫保护好美商的设备。郁志坚说，国民党是狗急跳墙，疯了！

大卫的话音未落，美商公司的大门口开来一辆卡车，满满的一卡车国民党宪兵跳下车，扛着爆炸器材就要往机房里冲。

大卫、彼得和公司内的几个美籍高管死死地挡住大门，不让宪兵们进机房。

一个宪兵头目对大卫说，他也是奉了上级的命令。炸毁设备，就是不想将这些好东西留给共产党。

关键时刻，姚慧君的男朋友约翰的吉普车嘎地一声停在美商公司的大门口，车上跳下来几个美国海军陆战队员。约翰不由分说，将带头的宪兵头目的枪缴了下来，一阵拳打脚踢后用英语大骂他们。国民党宪兵知道美国军官生气了，便灰溜溜地坐卡车走了。

大卫对约翰表示感谢。约翰说是姚慧君给他报的信，不然，他也不知道事态这么严重。同时，约翰告诉大卫，大使馆要求美国公民必须在这几天离开上海，因为上海的郊区，已经发现解放军的军队在挖战壕了。

"再不走，就晚了。"

大卫迅速安排其他美国高管和工程师们在4月底之前离开上海。但是，他自己却迟迟下不了决心，他时常徜徉在美商的机房里、办公室，像一个马上弃船的老船长，抚摸着自己如此熟悉的每颗螺丝钉。

当然，大卫迟迟没有走的原因还是怕国民党特务搞破坏。他能明显地感觉出来，彼得对他留恋的眼神，姚慧君她们那些女员工对他的信任、挚爱和依靠。

直到5月23日，国民党军队彻底地离开英美租界地区，特务们已经作鸟兽散尽，共产党的地下工会组织已经接管了美商上海电话局的时候，大卫才带着朵拉和迈克，紧急撤退到黄浦江边的十六铺港口，在约翰的保护下上了美军的军舰，在解放军炮火的轰鸣声中，大卫和朵拉失声痛哭，在泪眼蒙眬中告别了他们深爱的这片土地。

姚慧君在送行的人群里哭得泣不成声。

彼得也流泪了，激动地拥抱着曾经的小哥们儿："大卫，上海的电信史上会永远记载你的贡献。我会永远守候在这片曾经挥洒过你们热血的战场！"随后，他向大卫恭恭敬敬地敬了一个礼。

那个当年在大卫眼里充满苏维埃味道的红色少年，在历经百折不挠后，终于站在了真理的山峰……

大卫与朵拉挥臂向他们告别，他们的眼里都是泪水。军舰渐渐驶离了上海的码头，进入了公海……

"爸爸，我们为什么要离开上海？"迈克问。

"因为战争。"

"妈妈，我的小汽车玩具忘拿了，在床底下呢！我们还会再回来吗？"

"一定会的。"朵拉哭了，她的怀中紧紧地抱着襁褓中的女儿……

四十五

大卫走了之后,美商公司被共产党领导的市政府接管,彼得当上了管理技术的副局长与总工程师。不过他的名字改成了李光明。

叫彼得的旧上海殖民时代结束了。

一个崭新的时代开启了……

每天早晨,员工们都会看到一个气质高雅、亭亭玉立的中年女人,抹着头油,梳着发髻,昂首走进电话局,成为上海电话局一道几十年不变的靓丽风景。人们看到她,似乎就看到了老上海的旖旎芬芳,看到了美商公司那道穿越了时空与岁月的光影,也看到了从圣约翰大学走出来的闺秀气质!关于她的绯闻与传说,更增添了她的神秘与魅惑。

她孑然一人,膝下无子。

那位叫约翰的美国军官成了她最后的情人,那场在战争背景下演绎的异国恋,终因她执意要留在故土而画上了句号。大卫与约翰在炮声隆隆的码头上，与之挥泪的场景，成了她世纪人生最后的烟云。

她晓得，自己与约翰的恋爱，就如当年荒唐地嫁给陆天河，都因为大卫。

悲欢离合，恍若隔世……

她是在姚润笙的葬礼上，最后一次见到父亲的几房妻妾，以及她们所生的儿孙们。她看见姚家上下极为悲伤，哭天喊地；姚慧君在整个仪式上保持了肃穆，克制着没流泪。想起父亲对她的怜爱，她哀痛，感到心碎。

在宁波状元楼的那餐"豆腐羹饭"上，老爷的女人们分坐各桌，儿孙们围坐在她们身边，儿媳妇们忙着照应各位为老爷送别的亲友。从宁波老家赶来的远亲近邻坐满了整个大厅。

姚慧君与老爷的仆人们坐在一桌。没人再当她一回事，老爷死了，原本她就是外室所生，又是寡妇，谁都不再捧她于手心。其实她一早已看出了：兄长们的恭维只是做给老爷看的。

只有仆人们，依然唤她"小姐"，他们告诉她，老爷是真的疼她。

她起身，朝着洗手间走去，她看见父亲的遗像被搁置在餐厅的过道，黑框中的父亲朝着她微笑，她却哭了，她捂住脸，跑到洗手间里失声痛哭，越哭越伤心，她仿佛看见母亲踩着浪花、朝她走来，而背后是一个浩瀚而无边际的大海，翻倾着波浪……

从那以后，她与姚家的任何人都不再往来。她一生经历过不少起落与苦难，作为当年美商上海公司名片般的人物，她在各种运动中遭受的曲折悲催遭遇可想而知。但她都挺过来了。

姚慧君老了，但她依然爱美。每天起床，她要做的第一件事就是洗漱。她会把满头卷曲的白发梳理得整整齐齐，将保湿面霜涂抹在脸部每一道深深浅浅的皱纹上，这是岁月的沟壑，每一道都映照着时光之河。

她身姿轻盈，完全看不出90多岁的年龄。在一个个驼着背、需要被人搀扶的耄耋老人中间，她依然挺着胸，行走自如，举手投足间透着知性与雅致。

八年前，她主动要求搬到瑞信养老院。它坐落在虹口区赤峰路上，与姚慧君原先甜爱路上的家并不远。这家养老院由上海电信的工会创办。居室环境不错，一人一间，带卫生间与空调。

这么多年来，她与外界几乎没有任何接触，包括与翠翠一家也没任何往来，她把自己封闭在自我世界里。唯一来看她的是小宝——陆天河的私生子。陆天河死了之后，她就经常去扬州看望那个孩子，可能是因为自己也是私生女的缘故，她与小宝有一种天涯沦落人的惺惺相惜。她视小宝如己出。奶妈带小宝来上海时也都住在她家里，小宝一直称她为"大妈妈"。

姚慧君搬到养老院后，小宝依然来看她，他已是一个六十多岁的老头了，还住在扬州。

"姚奶奶，小宝来看你了。"每次来，小宝都提着大包小包的点心与土特产，给养老院的老人们分享。大家都特别喜欢他。

"他是个可怜的孩子，他的娘在生他时死了，几岁时爹也死了，没人疼没人爱，靠奶妈一手带大。后来奶妈死的时候，他才15岁，只好辍学，走上社会。我跟他说了好多回要好好读书，他有个聪明的脑袋瓜，但他不要我接济，自食其力，在扬州一家叫白玫瑰的理发店当学徒工，从技师到发型师，改革开放后他承包下理发店，生意很不错……"姚慧君经常会走到隔壁房间，与章静珍阿婆唠家常。她们是一对老年闺蜜，喜欢说一些自己年轻时的事。

"小宝今天又送来了十多盒扬州汤包给大家吃。"

"这孩子真孝顺,比自己的孩子都贴心。"

"是啊,我看着小宝长大,他小时候太可爱了!哎,你看这时间呀,飞一样地跑,他如今是当爷爷的人了。"

"小宝长得好看,这些年也老了。"章阿婆说。

"是啊,也是操劳的命。小宝像他娘,他娘那个标致呀,真正的扬州美女,当年可是上海百乐门的舞女。"

"怪不得啊!那小宝的爹一定是大老板吧。"

姚慧君的心里略过一阵苦涩,但脸上丝毫没有显露,依然像是在说着别人的事情。

"是啊,小宝爹是上海滩的老板,可惜时局动乱,风流倜傥之后竟遭到毁灭……"

"那小宝爹不是个好人?"

"用现在人的眼光看,也谈不上好与坏了,他喜欢上一位有着百灵鸟歌喉的天使,是个犹太姑娘,他所有的善与恶、对与错都是因为爱……我非常理解。"

"你认识他?"

姚慧君沉默片刻,想点头,却坚决地摇了摇头。

2012年6月16日晚上,姚慧君与往常一样,靠在床背上收看电视,是一台实况转播上海国际电影节的颁奖晚会。

当主持人宣布:把电影节"杰出成就奖"颁发给出生在上海的美籍犹太人迈克·麦德沃先生时,姚慧君听到了一个似曾相识的姓氏:Medavoy(麦德沃)。起初,她并没在意,但当迈克一步一步走到舞台中央时,她太吃惊了:"天哪!是迈克!走路的架势与大卫一模一样,还有那熟悉的眼神,这一定是当年的小迈克,大卫的儿子！！"

姚慧君屏息静听，嘴唇哆嗦着："怎么连声音都与大卫一样啊！"

经过主持人的介绍，她这才知道迈克是好莱坞顶尖制片人，前后17次获得奥斯卡最佳影片的提名，其中8次获得了殊荣。她看过的那些影片像《西雅图不眠夜》《与狼共舞》《飞越疯人院》《沉默的羔羊》《现代启示录》《黑天鹅》等，原来都是迈克一手打造的。

"上海是我的根。在上世纪九十年代第一届上海国际电影节时我带着父母来过，抵达虹桥机场的时候，我爸爸哭了，我问他：爸爸，你怎么了？他说这座城市曾保护过我们一家……今天，我走在上海，我仿佛又看见了我父亲出现在人群里，而事实上他已经去世了……"电视中的迈克说。

原来在1993年10月5日的时候，迈克带着自己的父母亲来过上海。大卫还到了江西中路232号，也就是原先美商上海电话公司的大楼。他向里面的工作人员打听姚慧君与彼得的下落，但无人知道。彼得，也就是李光明先生在二十世纪八十年代已逝世。大卫也去寻访过当年姚家的别墅与他住过的几处公寓，但时过境迁，存放在他记忆里的一切，却再也找不回了……

迈克继续说："父母在上海的这段经历，成了他们终身最大的财富，即便对于我，童年依然成了我生命中最难忘与快乐的时光。感谢上海……"

姚慧君裹在被窝里，老泪纵横。电视荧屏白得发亮，眼前一片模糊。她恍惚间，回到了与大卫告别的那个夜晚。她听见了大卫的皮鞋轻快地敲击着楼梯。然后，是那熟悉的敲门声……

"慧君，与我们一起去美国吧！我看得出，约翰对你是真爱。"

"我想留在故乡，这里有我太多的记忆，"姚慧君流泪了，"大卫，这一走，我再也看不到你了。"

大卫拥抱了她，"慧君，对于我来说，无论命运是否安排我们再次相遇，你都永远留在了我的记忆里，谢谢你，亲爱的天使，你是一位不可思议的女子，为我，你做了很多委屈自己的事，它远远超越了爱情。"

"大卫，最后时刻，我想问你一句话。假如你的生命中不曾邂逅朵拉，你会与我在一起吗？"

"生活没有假如。"

"这不是我要的答案，我只要一两个字，会或者不会。哪怕你骗我都可以。"

"我不会骗人，更不忍心骗你。"

"答案呢？"

"生活没有假如。"

"你坏，你坏，都到最后时刻了，都不肯哄我一下吗？"姚慧君泪眼婆娑。

"慧君，我对你的爱与感恩超越了爱情……"

"大卫，你怎么不问我刚才问你的话？"

"什么话？"

"假如向你求婚的人不是约翰而是大卫，你会跟他去美国吗？"姚慧君说。

大卫没吱声，显得若有所思。

"大卫，我知道你不会问我，因为你已经知道答案，别说跟你去美国，就是去世界上任何一个角落我都会愿意的。"她继续说："大卫，明天你走了，我会永远想念你。送你一个童话故事吧。"

大卫的眼眶再次红了。

"克丽泰是一位水泽仙女,一天,她在树林里遇见了正在狩猎的太阳神阿波罗,她深深为这位俊美的神所着迷,疯狂地爱上了他。可是,阿波罗连正眼都不瞧她一下就与她擦肩而过。克丽泰热切地盼望有一天能再见到他。于是,她每天注视着天空,看着阿波罗驾着金碧辉煌的日车划过天空,她目不转睛地凝视着阿波罗的行程,直到他下山。她就这样呆坐着,头发散乱,面容憔悴。一到日出,她便望向太阳。后来,众神怜悯她,把她变成一大朵金黄色的向日葵,她的脸儿变成了花盘,永远向着太阳,每日追随他,向他诉说永远不变的爱……"

姚慧君哭了,大卫也哭了……

迈克获奖的那个午夜,姚慧君在梦中离世。第二天被护工发现时,她的右手握得很紧,人们松开她的手心,发现是一枚俄罗斯的金币,背面还刻有"MEDAVOY"的字母。

章静珍阿婆自言自语地说:"姚奶奶,终于可以去天上见大卫了。"

姚慧君终年96岁。

{ End }

一封寄往天国的信

亲爱的朵拉：

当我为这部耗时五年的《幸存者之歌》画上最后的句号时，正是落雨的黄昏。窗前黄浦江上的船只、灰暗的天空、外滩沿岸的古老万国建筑、陆家嘴那些高耸入云的摩天大楼，让我有一种时光交错的恍惚。那一刻我仿佛看见16岁的少女朵拉正挽着暮色中的霞光朝我飞奔而来……

然而就在当晚，我收到了迈克的邮件，他告诉我，您以近95岁的高龄安详离世……

六年前当迈克把我带到您面前，在比华利山庄，你握着我的手用上海话与我亲切交谈，时而生疏，时而流利，夹杂着英语。面对一位来自你魂牵梦萦的上海并关注二战时期犹太人在上海生活的作家，你敞开心怀，向我诉说着你们当年流浪的生活与爱情故事。

你是白俄犹太人，出生在哈尔滨，少女时代随家人来到上海。正是在那十里洋场，你邂逅了来自俄罗斯的犹太青年麦德沃先生——你的初恋。之后，你们在上海恋爱结婚，生儿育女……

记得那次我离开洛杉矶时你提出要跟我回上海，"迈克，我要跟贝拉回上海，我用自己的钱买机票……"你目光坚定，如孩子般祈求着，一旁的迈克笑着对我说："我每次动身来上海，她都嚷嚷着要把自己装进我的行李箱，送往她梦中的故乡。"迈克还告诉我在九十年代他曾带着父母来过上海，他父亲曾在当年任职的美商上海电话公司的大楼前久久不能平静，但全家已无法找到当年的两处旧居了……

　　2012年6月16日晚上,当迈克以八次获得奥斯卡最佳电影制片人的身份接受上海国际电影节颁发的杰出成就奖时,与他一起走红地毯的我带给了他更大的惊喜——不仅从上海的电信档案系统中找到你们当年在上海的两处居所,还将你丈夫当年在美商电话公司的任职资料也找到了。当迈克打开那本我们精心制作的纪念册《上海的记忆》,看见他父亲20岁时的任职照片、亲笔写的履历与工资单的影印件时,他激动不已,忍不住一次次流泪……回到比华利山庄,迈克手捧这份惊喜与你分享,从此你常常失眠,经常像孩子般闹腾着要回上海的家……

　　这本书的创作过程异常艰难,大量关于犹太人遭遇屠杀与苦难的背景史料让我触目惊心,抑郁、失眠一度困扰着我,创作也被一次次中断。法西斯的残暴,挑战着人性与生命的底线,我的心在不断的撕裂和愈合中,续写着你们在上海的传奇爱情与如火的青春,我的灵魂依附于书中人物,与他们一起哭泣、一同欢笑……

　　亲爱的朵拉,您已无法读到这本您期盼已久的书了,就让这些文字化成蝴蝶,飞向天国守护您和大卫的在天之灵吧……此刻,我仿佛听到从云空传来了美妙的歌声,朵拉,是您在歌唱吗?

贝拉
2017年10月8日于上海

后记

2011年，上海电影集团开始筹拍由我的小说《魔咒钢琴》改编的电影。

对"犹太人在中国"题材非常关注的原国务院新闻办主任赵启正先生，把两位与中国有特殊情缘的美国朋友请到了我们面前：美国银行家、时政作家罗伯特·劳伦斯·库恩先生（Robert Lawrence Kuhn）与好莱坞顶尖制片人迈克·麦德沃先生（Mike Medavoy）。

没有想到迈克非常爽快地答应出任《魔咒钢琴》的制片人。之后，他安排《钢琴师》的编剧罗纳德·哈伍德（Ronald Harwood）来改编《魔咒钢琴》的电影剧本。

罗纳德的英文剧本写得非常棒，我看了一遍又一遍。当有人问这位英国爵士，他先后写的两部关于二战、关于犹太钢琴家的剧本哪一部更感人时，他说就像自己的孩子一样，很难说更偏爱谁，尽管《钢琴师》让他问鼎了奥斯卡最佳剧本奖的宝座。他的作品里，悲情与人性的力量直抵人心。

那以后，迈克来过好几次上海，也曾来我家做客；应他之邀，我两次去洛杉矶比华利山庄他的寓所拜访他，期间，他搀扶着90多岁的母亲朵拉，来到了我的面前。

迈克给我讲了很多关于他父母亲在上海的故事。他们在三十年代从俄罗斯逃到上海。他的父亲大卫（Michael David Medavoy）是当年美商上海电话公司的高管。他本人就是在上海出生的。他很感谢上海这座伟大的城市，在二战时期曾经庇护了他们全家。

是的，在我旅行海外的多年里，无论走到世界哪个角落，都有犹太人朋友对我提起那段历史。我的故乡上海，曾以她温暖的双臂拥抱了数万犹太难民。这让我引以为豪，决定续写"犹太人在上海"的系列长篇。这一次，我以迈克父母在上海的经历为背景，用文学的形式来回望他们永远留在上海的青春恋曲与生命之歌！

迈克得知我在写《幸存者之歌》，给我发来了他父母当年在上海的这些照片。同时，我们也从相关的电信档案系统中，找到了迈克父亲当年的履历等资料。这些弥足珍贵、带有年代温度的照片为这部长篇平添了史料的厚重与真实，仿佛可以触摸到那些鲜活的身影、爱过的灵魂。

在写作过程中，我得到了著名出版人安波舜老师的热情指点与鼓励，在此深表感谢。文学对于我，原本只是一个梦，是我亲爱的母亲金殿女士以她坚定的信仰与爱，鼓舞了我，让我走在爱与文学的路上。

非常感谢上海市的有关领导、故旧和出版社，对本书给予的期望与关心。

我无法用语言来表达对家人的深爱与感恩。我会继续用心灵谱写一首又一首的故乡之歌。

大卫·麦德沃的档案文件

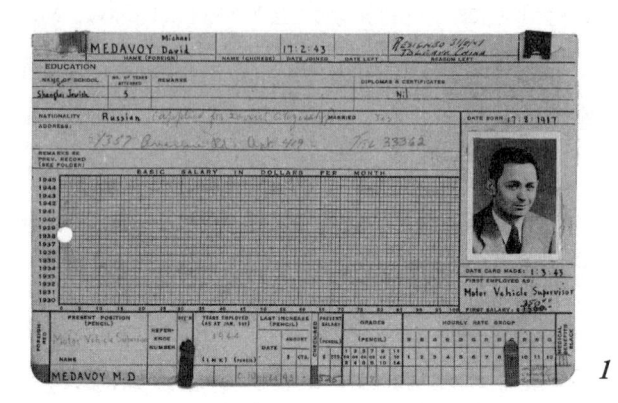

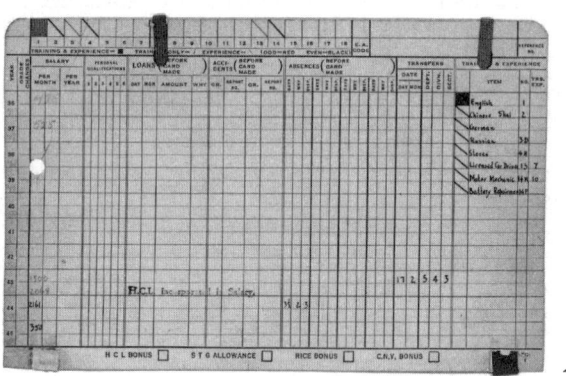

David Medavoy

大卫·麦德沃

David, 3rd from left

大卫，左起第三位

In Shanghai

在上海

Dad on the left

左边的大卫

Marriage certificate, place of birth and age for both.

结婚证书：夫妻双方的出生地与年龄

Medavoy's wedding

麦德沃的婚礼

Wedding

婚礼

Mom in her wedding dress in 1940

身着婚纱的朵拉（1940年）

图书在版编目（CIP）数据

幸存者之歌/ 贝拉著. -- 上海：上海文艺出版社, 2019.8
ISBN 978-7-5321-7266-5
Ⅰ.①幸… Ⅱ.①贝… Ⅲ.①长篇小说—中国—当代
Ⅳ.①I247.5
中国版本图书馆CIP数据核字 (2019)第141101号

发 行 人：陈　徵
策 划 人：谢　锦
责任编辑：江　晔
装帧设计：付诗意

书　　名：幸存者之歌
作　　者：贝　拉
出　　版：上海世纪出版集团　上海文艺出版社
地　　址：上海绍兴路7号　200020
发　　行：上海文艺出版社发行中心发行
　　　　　上海市绍兴路50号　200020　www.ewen.co
印　　刷：苏州市越洋印刷有限公司印刷
开　　本：710×960　1/16
印　　张：22.5
插　　页：5
字　　数：282,000
印　　次：2019年8月第1版　2019年8月第1次印刷
Ｉ Ｓ Ｂ Ｎ：978-7-5321-7266-5/Ｉ•5785
定　　价：72.00元
告 读 者：如发现本书有质量问题请与印刷厂质量科联系　T:0512-68180628